そして名探偵は生まれた

歌野晶午

祥伝社文庫

目次

そして名探偵は生まれた

0

左手で右肘《ひじ》を支え、右手の親指と人差し指を顎《あご》に当て、薄く目を閉じ、吐息に乗せるように影浦《かげうら》は呟《つぶや》いた。

「したがって、犯人は轡田《くつわだ》ということになります」

部屋が揺れた。防波堤に打ち寄せる荒波のような、大きなどよめきだった。

「どうかお静かに。静かに！　どれだけ意外であろうと、それが論理的帰結なのです。犯人は轡田、疑う余地はありません」

一人一人を納得させるように、影浦は左から右にゆっくりと首を動かす。それでも広間にはどよめきが漣《さざなみ》のように尾を引いている。

「ふざけるな！」

怒声をあげて立ちあがったのは、名指しされた当の本人である。

「俺が殺しただと？　証拠は？」

轡田は端整な顔を歪《ゆが》め、影浦を睨《にら》みつける。

「いま説明したとおりです。事件発生直前の被害者の行動、現場の状況から推《お》し量って、貴殿以外に犯人たり得ません」

影浦は落ち着いて応じる。

「あんなの机上の空論だ。パズルと一緒じゃないか」

「机上で計算したにしろ、X＋4＝6ならX＝2。論理的に正しいとはそういうことで、そこには絶対性が存在します」

「うるさい！　現場から俺の指紋が出たのか？　凶器は？　何もないじゃないか」

「それはこれから有能な捜査員の方々が見つけてくれますよ。ねえ？」

急に矛先《ほこさき》を向けられ、花隈《はなくま》警部は戸惑いがちに頷《うなず》いた。

「印象で犯人と決めつけてるのかよ。ひどい侮辱だ」

轡田は椅子《いす》を薙《な》ぎ払うようにして前に出る。

「やります？　こう見えても私は極真《きよくしん》の黒帯ですよ」

「帰るんだよ、馬鹿。つきあってられん」

影浦に中指を突き立て、轡田は部屋を横切る。

「東京に帰ってから逮捕となると、またわざわざ当地まで移送されることになります。血税を無駄に使わせるのは如何《いかが》かと」

「いいかげんにしないと名誉毀損《きそん》で訴えるぞ」

轡田はそう捨て台詞《ゼリフ》を残して部屋を出ていった。

影浦が花隈警部に目配せをする。警部は部下たちの方に顔を向ける。刑事の一人が部屋を出ていく。轡田の監視だろう。

「幕間《まくあい》の狂言といったところでしょうか」

ドアが閉まると影浦は首を竦《すく》めて、

「最後に、十一体の雪だるまについてお話ししましょう」

と一同に向き直った。

「真犯人が割れた今となっては自明の理ですね。あれは足跡を消すための工作です。轡田は事前に十八日夜のアリバイ工作をしてから、この山荘にこっそりやってきました。しかし、香港《ホンコン》にいたはずの人間の足跡が、降り積もった雪の上にくっきりと残っていたとしたらどうなるでしょう。彼はだから、通りとこの建物を往復した足跡を消し、すなわち訪問の痕跡《こんせき》を消してしまおうとした。しかしこの時、自分の足跡の上だけを箒《ほうき》で掃《は》くと、それが足跡を消すための工作だとまるわかりです。彼はそこで、雪だるまを作ることで足跡を消すことにした。アプローチの積雪だけを用いて作ったのでは、それもまた足跡を消すための工作だと勘づかれてしまうから、庭全体の雪を使い、庭を雪だるまで埋めつくした。折しも向かいの別荘には川端《かわばた》の三兄弟が滞在していました。十一体の雪だるまは、あの悪ガキどもの仕業《しわざ》と思わせることができる。実際、警察はそう判断したわけです。三兄弟が否定しても、例によって例のごとく嘘をついていると決めつけた」

むうと呻《うめ》くような溜《た》め息を吐《つ》き、花限警部が顔の半分を顰《しか》めた。その視線の先では根上《ねがみ》刑事が広い肩を窄《すぼ》めている。向かいの別荘への聞き込みを行なった当人である。

「私からは以上です。あとは皆さんが物証を見つけて轡田を黙らせてください。クローゼットの扉の上端に注目するといいかもしれません。ああ、もうこんな時間だ。武邑《たけむら》君、コートを。ありがとう。では御機嫌よう」

カシミアのダッフルコートを私から受け取ると影浦は、パリコレのモデルのようにその場で回転しながら袖《そで》を通し、乱れてもいない髪を手櫛《てぐし》で整えたあと、人差し指と中指を立てた手で一同に軽く敬礼を送り、そして踵《かかと》までの長い裾《すそ》を翻《ひるがえ》して部屋を出ていく。

1

「やっぱ、密室殺人とかあるわけですよね」

ワイングラスを両手で捧げ持ち、白砂明穂《しらすなあきほ》が目を輝かせる。

「ドアや窓が施錠された家屋内で変死体が発見されることは頻繁《ひんぱん》にありますよ」

影浦は柔らかな笑顔で応じる。明穂と、その横に坐る藤谷真菜《ふじたにまな》は顔を見合わせ、きゃあと黄色い声を発する。

「どんな密室トリックがありましたぁ?」

「トリックなど、何も」

「氷を使って鍵を掛けるとか、釣り糸を使うとか、壁が動くとか」

「私が体験したケースは、家族が犯人だったか、合鍵が使われていたか、実は自殺だった、事故だった」

「えーっ?」

「小説と現実は全然違います」

「じゃあダイイングメッセージは?」

今度は真菜が尋《たず》ねる。

「見たことないですね」

「えー?」

「あなたが箪笥《たんす》の角に足の小指をぶつけた時のことを思い出してください。動けない、声は出ない、カラオケで十八番の曲の歌詞も思い出せない。胸を刺されたり頭を殴られたりしたら、その何倍も痛いのですよ。文字を書けると思います? ましてや暗号のような手の込んだやり方で。もしそれをできるだけの力が残っているのだとしたら、助けてくれと叫びます。四つん這《ば》いで部屋を出ます。それが人間の本能です」

明穂と真菜はなお質問をぶつける。

時刻表の盲点をついたアリバイトリックは？　童謡や俳句に見立てた殺人は？　やっぱ関係者を集めて「さて」と言うんですかぁ？

影浦はそれらをことごとくネガティブに突き返す。

「遅刻遅刻とトーストを齧《かじ》りながら家を飛び出したら路地の出口で男の子とぶつかり、気をつけろブスと一方的に怒られて、不愉快に思いながら教室に入ったら、さっきの男子が転校生としてやってきた、よく見るとなかなかイケメンだった——というような出会いを現実に体験した友達がいますか？　現実とはそういうものですよ。探偵という仕事にしても、先程から何度も言っているように、犯罪事件の謎解きとは無縁なわけです。現実には、浮気の調査に、夜逃げした債務者の追跡、といった塩梅《あんばい》です。まあ私の場合は少し特殊で、警察の手伝いもしていますが、しかしそれにしてもタレコミ屋のようなもので、いわゆる名探偵というのは、あくまで空想上の存在です。そう、麒麟《きりん》や龍と同列の、空想上の生き物なのです」

明穂と真菜のテンションは、ファンヒーターの横に置いたシクラメンのように萎《しお》れていき、白《しら》けた空気が室内に充《み》ち満ちる。

「十一体の雪だるま事件」から三週間後の三月八日、影浦逸水《はやみ》は中伊豆《なかいず》にいた。助手とは名ばかり、事実上身の回りの世話係の私も一緒である。事件解決の、いわばご褒美《ほうび》だった。

　あの事件が起きた長野の山荘のオーナーは荒垣美都夫《あらがきみつお》だった。形振《なりふ》り構わぬ企業買収によりこの数年でのし上がってきた、かのアラミツ・グループの若き総帥である。その荒垣が影浦を中伊豆に招いた。

「私は創業以来、社員の誕生日にはプレゼントを贈っているんですよ。入社二日目の新人にも、手書きのメッセージを添えて。このアットホームなところがアラミツ・グループの特長であり躍進の秘密でもある。炯炯《けいけい》会もその一つです。荒垣美都夫個人が主催してる月に一度の社内懇親会で、部署や地位に拠《よ》らずランダムに社員を二十人程度呼び、飲み食いしながらざっくばらんに語り合おうというものです。社員一人一人の顔が見えなくなってしまったら、その会社はもうおしまいですからね。秘書も運転手も連れてこないので、私も一社員に戻った気分で楽しんでいます。今月の炯炯会は来週末を予定しています。場所は、中伊豆はNの萩宮《はぎのみや》荘、全国七ヵ所にあるグループの保養所の一つです。それで影浦さん、炯炯会には毎回各界からゲストを呼んでお話しいただいているのですが、どうです、今回お話をお願いできませんか。あなたのユニークな経験は、きっとうちの者たちに刺激を与えてくれることと思います。温泉も引いてありますよ。管理人は元板前で料理の方も保証付き。炯炯会は一泊二日の催《もよお》しですが、影浦さんはその後何日でもゆっくりしていっていただいてかまいません」

ということで中伊豆のNにやってきた影浦と私であった。

三月の伊豆にしては珍しい雪の日だった。そのせいで現地到着が遅れ、温泉に浸《つ》かる間もなくパーティーが始まった。参加したのは私たちも含めて二十一人、食事そっちのけで荒垣社長が一時間講話を垂《た》れ、影浦が二十分講演し、午後九時にお開きとなった。

その後私たちは与えられた二階の部屋に戻り、影浦はパーティー会場から持ち帰ったワインを開け、私は温泉に入る用意をしていたところ、もう少し話を聞かせてくださいと、自称ミステリー小説好きの女性社員が二人訪ねてきた。いずれも二十代後半の、一人はバレリーナのように手足の長い、一人は推定Eカップの、凸凹《でこぼこ》コンビだ。

というのが現在の状況である。

真菜がカーテンの合わせ目を少し開け、窓の外の闇に顔を向ける。

「あ、雪は止んだみたい」

「ホント？」

明穂が素早く反応し、窓際に寄っていく。

「月もぼんやり出てる」

「ホントだ」

「明日は晴れだね」

「だねー」

「道がぐちょぐちょにならなければいいけど」

「だねー」

たわいない会話が続く。この気まずさをどうやって解消すればいいかと考えを巡らしているように見える。

　ぽんと手を打ち、明穂が振り返った。

「雰囲気のある夜ですね」

「ちょっと寒いけど、カーテンを開けたままやりますか」

　影浦がワインのボトルを差し出す。

「じゃなくってぇ、こういう晩は何かが起きそうというかぁ」

　真菜が豊かな胸の前で手を組み合わせた。

「恋する男女にとっては特別な夜になりそうですね」

「違いますよぉ。ねぇ？」

　真菜は明穂に顔を向けて、

「博多ラーメンには？」

　すかさず明穂が答える。

「紅生姜《しょうが》」

「生ビールに？」

「枝豆」

「温泉で」

「卓球」

「新歓コンパで」

「救急車」

「冬の苗場《なえば》で」

「スキーにスノボ」

「夏の苗場は」

「フジロック」

「東京タワー」

「蠟《ろう》人形館」

「シベ超」

「ロープ投げ」

「雪の館《やかた》」

「殺人！」

「そう！　雪の夜、館に集まった人々、ときたらもう、殺人事件と相場が決まってるじゃないですかぁ」

真菜と明穂は手に手を取って、きゃっきゃと上下に振りたてる。影浦は苦笑いする。

「しかも雪が止んで、このあと降りそうにはなく、すぐに溶けそうでもない」

「犯人が外部からやってきても、内部の人間が逃走しても、雪の上に足跡がくっきり残るわけです」

「ところが外には猫の足跡一つなぁい！」

「ということは？」

「犯人はこの中にいるぅ？」

「いやそれとも？」

「外部の人間が足跡を付けずに出入りしたのかあっ？」

「そこにはどんなトリックが！」

放っておいたら朝まで続けそうである。

「水を差すようで申し訳ありませんが」

影浦が咳《せき》払いした。

「こういう閉鎖状況下にある人間が殺人を犯すことは、現実にはほとんど考えられません。外は一面の銀世界、今ここで事件を起こせば、怪しい怪しくないに拘《かか》わらず、無条件に容疑者の一人として扱われます。今日ここに集まった誰とも面識がないのなら、殺害後こっそり逃げればいいけれど、素性が割れているので、逃げてもすぐに御用となる。酔狂にも警察を相手に犯人当てのゲームを挑むのでなければ、雪の館で事を起こしてはならないのです。たとえ親子三代に亘《わた》る仇敵《きゅうてき》に巡り合ったとしても、今日のところはぐっと堪え、殺害の実行は後日に回す。ああもちろん、パーティーで酒の度が過ぎ、売り言葉に買い言葉でカッとして殴り殺してしまうことはあるでしょう。しかしあなた方が望んでいる吹雪の山荘での事件とは、そういう下世話なものではありませんよね？　外部の人間が足跡を残さずに侵入することも不可能です。トリック？　足跡の上に人為的に振りかけた雪に騙《だま》される警察がいたらお目にかかりたいものです。ロープを張って空中歩行しますか？　大道芸人なら歩けるでしょうが、いったい足跡を付けずにどうやってロープを張るのでしょうか。それこそシベ超の佐伯《さえき》大尉にロープ投げしてもらわないと。サーカスの人間大砲を使い、雪上を吹っ飛んできますか？　要するに、そうやって思い浮かぶトリックというものはすべて、机上の空論にすぎないのです」

「ヤだ、もうこんな時間」

携帯電話を取り出し、明穂がわざとらしく言った。どう切り込んだところで影浦とは話が通じないと、ようやく諦《あきら》めがついたようだ。そろそろおいとましましょうと、連れの袖を引っぱる。

「でも先生、ここは呪《のろ》われてるから、理屈を超えたことが起きるかもー」

真菜は空気を察することなく喋《しゃべ》り続ける。

「呪われてる?」

「萩宮荘はですねー、そもそもは埼玉の建設会社の保養所として建てられたの、バブルの時に。でもバブルが崩壊して、その会社は倒産、社長は自殺。萩宮荘で首を括《くく》った」

「えー? ここで?」

私は顔を顰めた。本当なんですと明穂が頷いた。

「萩宮荘はその後競売に掛けられ、次のオーナーとなったのは某プロ野球選手。ところがこの人、ここを手に入れた年のオフに足を故障しちゃって、そのまま引退。故障というのが、萩宮荘の風呂《ふろ》場で滑ってのアキレス腱《けん》断裂というんだから」

「マジですか?」

「マジよぉ。次の持ち主カシエラ・エンタープライズは、ITバブルがあっという間に弾《はじ》けちゃって、アラミツ・グループに企業買収されるし」

「カシエラ・エンタープライズの社長も萩宮荘で不幸に?」

「ここからの帰りに車で事故ったとか。もう一杯だけいただいちゃおうかなあ」

真菜は艶《なま》めかしく身を捩《よじ》り、ぽってりとした唇の脇に人差し指を立てた。影浦がワインボトルを差し出す。

「ねえ先生」

「私は呪いも祟《たた》りも信じませんよ。車の事故も風呂での転倒も本人の不注意でしょう」

「あー、その話題はもう終わってるの。ねえ先生、しっつもーん」

「何でしょう」

「訊《き》いちゃおうかなぁ、どっしよっかなぁ」

「どうぞ遠慮なく」

「じゃあ訊いちゃお。影浦先生は結婚されてませんよねぇ？」

「その、先生というのはやめてくれませんか。探偵といっても、金田一耕助《きんだいちこうすけ》のような活躍をしているわけではないのだから」

「あーもー、そういう話はもういいからぁ。独身ですよね？」

「さあ、どうでしょう」

「指輪してないんですけど」

「あなた、探偵の素質がありますよ」

世辞にはにこりともせず、真菜は私の方を向く。

「武邑さんも独身ですよねぇ？」

「僕はまだ学校を出たばかりですから」

「彼女は？」

「いない歴二十四年です」

私は頭を掻《か》く。真菜がニヤリと笑う。

「先生はイタリアもののスーツが嫌みなく似合っているシブいオジサマ。助手さんは黒いストレートヘアーに低血っぽそうな青白い肌。でもって、二人とも女っ気なし。なんかアヤシイ感じがしますよねー」

嫌な予感がした。しかし影浦は笑顔を保ったまま、豊かに膨《ふく》らんだ口髭《くちひげ》と顎鬚《あごひげ》を掌《てのひら》で撫《な》でて、

「それはまあ、探偵という職業を分類すれば、堅気《かたぎ》ではなくやくざのカテゴリーに入りますから、お二人のような普通のお勤めをしている方の目には怪しく映ることでしょう」

「そういう意味じゃなくってぇ」

「だいぶん飲んだね。立てる?」

明穂が慌てた様子で連れの腕を引っぱる。真菜は動かない。そして言う。

「ええと、こういうの、何て言うんだっけ。小姓《こしょう》? 稚児《ちご》?」

ようやく影浦が顔色を変えた。

「すみません。彼女、飲み過ぎたみたいで」

明穂が頭を下げる。

「一目見て、ピーンときたんですよぉ。なーんか、それっぽいなあって」

真菜はグラスのワインをぐっと空《あ》ける。

「ただの先生と助手ですよ」

私は顔を引き攣《つ》らせて否定する。

「部屋が一緒だしぃ」

「最初からそういう割り当てになっていました。それだけです」

「むきになって否定するしぃ」

「すみません、訳解らないこと言って。やっぱり飲み過ぎですね。ほら、帰るよ」

明穂は影浦に頭を下げ、真菜の脇に手を差し入れて無理やり立たせる。

「はぁい、帰りまぁす。おじゃましちゃ悪いからぁ」

真菜は怪しい呂律《ろれつ》で繰り返しながら、明穂に引き摺《ず》られるようにして退場する。

「お気をつけて。おやすみなさい」

影浦は愛想良く手を振り返す。

2

「飲み直しだ、飲み直し！」

影浦はグラスになみなみとワインを注《つ》ぎ、半分ほど一気にやった。

「今、パーティーの飲み直しをやってたんじゃないですか」

私はペットボトルの水で喉《のど》を潤《うるお》す。不躾《ぶしつけ》な訪問者のおかげですっかり醒《さ》めてしまった。あー、疲れた疲れた！」

「飲み直しの飲み直し！

影浦はアルマーニのジャケットを脱ぎ捨て、ズボンのベルトを緩《ゆる》め、シャツの裾をだらしなく出して、ソファーの上に胡座《あぐら》をかいた。

「嘘をつくから疲れるんですよ」

「しょうがないだろ」

「現実にも、小説顔負けの機械的なトリックを用いた密室殺人事件はあるし、ダイイングメッセージが遺《のこ》されていた例も一つ二つにとどまらない。そもそも今日ここに招かれたのも、雪の山荘での連続殺人事件を解決したご褒美じゃないですか」

「何がご褒美だ。成り金が虚栄心を満たしただけじゃないか。ゲストで話せ？　自分の持ち時間は一時間でゲストは二十分。結構、結構。おまけに、人が立って話しているというのに、どいつもこいつも飲み食いお喋りにご熱心で」

ふんと鼻を鳴らし、影浦はワインを呷《あお》る。

「『探偵の視点による人間観察術とその応用』なんていんちき心理学者みたいな話をするから、誰も聴きやしないんですよ。朝日を浴びてオレンジ色に輝く雪だるま、その数、実に十一、まさに前衛芸術のように庭に立ち並んでいる、そして室内には女の死体が！　と講談調でやれば、グラスもフォークも置いて聴いてくれたのに」

「いつも言ってるだろう。関わった事件のことはいっさい口外してはならんのだよ。忘れもしない『帝国海軍の密使事件』。旧日本陸軍出身の製薬会社名誉会長が東京の自宅の核シェルター内で殺害された。しかし完全な密室状態であった現場にあったのは被害者の胴体部分だけで、頭部はその後しばらくしてから横須賀《よこすか》で、両腕は広島の呉《くれ》と長崎の佐世保《させぼ》で、両脚は京都の舞鶴《まいづる》と青森の大湊《おおみなと》で発見された。それはもう凄《すご》い事件だった。残忍きわまりない手口、巧緻《こうち》なアリバイ工作、四十年の時を超えた背筋も凍る動機、そしてそれらを白日の下に晒《さら》した素人探偵の叡智《えいち》。公判の冒頭陳述の際に被疑者が舌を噛《か》み切って自殺というのも前代未聞だった。被疑者死亡で事件に幕が下りたあと、私はこの怪事件の顛《てん》末《まつ》を一冊の本にまとめて上梓《じょうし》した。するとどうだ、プライバシーの侵害に当たると、被害者と加害者、双方の遺族から訴えられた。裁判では敗訴、出版物は回収廃刊されたうえに賠償金も支払わされた」

「それは承知しています」

「五年後、私は新たに本を書いた。長野での『月の宮殺人事件』、結納《ゆいのう》の日に仲人《なこうど》が殺され、婚礼の前日に花嫁の父が殺され、それでも強行された婚礼の席で新郎の弟が毒杯に倒れ、初夜に花婿が殺された、あの連続見立て殺人だ。五年前の失敗を踏まえ、関係者の名前は匿名《とくめい》とし、事件の舞台も架空の村とし、屋敷の外観も間取りも変え、つまり小説として書いたわけだ。現実からそのまま持ってきたのは、私自身、名探偵影浦逸水だけだ。なのにどうだ、またも人権侵害で裁判沙汰《ざた》になり、モデルを特定できるからと、敗訴。一千万単位の賠償金を背負わされ、いまだに返済を続けている」

「その話も十五回は聞かされました」

「君はその十五回から何を学んだんだい。関わった事件については何も語ってはいけないのだよ」

「でも、話すだけなら」

「駄目だ」

「今日のは講演というよりスピーチです。マスコミの取材も入っていませんでした」

「そうして気を抜いてぺらぺら喋ってしまうと、あとあと自分の首を絞めることになる」

「そんなものでしょうか」

「どこからどう話が漏《も》れ、誰から誰にどう伝わり、ある日突然内容証明が届かないともかぎらない」

「神経質すぎるのでは」

「神経を使いすぎるということはない。プライバシーの保護については年々煩《うるさ》くなっている」

「それはまあ」

「こういうことも考えられる。名探偵に嫉妬《しっと》する何者かが、名探偵を失墜《しっつい》させるために、関係者を焚《た》きつけ、訴訟に持ち込ませるかもしれない」

「うわっ、自意識過剰……」

「何か？」

「いえ、何でも」

「裁判沙汰になり、敗訴した時、君は責任を取ってくれるのか？　何百万何千万もの賠償金を用立ててしてくれるのか？」

「いや、それは、まあ」

「だから君も、私の横で見聞きしたあれやこれやを軽率に口にしないように」

「はい」

「さっきのようなちょっとした雑談にも気を遣うように」

「はい」

「アルコールが過ぎて口を滑らせるんじゃないぞ。名探偵を気取って女にもてようとするな」

「わかりました」

そう素直に返事をしたのに、影浦は仏頂面《ぶっちょうづら》だ。

「ああもう、まったくやってられないよな、武邑君」

不機嫌に吐き捨て、ワインをぐっと呷る。

「『四国剣山《つるぎさん》胎内洞《たいないどう》逆十字架事件』を解決したのは誰だ？ 『空中伽藍《がらん》の四重密室』を解体したのは？ 『呪いの十三点鐘事件』に『トランク詰めの花嫁、伊豆―磐梯《ばんだい》―軽井沢《かるいざわ》殺人トライアングル』に『天狗教ピラミッドの百死体』。全部、この私、影浦逸水の存在抜きには語れないじゃないか。なのにどうして無能を装わなければならないのだ。警察のタレコミ屋みたいなもの？ 囮《おとり》捜査に協力して歌舞伎《かぶき》町のカジノバーで一騒動起こす？ 荒川《あらかわ》土手のホームレスになりすまし、強盗殺人犯の目撃談を集めて警察に売り込む？ 誰がそんな泥水の中を這い進むようなことをするかって。私は知的な探偵だ。名探偵なのだよ」

　そしてまたワインを呷る。

「やっぱり活躍ぶりを人に知らしめたいですか？」

「答をあらかじめ用意してある質問はやめろ。あー、ちくしょう、本当なら、名探偵影浦逸水シリーズが平均二十万部のベストセラーとなり、ドラマ化アニメ化ハリウッドでリメイクもされてモナコに移住、今ごろはパリ警察の要請で十六区とブローニュの森で発生した連続猟奇殺人事件の謎に挑んでいるはずだったんだぞ。あー、ちくしょう！」

「じゃあ真実を明かしちゃいましょうよ。僕もモナコに住んでみたいなあ」

「だからそれは許されないんだって。関係者のプライバシーの問題もそうだが、叔父貴はどうなる。一民間人が警察官と肩を並べて現場検証を行ない、捜査会議に出席し、取り調べに同席する。そんなことが許されると思うのか。嫉妬に狂った醜女《しこめ》のように、権力者や金持ちを叩《たた》くのが現代の風潮だ。法的に正当な行為である警察官の発砲でさえ、やいのやいの叩かれるんだぞ。連日の糾弾《きゅうだん》で警察は本来の機能に支障をきたし、私の後ろ盾である影浦警視正は辞職に追い込まれる」

「確かに、フライトシミュレータの達人高校生を実機のコックピットに入れて操縦桿《かん》を握らせたら大問題になりますよね」

「私は名探偵だ。しかし黒子《くろこ》としてしか存在し得ない。名探偵なのにどうして表に出ていけないのだ。人々の賞賛と尊敬と羨望《せんぼう》を集めることができないのだ。モナコ湾に係留されたクルーザーの船上で、左右にブロンドの美女を侍《はべ》らせ、ボジョレーのワインを楽しんでいるはずが、賠償金の負債を抱え、警察からの僅《わず》かな協力費で池袋《いけぶくろ》のワンルームに暮らす四十歳独身。腹立たしい。欲求不満だ。だからストレスでこんなことになる」

と影浦はマッシュルームレイヤーの鬘《かつら》に手を当てる。

「そんなに辛《つら》いのなら、いっそ職を変えてはどうです」

「こんな歳《とし》の人間をどこが雇ってくれる。実務経験がない、資格がない、外国語も喋れない。潰《つぶ》しが利《き》かないとはまさにこのことだ」

「工場の期間従業員なら五十歳くらいまでいけますよ」

「駄目駄目。若い頃に一度やったことがあるが、朝礼での唱和とか無気力な体操とかTQCとか、阿呆《あほ》らしくてやってられない。今の十倍生産性の上がるシステムを提案したところで、一アルバイトの意見など右から左だ。ミスなく百の仕事をこなした人間と、百の材料を無駄にして一の仕事しか達成できなかった人間の給料が同じというのにも納得できない。一週間と保《も》たなかった」

「ご実家の仕事を手伝うとか」

「あれは十代の頃から下積みを重ねないと使いものにならない」

影浦はワインボトルを引っ摑《つか》み、グラスにごぼごぼと注《つ》いで、

「勤めに出れば仕事のやり方で会社と喧嘩《けんか》、花見を拒否したら変人扱い、どの職場もひと月も続かず、家でゴロゴロする毎日。今ならニートという称号を与えられ、社会が悪いから仕事に就けないのよねと同情してもらえるところだが、二昔《ふたむかし》前は違う。近所の目を気にした親から、禅寺での修行とマグロ船のどちらがいいかと迫られる始末。それを助けてくれたのが警視庁の警部だった叔父貴だ。法事の席での私の一言《ひとこと》が迷宮入り寸前の事件を解決に導いたことがきっかけで、担当中の難事件について私に話すようになり、私が有益な意見を言えば小遣いをくれ、そのうち現場に呼ばれるようになり、捜査員と懇意になり、気づいたら警視庁お抱えの捜査コンサルタントになっていて、やがてその活躍ぶりは荒川や多摩川《たまがわ》を越えて関東全域に伝わり、今では東日本一円の警察から頼られるようにな

った。報酬はたいしたことないし、黒子に徹しなければならない。しかしこの仕事でキャリアを積み、コネもできた。普通の会社勤め宮仕えとは違い、自分が正しければ誰にも文句を言われない。警部だろうが本部長だろうが黙らせることができる。私にはもうこの仕事、探偵を続けるしかないのだよ」

そう喋りながら影浦は、とうとう一人でワインを一本空《あ》けてしまった。

彼の口調はどうしようもなく怪しかったが、その内容だけ取り出してみると、少しの誇張もなかった。その時彼が存在しなければ、『四国剣山胎内洞逆十字架事件』は現在も未解決、『月の宮殺人事件』は時効を迎えていたはずだ。影浦逸水は正真正銘の名探偵なのである。

私、武邑大空《おおぞら》が影浦の助手になって一年になる。

元祖である影浦から遅れること二十年、私はニートとして時代の最先端にいた。高校を中退したものの働く意欲が湧かず、家と図書館と書店を三角形に行き来する毎日を送っていた。将来のことは、いちおう考えていた。古今東西の探偵小説を読み尽くしてしまったら働こう。

そんな生活を四年も続けていたら、私を心配に思ったのだろう、警察関係の知人が、探偵小説好きにはもってこいの仕事があるよと、影浦の助手を紹介してくれた。なんでも前任者が突然辞めて、緊急に人を探しているところだという。

どうせ興信所の雑用だろうと、私は何も期待せず、紹介者の顔を立てることだけを目的として、その探偵とやらの仕事ぶりを見に行った。

ごめんなさい影浦逸水さん、あなたは本物でした。名探偵というものがこの世に実在したのだと体が震えた。

助手といっても、「先生」と関係者の遣《や》り取りをいちいち書き留めたり、密室の状況を図面に起こしたりはしない。影浦の頭の中には半年前の昼食の献立も入っている。

影浦逸水という人は常識的な生活能力が欠如《けつじょ》していた。部屋の片付けができず、裸のDVDディスクとコンビニの弁当殻が一緒くたになり、床に何層も堆積《たいせき》している。桃源《とうげん》社版小栗虫太郎《おぐりむしたろう》全作品全九巻の再読を始めると、二日も三日もコーヒーだけで過ごす。一週間着たきりの服で現場に出ていこうとする。約束を平気ですっぽかす（地層の中に時計が埋もれているからと、彼は意味不明の言い訳をする）。

私は先生が伝染病に罹《かか》らないようゴミを出し、餓死しないように食事を与え、服を洗濯して着替えさせ、現場まで連れていく。およそ探偵の助手とは思えない仕事である。報酬も高校生の小遣い程度だ。前任者が逃げ出したのも無理からぬ話だ。

しかし影浦のそばにいれば、密室からの死体消失やグリム童話に見立てた連続殺人に触れることができる。つまり探偵小説をライブで体験できるわけで、そこから得られるカタルシスは読書の比ではない。

ただ、どうしようもなく不愉快なことがある。だらしないのは苦笑いで済ませられる。かのシャーロック・ホームズや金田一耕助だって自分の世話が満足にでさなかったのだ。

下世話な愚痴《ぐち》はかんべんしてほしい。

現場では鬼警部をも顎で使い、舞台俳優のような優雅さで謎解きを行ない、颯爽《さっそう》とコートの裾を翻して退場する。最高だ。痺《しび》れる。

なのに舞台を降りたら、やれ儲からないの、やれ活躍ぶりが世に出ないの、やれ女にもてないのと、卑《いや》しい望みを口にする。耳に胼胝《たこ》ができるほど繰り返す。名探偵はいついかなる時にも超然としていてほしいのに。

「さっきのねーちゃんたちの方が年収が上なんだろうなあ、絶対そうだよなあ、ちくしょう」

影浦はまだそんな繰り言を言う。

「そろそろ店仕舞いですよ」

私は彼の手から新しいワインボトルを奪い取る。

「一口だけだよ、一口」

「一口飲んだら二口飲みたくなります」

「古女房みたいなこと言うなよ」

影浦がボトルを奪い取る。

「明日、帰りの車で気持ち悪くなっても知りませんよ」

「それが古女房だってぇんだよ。あー糠味噌《ぬかみそ》臭い」

「では温泉で糠味噌を洗い流してくるとします」

そう笑顔で応じ、心の中では、結婚したこともないくせにと毒突く。

「お客さん、浴場の利用は午前六時半から午後十一時でお願いしますよ」

「え？　そうなんですか？」

「ロビーに貼ってあったじゃないか。その程度の観察力では探偵の助手は務まらないぞ」

影浦はグラスに口を付け、離し、電灯に翳《かざ》し、テイスティングするように回し、また口を付ける。私は小さく舌打ちをくれ、自分のベッドに倒れ込んだ。

リモコンでテレビを付け、チャンネルを適当に変えていると、ＣＳの洋画チャンネルでちょうど映画が始まるところだった。

3

一九九＊年、旧ソ連Ｘ共和国。

雪が降っている。降っているというより、横殴りに流れている。風も猛獣のように吠《ほ》えている。天も地も右も左も白一色、視界ゼロの吹雪。

徐々に雪の勢いが衰え、ついに完全に止む。風も収まったようで、重そうに雪を被《かぶ》った針葉樹の木立が静かに屹立《きつりつ》している。

夕暮れ。一面の銀世界がサーモンピンクに染まる。オレンジから紫に、そして血のような暗褐色に色を変える。

日が落ち、空には星が、一つ、二つと瞬《またた》く。

雪原の真ん中がぼんやりと光っている。俯瞰《ふかん》で捉《とら》えたカメラが寄っていくと、それが建物から漏れている明かりだと判る。石でできた無骨な四角い建物だ。

両開きの窓は閉ざされ、暗色のカーテンが掛かっている。その隙間から黄色い光が漏れている。何やら賑《にぎ》やかな声が聞こえる。カメラはカーテンのわずかな隙間から室内にズームインする。

原色の民族衣装を着た若い女が踊っている。情熱的な音楽に合わせて腰を回し、両腕を大蛇のようにくねらせる。足は複雑なステップを踏み、時折タップダンスのように板張りの床を鳴らす。背後では中年の男がギターとマンドリンを合わせたような十弦の楽器を奏《かな》でている。鼓《つづみ》を三つくっつけたようなパーカッションで激しいビートを叩き出しているのは十二、三歳の男の子だ。

広間には十数人が集っている。香ばしく燻《いぶ》した獣肉、煮込んだ野菜、湯気を立てる大鍋、焼きたてのパン、シロップ漬けの果物、自家製のワインと蒸留酒。大テーブルには所狭しと料理が並んでいる。

石壁には花や鳥をあしらったタペストリーが掛けられ、白い鬚を蓄《たくわ》えた老人の肖像画が飾られている。

一人の男がテーブルを離れる。怪しい足取りで踊り子の方に近づいていく。へらへら笑いながら手を伸ばすと、彼女はにっこり微笑んで彼の手を取る。喝采《かっさい》と手拍子が湧く。音楽がテンポアップする。

女のリードで二人は踊る。しかし男は足が付いていかない。腕を組み、その場でクルクル回転していると、足が縺《もつ》れ絡まり、尻餅《しりもち》をついてしまう。どっと笑いが起きる。

カメラが大テーブルにパンする。つるりとした顔の若者が陶製のピッチャーを取りあげる。グラスが透明な液体で満ちる。

「おいおい、もう水かい。なんなら、ミハエル坊やにはミルクを持ってきてあげましょうか?」

横に坐った中年の鬚男がからかう。

「飲み過ぎると、何かがあった時に大変なことになりますから」

「何か?」

「今夜ここを襲撃されたら、我々の理想は理想のまま終わってしまいます」

ミハエルと呼ばれた若者は心配そうに暖炉に目をやる。オレンジ色の炎が生き物のように揺らいでいる。パチンと音を立てて薪《まき》が爆《は》ぜ、踊り了の足下に火の粉を撒《ま》き散らす。

「おいおい、めでたい席で縁起でもないことを言うもんじゃない」

「こういう日だからこそ気を引き締めないと」

「誰が気を抜いている。わざわざここに集まったのは安全のためだろう」

「それはわかってます」

「ここは湖に浮かぶ小島だぞ」

「はい」

「本土の船着き場には監視を立てている。水中には電流感応型の係維機雷を敷設してある」

「ええ」

「この寒さでは泳いで渡ってくることもできない。本土からは、一番近いところからでも二キロは離れているからな。ここは要塞《ようさい》といっていい」

髭の男は豪快に笑い、六十度の蒸留酒をぺろりと飲み干す。ミハエルはそれでも不安そうに何かを訴えようとするが、彼が口を開く前に、広間を震わせるようなバリトンが轟《とどろ》いた。

「我らが同志に一千年の栄光を！」

その声を待っていたかのように、全員が席を立ち、

「我らが同志に一千年の栄光を！」

と杯を挙げる。

「そしてアメリカに死を！」

「そしてアメリカに死を！」


明かりの消えた寝室。ミハエルは粗末なベッドに倒れ込む。すぐに小さな鼾《いびき》をかき始める。周囲の勧めに抗しきれず、正体を失うほど飲んでしまっていた。

部屋のカーテンが少し開いている。窓越しに見える空には無数の星が輝いている。月はない。


闇の中に悲鳴が轟く。

ベッドに俯《うつぶ》せに倒れていたミハエルが跳ね起きる。耳を澄ます。夢かと首を傾《かし》げる。

再び悲鳴。

ミハエルはベッドを飛び降りる。薄っぺらなマットレスの下に手を突っ込む。短銃を取り出し、安全装置を外す。足音を殺してドアまで歩み、そっとノブを回す。

廊下も暗い。二つ先のドアが半分開いている。ミハエルは壁を背に、横歩きでそのドアまで接近する。呼吸を計り、ドアを蹴《け》り開け、室内に躍り込む。

男の上半身がベッドから落ちている。ミハエルは跳ぶように近づき、声をかける。

「セルゲイ、セルゲイ」

返事はない。男の首は真横にぱっくりと割れている。夥《おびただ》しい血が体と床を汚している。

その頭をベッドの上に安置し、ミハエルはドアまで戻った。

廊下に出た刹那《せつな》、ミハエルは気配を感じ、両手で銃を構えて左を向いた。

頭に銃口を突きつけられた。

「なんだ、ミハエルか……」

溜《た》め息とともに自動小銃が下ろされた。

「ヴィクトル？」

ミハエルも緊張を解いた。

「セルゲイもやられたのか？」

「ひどいものだ、首を切られて。え？　セルゲイも？」

「ウラジーミルとボリスとアスランもだ」

「え!?」

「師は？」

「え？」

「マゴメドフ師は無事か？」

「判らない。見たのはセルゲイの部屋だけで」

「ちくしょう、どうなっている」

ヴィクトルはミハエルを押しのけ、ＡＫ―47を構えて廊下を奥に進む。ミハエルもおろおろあとに続く。

「いったい誰が？」

「判らん。師の安否は俺が確認するから、おまえは応援を呼べ」

「あ、うん、諒解《りょうかい》」

ミハエルはヴィクトルと別れて階段を降りる。一階まで降り、さらに降りる。地下の小部屋に入り、無線機の前に坐る。

「こちら黒い森の蜜蜂《みつばち》、北天の回廊星、応答願います。北天の回廊星！　北天の回廊星！　応答願います！」

暴風雨のようなノイズの中に声が聞こえる。

「こちら北天の回廊星。その声はミハエル坊やか？」

「虹鱒《にじます》荘が何者かに襲撃されました」

「何だと？」

「セルゲイとボリスとアスランと、ええとそれから……、たくさん倒れています！」

「おい、どういうことだ？」

「とにかく血塗《まみ》れで倒れているんです！」

「ミハエル、落ち着け。いったい何があった？」

「解らない！　みんな血塗れなんだ！　首を切られてる！　早く応援を！　助けて！」

ミハエルはマイクに嚙みつくようにして絶叫する。

「諒解。すぐに船を出す」

ミハエルは無線機のスイッチを切り、ホッと息をつく。

次の瞬間、ミハエルの背後から腕が伸び、顎の下に滑り込んだ。

何の抵抗もできず、ミハエルは喉笛《のどぶえ》を切りつけられる。

＊

ノックの音が聞こえた気がした。

テレビの画面から目を離さずにいると、またノックの音が聞こえて、続いて「影浦先生」と声がした。

影浦は腕組みをしてソファーにふんぞり返っていた。瞼《まぶた》は半分閉じていて、かと思うと突然カッと目を見開き、また瞼が落ちてきて、それを不規則に繰り返している。

私はベッドを出てドアを開けた。さっきの二人組が立っていた。

「ブレスレットを忘れたみたいなんですけどぉ」

藤谷真菜が左の手を顔の横に掲げた。

「ちょっと待っててください」

と部屋に引っ込もうとすると、

「あ、自分たちで探します。お手間をかけさせては悪いから」

と白砂明穂がドアを大きく開け、中に入ってこようとする。

「いや、僕が見てきます。先生、もうお休みなんですよ。どんなブレスレットですか?」

私は二人を押し出してドアを閉め、ソファーの周りを調べた。影浦のシャツの胸元は大きくはだけ、ズボンのファスナーの間からは駱駝《らくだ》の股引《ももひき》が覗《のぞ》いている。とても人様に見せられる姿ではない。

半分眠っている影浦を押しのけて彼の尻の下も見てみたが、それらしき物は発見できなかった。入口に戻って二人にそう告げると、

「パーティーで落としたのかもしれないので、ホールを探してみます」

明穂は素直に引き下がり、

「おじゃまさまぁ」

真菜はニヤニヤ変な笑いを投げかけてきた。

私はベッドに戻り、ふたたび神経をテレビに向けた。
三、四分見逃したものの、どうにか物語についていくことができた。
ミハエルのSOSを受けて島にやってきた応援部隊が、虹鱒荘内の惨状に愕然《がくぜん》としているところだった。

＊

「アレクサンドル」

その声に、雪上に片膝《ひざ》を突いていた防寒コートの若者が顔を上げる。

「具合が悪くなる気持ちは解る。ああ、まったく正視に耐えない状況だ。しかし今は遺体を運び出すのが優先だ。中で手伝え」

灰色熊のような大男が虹鱒荘を指差す。

「シャミル、ちょっと来てくれ」

アレクサンドルは立ち上がり、建物に沿って歩き出す。

「マゴメドフ師もお亡くなりになり、我々はもうおしまいだ……」

大男のシャミルは頭を抱えてアレクサンドルに従う。

二人が歩を進めるたびに、処女雪の上に足跡が付く。積雪の深さは膝ほどもある。東の地平線が陽炎《かげろう》のように揺らめいている。陽は昇ったばかりだが、一面の銀世界が光を反射して、すでに昼間のような明るさである。

「おい、アレクサンドル、どこに連れていくつもりだ」

シャミルが立ち止まる。二人は虹鱒荘を一周してしまっていた。

「足跡を見たか?」

アレクサンドルも立ち止まり、振り返る。

「足跡?」

「そう、足跡」

とアレクサンドルは足下を指差して、

「この大きいのがシャミルの靴の跡、隣のが僕の。それからあっちに付いているのも僕のもの。さっき一人で一周した時のものだ」

「それが?」

「シャミルと僕、二人の足跡しか見あたらない」

「それが?」

「賊《ぞく》の足跡がないんだよ。賊はどうやって建物を出入りした?」

「どうもこうも、あそこからこう歩いてきて——」

　シャミルは船着き場を指差し、そこから腕をまっすぐ横に持っていき、虹鱒荘の玄関を指差した。彼が示した地面一帯には無数の靴跡が入り乱れている。

「あれは僕らの足跡だよ。僕らが島に到着した時には、船着き場から虹鱒荘までのアプローチもまっさらな状態だった」

「本当かよ」

「船を一番に降りたのは僕だから間違いない」

「そんな馬鹿な。じゃあ誰も虹鱒荘に侵入していないことになるじゃないか」

「ああ」

「虹鱒荘の中は死体の山なんだぞ。現実に殺戮《さつりく》が発生している」

「そのとおり。しかし襲撃者の足跡が見あたらない。これもまた現実」

「ありえない」

「とすると、説明を付けられる道は一つしかない」

　とアレクサンドルはシャミルの耳元に口を寄せて、

「外部からの侵入の痕跡はない。とすると、犯人は中にいると解釈するしかない」

「裏切り者がいると？」

　シャミルが目を剝《む》いた。アレクサンドルは唇に人差し指を立てる。シャミルは首を振る。

「それこそありえない」

「同志を信じたい気持ちは解る。しかし——」

「感情で物を言ってるんじゃない。アレクサンドルも虹鱒荘の中を見ただろう。全員が死んでいる。ということは、内部犯の可能性はゼロだ」

「その表現は正確さを欠く。全員が死んでいるのではなく、生きている人間が見つからないだけなのかもしれない」

「は？」

「この島に渡った者すべてが死体として存在していると確かめたのか？」

「え？」

「島に渡ったのは誰と誰と誰だ？　死体の数は？」

「それはつまり、誰かが生き残っていると？」

「名前と数が完全に一致しない限り、その可能性はある」

「その誰かが裏切ったと？」

「外部からの出入りが認められない以上、それが一番自然な考えだ」

「部屋を調べろ！　クローゼットの中も、ベッドの下も！」

ラッセル車のように雪を蹴散らし、シャミルは建物に向かって駆けてゆく。

＊

携帯電話が鳴った。この着信音は私のではない。持ち主はソファーで鼾をかいている。

携帯電話はいったん切れたあと、ふたたび鳴り始めた。今度はいつまでも鳴り続ける。

影浦はまったく反応を示さない。私は仕方なくベッドを離れ、床に脱ぎ捨てられていたアルマーニのポケットから端末を取り出した。

「影浦先生？」

この声は白砂明穂だ。影浦はいつの間に番号を交換していたのだと、少々呆《あき》れた。

「武邑です。ブレスレットは見つかりました？」

内心の不快は微塵《みじん》も漏らさず、私は爽《さわ》やかに尋ねた。こういうところだけは先生に似てきた今日この頃である。

「いえ、それが……」

「ホールにも落ちていなかったのですか。じゃあもう一度この部屋を探してみましょう。見つかったら朝食の時にお渡しします」

「ホールに入れなくて」

「鍵が掛かっているのですか？」

「いえ、様子がおかしくて」

「様子?」

「ホールの中で変な音がして」

爆発音がした。

テレビの中でビルから煙が上がっていた。摩天楼《まてんろう》の間を人々が逃げ惑っている。ニューヨークのマンハッタンで爆破テロが発生したらしい。映画の中の話である。

「もしもし?　武邑さん?」

「あ、失礼。どんな音がしたのです?」

私はリモコンでボリュームを落とす。

「椅子《いす》が倒れるような、罵《ののし》るような、呻《うめ》くような」

「喧嘩《けんか》?」

「かも」

「覗いていないのですか?」

「怖《こわ》くて」

「今は?」

「今は静かです。でも、何かがあったのは間違いありません。でも、覗いてみるのは怖くて。でも、放っておいていいのかとも思うし。それで、探偵の先生に助けてもらおうと」

影浦はスペンサーのような肉体派探偵ではないのだが。

「先生はもうお休みなので僕が行きましょう」

私は電話を切り、上着を羽織った。

また爆発音がした。今度は地下鉄の駅構内が阿鼻叫喚《あびきょうかん》の巷《ちまた》と化している。その騒ぎを掻き消す、影浦の高鼾。

私はテレビを消し、部屋を出て一階に降りていった。影浦の極真の黒帯ははったりにすぎないが、私は中学生の時に黄帯を巻いたことがある。

4

萩宮荘はコの字をした鉄筋二階建てで、一階が共用スペース、二階が客室となっている。階段は「コ」の右肩にあり、二階から降りて右手に行けば温泉を引いた大浴場、左に行って玄関ロビーを通過し、道なりに右に折れれば食堂兼用の大ホールである（略図参照）。

ホールの前の廊下には、明穂と真菜が寄り添って立っていた。さっきまであれほどはしゃいでいたのに、俯《うつむ》きかげんで押し黙っている。

「状況に変化はありました？」

小声で尋ねると、明穂が無言で首を振った。

廊下に面しているホールのドアは左右二ヵ所で、現在はどちらも閉じている。

「酔っぱらいがひっくり返ったとか」

空気を和《やわ》らげようと、私は軽口を叩きながら、玄関寄りのドアに近づいた。耳を澄ますが中からは何も聞こえない。ノックしてみる。返事はない。

「誰かいますか?」

そう声をかけながらドアを開けた。首を突き入れて中を覗いてみると、部屋の真ん中あたりに椅子が数脚倒れているのが目に留まった。

室内に足を踏み入れてそちらに近づいていくと、倒れた椅子に囲まれて人が倒れていると判った。

男だ。俯せになっており、顔は見えない。しかし、紺色のアイビーブレザーにグレーのパンツというトラッドな服装には見憶《みおぼ》えがあった。

「いやっ」

私の背後で真菜が声をあげた。

「社長、社長」

明穂が声をかけるが、荒垣美都夫は返事をしない。ぴくりとも反応しない。

「死んでる?」

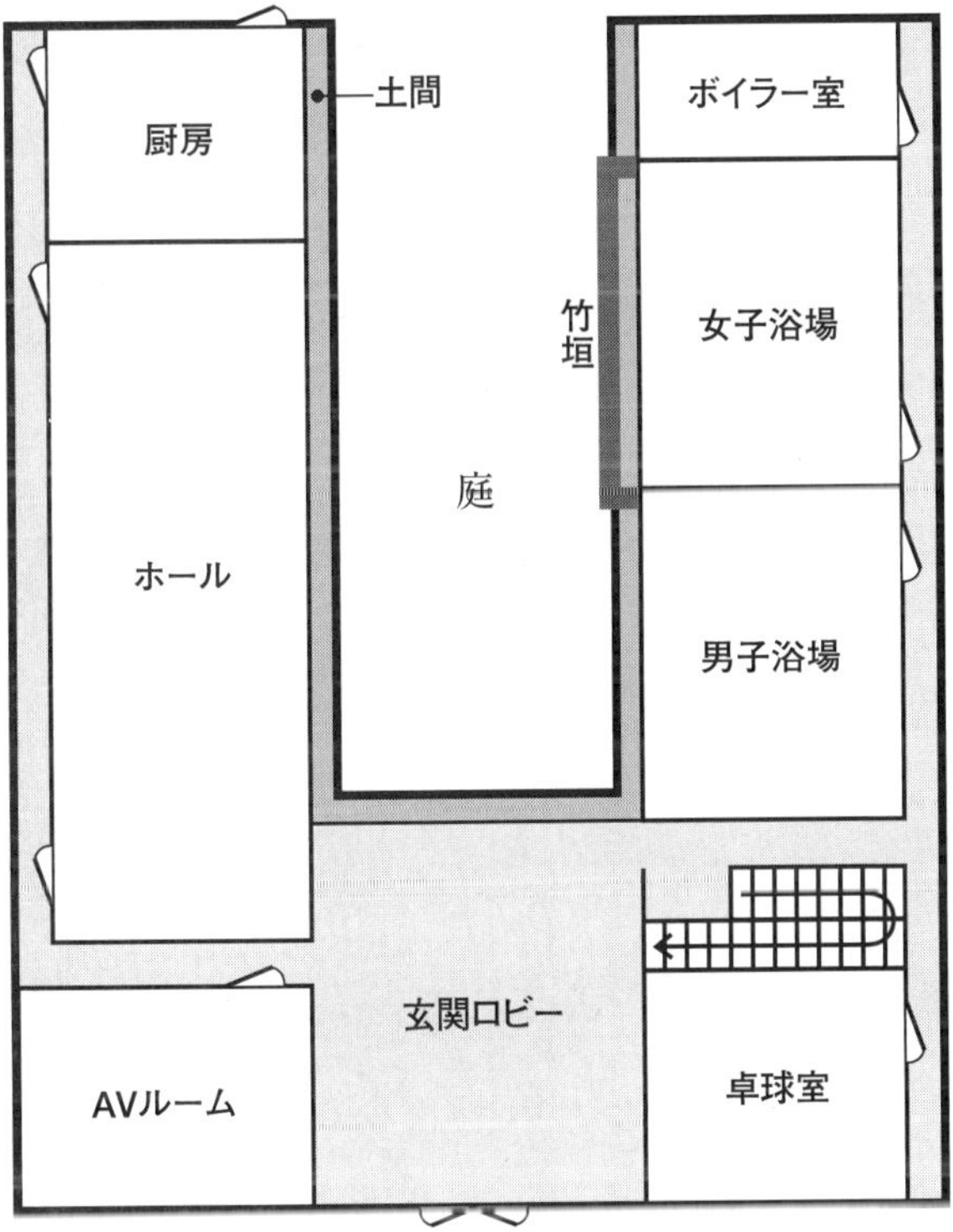

〈萩宮荘一階〉

真菜がストレートに言った。荒垣社長の後頭部にはソフトボール大の隆起があり、首は変な方向に捩《ね》じ曲がり、確かに酔っぱらって足を滑らせたという感じではなかった。

私は椅子を除《の》けて荒垣の横にしゃがみ込み、影浦を真似《まね》て首筋や手首に指を当ててみた。脈は感じられなかった。

「救急車を」

「警察じゃやないの？」

「助かるかもしれないから、まずは一一九番です」

明穂が携帯電話を取り出し、消防に助けを求める。

「二次会？　三次会？　私も混ぜてもらえるかな」

暢気《のんき》そうな声がした。眼鏡《めがね》に豆絞りの頬被《ほおかぶ》りという、いかにも温泉気分の男が、廊下からこちらを覗いていた。

「ああ事業部長、大変なんです、社長が」

真菜が手招きすると男は、締まりのない笑顔のままホールに入ってきた。数歩のうちに彼の顔付きが一変した。

「社長!?」

「いけません」

私は紅坂《こうさか》事業部長の前に立ちはだかった。

「いったい、これは?」

「見てのとおりです。荒垣さんは大怪我《けが》をしておられます」

「社長、社長」

紅坂は私の体の横から首を突き出し、おろおろ繰り返す。

「決して触ったり動かしたりしないでくださいよ」

そう念を押しておいて、私は室内に目を配る。荒垣社長が倒れていて、その周りに明穂、真菜、紅坂、そして私。他に人はいない。

「医者だ、医者を」

紅坂が振り向き、真菜の腕を引く。

「呼びました。三十分くらいかかるそうです」

明穂が答えた。ここは山の中だし、道も悪い。

「そうか。じゃあ君たちは手分けしてみんなに報《しら》せてきて」

「駄目です。人が集まったら現場が汚染されてしまう。警察が来るまではこのまま保存しておかないと」

私が待ったをかけると紅坂は、

「じゃあ我々も外に」

と二人の女性の肩を押した。

「僕は先生を呼んできます」

私はホールを出ると、階段を一段飛ばしで駆け上がり、二階の部屋に戻った。

影浦はソファーから半分ずり落ち、破れた鞴《ふいご》のような寝息を立てていた。先生先生と揺り動かすと、うーんと長く呻きながら薄く目を開けた。

「事件です。殺人事件が発生しました」

私は勢い込んで告げた。影浦の反応は驚くほど淡泊《たんぱく》だった。

「うん」

「被害者は、なんと、荒垣社長です。ホールで倒れています」

「うん」

「おそらく手遅れだし、おそらく第三者に暴行を受けています」

「うん」

「殺人事件が起きたのですよ。今、ここで」

「そんなに大声を出さなくても聞こえてる」

影浦は顔を顰める。

「じゃあ早く」

私は上着を押しつける。しかし影浦はそれを手にしないどころか体を起こそうともしない。

「先生、寝ぼけてないで。それとも酔っぱらって頭が回らないのですか？」

私は影浦の肩を揺すった。影浦は煩《うるさ》そうに手を振って、

「眠いし酔っぱらってもいる。だが頭は普通に働いている」

「じゃあ寝ている場合でないと判るでしょう。警察が到着しないうちに現場検証しないと」

「何で？」

「警察が来てからだとごちゃごちゃして動きにくいからに決まってるじゃないですか。やっぱり惚《ぼ》けてる」

「だから何で私が現場検証をしなければならないの。何警察の何警部から出動要請があったわけ？」

「え？」

「ということで、お休みなさい」

影浦は目を閉じ、私に背中を向ける。

「ちょ、ちょっと、待ってください。殺人事件が起きたのですよ」

「聞いた」

「なのに放置ですか？」

「放置してないじゃないか。警察は呼んだのだろう」

「呼んだのは救急車です」

「だったら消防が警察に連絡しているよ。つまり我々は市民としての義務は果たしている。何の問題もない」

「でも先生は名探偵なんですよ」

「I　k　n　o　w」

「そして今ここに事件が発生した。まさに出番じゃないですか」

すると影浦は、君もしつこいねと振り向いて、

「私は名探偵だ。しかし正義の味方ではない。ノーギャラでは働かないよ。ウルトラマンとは違う。警察官だってそうだろう。彼らは正義感から犯罪捜査に携《たずさ》わっているわけ？違うでしょ。毎月二十一日に給料が振り込まれるからこそ、寒風の中の張り込みも一日二百件の聞き込みもやってられる。それが職業というものだ」

「しかし警察官と探偵とでは――」

「武邑君、妙な幻想を抱いてはいけないよ。ウルトラマンだって、着ぐるみの中の人は相応の報酬を受けている」

「…………」

「己《おのれ》の活躍を活字化漫画化映像化して換金できるのなら、当局から依頼がなくてもいくらでも探偵いたしますよ」

影浦はまたそんな愚痴を漏らし、酒臭い溜め息を吐く。

「本気で言ってるのですか？」

「もちろん」

「見損《そこ》ないました」

「夢を語っていれば食えなくても満足なの？」

「解りました」

私はムッと吐き捨て、

「先生がやる気がないのなら、僕がやります」

影浦の上着を彼の上に投げ捨てる。しかし探偵は挑発に乗ってこなかった。

「どうぞご自由に。手袋を嵌《は》めて、むやみに物を動かさないようにね」

実に的確なアドバイスだったが、無性に腹が立った。

5

一階に戻ると、ホールの前の廊下に、数人が不安そうに固まって立っていた。白砂明穂、藤谷真菜、紅坂事業部長、それから七十前後の老夫婦。

「私が呼んだ。管理人さんには知らせておくべきだろう」

私が問い質《ただ》す前に紅坂が説明した。管理人の吉屋《よしや》夫妻は原則通いで仕事をしていたが、今日は道が非常に悪いので、敷地内の別棟に泊まることにしたらしい。

「夕食、とてもおいしかったです。暮れに行った那須《なす》の温泉旅館より、ずっと」

私は頓珍漢《とんちんかん》な挨拶《あいさつ》をした。

「ロビーからソファーを持ってきて、そこに寝かせましょうか」

吉屋夫人がおろおろ言った。

「動かしてはいけません」

「消防は何をしてるんだ」

紅坂がいらついた様子で腕時計の風防を叩く。

「道まで出て待っていましょう。ここは入口が判りづらいから、通り過ぎてしまうおそれがあります」

管理人の夫が玄関に向かい、妻も後を追う。

「影浦先生は？」

明穂が言った。

「先生は起きたんですけどね、部屋を出ようとしたら警視庁から電話がかかってきて、別事件の打ち合わせを、ちょっと。それが終わるまでの間、自分が予備調査をしておくよう、仰せつかりました。ほら、警察だって、警部とか偉い人は後から来るでしょう。現場に出向かないことも珍しくない」

　などと苦しい言い訳を口にしながらホールに入り、私は現場検証を始めた。まさかこういう事態に見舞われるとは思ってもいなかったので手袋は用意してきておらず、トレーナーの袖を指先まで伸ばして指紋をブロックした。

　ホールは十五メートル×五メートル程の長方形の部屋で、長い辺の一つが廊下に接し、両端にドアがある。もう一方の長い辺には掃き出し窓が六つある。窓の向こうは庭である。短い辺の方はどちらも一面壁で、開口部はない。

　この部屋で今晩のパーティーが行なわれたのだが、すでに料理もクロスも片付けられ、テーブルと椅子が部屋の中寄りに整然と並んでいる。ただ一ヵ所、荒垣美都夫が倒れている場所を除いて。

　私は腰を屈《かが》め、テーブルや椅子の下に目を凝《こ》らした。人の姿はない。人が隠れられるようなキャビネットもない。以上を確認し、いったん廊下に出た。

「うちの部屋にブレスレットを探しにきたあと、まっすぐホールに向かったのですか？」

　女性コンビに尋ねる。二人揃《そろ》って頷く。

「そして入ろうとしたところ、不審な音を耳にした」

　これにも頷く。

「それで携帯電話で先生を呼ぶことにした」

頷く。

「音を聞いてから電話をかけるまで、どのくらいありました？」

「結構あったよねぇ。五分とか十分とか。もっと？」

と真菜が言うと、明穂が、

「争うような音が聞こえている間は怖くて固まっていて、音が聞こえなくなってからは、どうしようどうしようっておろおろしていて、やっと落ち着いてきてから誰かを呼ぼうということになって、こういう時は探偵の先生がいいんじゃないかということになって」

私は影浦の携帯電話を開く。着信履歴によると、最初にかかってきたのは零《れい》時十八分。すると事件発生は零時前後か。

「電話はこの廊下からかけたのですか？」

「ええ」

「僕が降りてくるまでの間、ここから離れました？」

「いいえ」

「その間、ホールから出てきた人は？」

「いません」

「向こうからも？」

と厨房《ちゅうぼう》寄りのドアを指差す。

「誰か出てきてたら、とっくにそう言ってるに決まってるじゃないですかぁ。そいつが犯人なんだし」

真菜がもっともなことを言う。

死体が一つある。一人で勝手に転んで頭を強打、という死に方ではない。第三者に襲われている。しかし、事件発生後、誰も廊下に出てきていない。室内に隠れてもいない。となると、犯人の行方は一つに絞られる。

私は再びホールに入った。一番右の窓に近づく。クレセント錠が掛かっていた。隣の窓に移動する。鍵が掛かっていた。三つ目、四つ目の窓にも。しかし五つ目の窓のロックは解除されていた。その隣、一番左の窓も。犯人は、どちらかの窓から出ていったわけだ。

私は引き違いのガラス窓を開けた。

心臓がドキリとした。

一度目を閉じ、深呼吸をし、あらためて月明かりに目を凝らした。

さらに胸が高鳴った。

窓の外は建物に三方を囲まれた中庭である。京都のさる名刹《めいさつ》から風景を借りたとかいう日本庭園だ。今は、景石や灯籠《とうろう》や竹垣の白いシルエットしか見えない。庭一面に雪が降り積もっている。

その庭を舐《な》めるように見渡す。落ち着け落ち着けと自らに言い聞かせながら、顔を左から右にゆっくりと動かし、右から左に戻す。

どれだけ目を凝らしても汚れのない雪である。猫の足跡一つ認められない。

顔を上げる。現在雪は降り落ちていない。雲の間で、右が少し欠けた月が輝いている。

新しい雪が足跡を消したのではない。

逸《はや》る心を抑えつけ、私は掃き出し窓から外に出た。窓の直下はコンクリートの土間になってる。屋根から庇《ひさし》が張り出しているため、幅五十センチのそこには雪が積もっていない。つまり、土間の上を選んで歩けば足跡は付かない。

私は土間伝いに左に進んだ。間もなく建物の端に達し、土間はそこで切れた。近くの雪上に目を凝らすが、足跡は見あたらなかった。

私は右に引き返した。土間は建物に沿って鉤形《かぎがた》に左に折れる。歩きながら、付近の雪を観察する。

足跡が見つからないまま次の角に達した。角を左に折れ、しばらく行くと、障害物にぶち当たった。竹垣だ。女子浴場を隠すように設《しつら》えられている。高さは三メートルほどあり、乗り越えることはできない。竹垣を迂回《うかい》している足跡は見あたらない。

「おいおい、これはいよいよですよー」

私はニヤニヤ呟きながら踵《きびす》を返した。途中、中庭に面した窓はすべてチェックした。男子浴場の窓、玄関ロビーの窓、どこも開かなかった。

出てきた掃き出し窓からホールに上がる。廊下に出てみると、新しい顔が二つ増えていた。

「あなた方は？」

トレーナー姿の男二人を交互に指差す。

「イーコマース・グループの妹尾《せのお》です」

髭の剃《そ》り跡が青々とした男が答え、

「ファイナンス事業部の埴輪《はにわ》」

金髪の坊主頭が答えた。

「どうしてここに？」

「うちらが呼んだんじゃないですよー」

真菜が手を振った。

「ジュースを買いに降りたら声が聞こえて、何だろうなと」

妹尾が言った。階段と卓球室の間に清涼飲料水の自動販売機がある。

「じゃあジュースを買って部屋にお戻りください。それから、このことはまだ誰にも漏らさないでください、絶対に。大勢が詰めかけても邪魔になるだけです」

私は妹尾と埴輪をそう促《うなが》して、真菜と明穂に再度確認を取る。

「不審な物音がした後、僕が降りてくるまでの間、ホールからは誰も出てこなかったのですね?」

「もー、さっきからそう言ってるでしょう」

真菜が唇を尖《とが》らす。

「あっちからも?」

厨房に近い方のドアを指差す。

「出てきてません」

「中から聞こえた音は、どのような?」

「だからぁ、争ってる」

「もう少し詳《くわ》しく」

「君には労《いたわ》りの気持ちがないのか。人が死んでるんだぞ。彼女らは今話せる状態でないと、ちょっと考えれば判るだろう」

憤慨した様子で紅坂が口を挟んだ。

「これは非常に大切な確認なのです。荒垣社長のためでもあるのです。どういう音でしたか?」

探偵に情けは禁物である。

「最初、何か言い合っているような感じでぇ」

真菜が答え、

「でも低い声だったので、何を言い争っているのかは聞き取れませんでした」

明穂がフォローする。

「それから、テーブルとか椅子とかが倒れる音がしてぇ」

「すぐに静かになりました」

「確かに誰かと誰かが争っていたのですね？　室内には荒垣さん一人だけで、あなた方が耳にしたのは氏の呻き声であり、苦しんで暴れた氏が倒したテーブルの音、ということは考えられませんか？」

「えー？　違いますよぉ」

「呻き声と言い争う声の違いくらい判ります」

そして二人は、ねー、と顔を見合わせる。

「これはもう偶然では片付けられない」

くぐもった男の声がした。埴輪だ。

「まだいたのですか」

埴輪の横には妹尾もいる。

「初代オーナーは自殺、二代目は選手生命を絶たれ、三代目は交通事故に遭い、そして四代目オーナーは何者かに殺された。呪いだ。この建物には何かが取り憑《つ》いている」

「馬鹿なことを言うな」

紅坂が窘《たしな》める。厳しい口調と険《けわ》しい表情、それでいて頬被りという奇妙な組み合わせが、異常事態を物語っている。

「自分も、ここ、何かいると思います」

妹尾が肩を抱き、ぶるっと震えた。

「君まで、何てことを」

「自分、父親がＴＭ建設に勤めてたんですよ」

「やだ、そこってもしかして?」

真菜が口に手を当てた。

「ええ、萩宮荘を最初に持っていたところです」

「へー、親子二代でここの持ち主に仕えてるんだ。オーナーが一緒ならともかく、別なのにね。なんかすごい運命的」

「自分、萩宮荘に来たのは今日が初めてではありません。ＴＭ建設で営業をやっていた父親に連れられて来たことがあります。自分はまだ小学生でした。夏休み期間中、ＴＭの社長が社員とその家族を集めて二泊三日の親睦会を開いたのです。正社員が十人ちょっとの小さな土建屋だったので、余裕で全家族が宿泊できました。それが出たのは二日目の晩でした」

そして妹尾が語ったところによると、二日目の晩、二階の一室に子供だけが集まり、蠟《ろう》燭《そく》の明かりの下、怪談大会を行ない、それに続いて肝試しを行なうことになった。墓場や神社まで遠征するという大層なものではなく、一階に行って帰ってくるというささやかな催しである。その晩は台風の影響で風雨が強く、肝試しを始める頃には雷も鳴り出していて、外に出ていくのは無理だった。

肝試しのルールはいたって簡単、女子浴場にトランプの赤のカードを、ホールに黒のカードを置いておき、一人で行って同じ数字のカードを一枚ずつ取って二階に戻ってくる。女湯に足を踏み入れなければならないところは、男子にとっては別の意味での肝試しとなっていた。

久美《くみ》という小学三年生の女の子が果敢にもトップバッターを務め、次に中学二年生の啓《けい》太《た》が、輝《あきら》という小四の男の子が三番目に出発した。

最初に気づいたのは輝だった。二階の部屋に戻って来るなり、出た出た出たと繰り返す。ホールに血みどろの幽霊が出たのだという。カードを選んでいたら突然現われ、泡を食って逃げ出した。

しかし久美は、自分が行った時には幽霊なんていなかったと言った。啓太も見ていないと言い、臆病《おくびよう》な心が幻覚を見せたのだと笑った。

じゃあ自分が確かめてきてやると妹尾が買って出た。正直、ぞっとしなかった。しかし二つも歳下の女子が涼しい顔で往復してきたのだ。負けるわけにいかなかった。

雰囲気を盛り上げるため、階段や廊下の電灯はあらかじめ消してあった。それを叱《しか》る大人はいなかった。台風のおかげで日中外に出られなかったため、昼間から飲んで早々に酔い潰れていたのだ。

妹尾は懐中電灯の明かりを頼りに、まず女風呂を目指した。暗いのも恐ろしかったが、その闇を予告もなしに白く切り裂く稲光と、それに続く怪獣の咆哮《ほうこう》のような雷鳴が、彼の足を竦《すく》ませた。

風呂には、幽霊はもちろん、入浴中の女性もいなかった。脱衣場のベンチの上からカードを一枚取りあげ、妹尾は第二チェックポイントに向かった。ホールの奥のドアを開けたところに椅子が一脚ぽつんとあり、その上に黒のカードが積み重ねてあるということだった。雷に対抗するため、妹尾は歌を歌いながら廊下を進んでいった。

ホールの中は真っ暗だった。懐中電灯を振り動かすと、すぐそこに椅子のシルエットが確認できた。妹尾はホールの中に足を踏み入れ、椅子の上のカードに手を伸ばした。

その時、部屋全体が目映《まばゆ》い光に包まれた。稲光だ。

そして妹尾は見た。

視界の左に赤い物が浮かんだ。

妹尾はひゃっと声をあげ、尻餅をついた。

ホールは一瞬で闇に包まれた。ゴゴゴゥと雷鳴が轟く。左右どちらに目を凝らしても黒一色である。しかし妹尾の頭の中には、先程見た物が真っ赤な残像としてこびり付いていた。

（人の形をしていたような……）

そう思っていると、再び窓の外が光り、再び赤い物が浮かんだ。

やはり人に見えた。髪が長く、手足が棒のようで――。

ホールはすでに闇の中にある。そこには何も見えない。

妹尾は懐中電灯を持った手を動かした。恐ろしくて堪《たま》らなかったが、ほとんど気絶しそうだったが、何かに操《あやつ》られるように光の輪がそちらに動いた。

いた！

全身赤く、異様に痩《や》せた、破れた襦袢《じゆばん》のようなものを羽織った、蓬髪《ほうはつ》の、顔が歪み、眼球がなく、歯の抜けた、足は地面から一メートル離れ、まさに怪談本の挿絵に描かれているような――血塗れの幽霊が浮遊していた！

恐怖が極まり、妹尾は声も出なかった。尻餅をついたまま蠕動《ぜんどう》で後退し、やっと廊下に到達すると、カードも懐中電灯も放り出して二階に駆け戻った。

「萩宮荘には何かがいます。何かが取り憑いているんです、何かが」

妹尾はくぐもった声で繰り返した。

「もー、子供みたいなこと言わないで」

明穂が妹尾の背中を叩く。顔は笑っているが、引き攣ってもいる。

「子供の時の体験なんですけど」

「誰かが言ったように、恐怖が幻覚を見せたのよ」

「自分もそう片付けたいのですが……。そのあとみんなでホールに確かめに行ったんですよ、手を繋《つな》いで。やっぱり出ました。見ました。十人全員が」

きゃあと真菜が奇声をあげた。

「やめようぜ、そういう話は」

埴輪が眉《まゆ》を顰《ひそ》めた。

「信じてもらえなくてもいいです。けれどその後萩宮荘に関連して何が起きました？　倒産、首吊《つ》り、アキレス腱断裂、交通事故、企業買収。そして今晩……。信じるも信じないも、事実として、祟りとしか思えないようなことが頻発しているのです。ここには何かとてつもなく黒いものが取り憑いている」

これには全員黙りこんでしまった。私は咳払いをくれる。

「僕はちょっと上に用事があるので、お手数ですが、引き続きここで見張りをお願いします。妹尾さんと埴輪さんは部屋に戻っておとなしくしていてくださいね。それとも、お二人が残って、白砂さんと藤谷さんが部屋で休まれます？　疲れたでしょう。いずれにしても、くれぐれも中に入らないで、そして誰も中に入れないでください。あとですね、その頬被り、救急隊員に笑われますよ」

最後に紅坂を指差すと、踵《かかと》を使ってその場でくるりと体を回し、私は五人の前を離れる。そのつもりはなかったのに、自然と影浦を真似てしまった。

その御大はというと、ソファーの上で捨て犬のように丸まっていた。

「先生、出番ですよ」

そう声をかけても、くうくう寝息を立てるばかりである。私は彼の耳元に口を寄せ、

「密室殺人です」

と、低く、しかし力強く囁《ささや》いた。

影浦は薄く目を開けた。

「雪に囲まれた密室から、犯人は煙のように消えてしまいました。処女雪の上に足跡を残さず。名探偵の先生が出馬しなくてどうします」

影浦は目を擦《こす》る。私は彼の上体を起こしながら、母親が幼子に絵本を読み聞かせるように、一連の出来事を語って聞かせた。そしてこう締め括った。

「先生は先程、警察から依頼がないから動かないとおっしゃいましたが、ちょっと待ってください。こういった不可能犯罪は警察の領分ではありません。必ずや警察は持て余し、

噂《うわさ》に聞く影浦逸水を頼ってきます。ならば今のうちから動いておいても損はないじゃないですか。いや、生の現場を見られたり、関係者に直接話を聞けたりするのだから、むしろ得だといえます」

するとと、終始とろんとした目で耳を傾けていた影浦は、寝言のようなむにゃむにゃした声でこう応えた。

「私の出る幕ではない」

「もー、今まで何を聞いていたのです。雪の密室殺人ですよ。これは警察の最も苦手とする種類の事件です。絶対に先生に依頼があります。賭けてもいい」

「私には役不足ということだ」

「ふざけないでください。先生の手に負えない事件なんてないでしょう」

「辞書を引きたまえ」

「はい?」

「役不足の意味を百八十度取り違えている」

「あ?　え?」

「この程度の事件、警察も私を頼るまでもないと思うが、もしそうなったら、その時は君に任《まか》せるよ」

「え?」

「しかし依頼がないうちは一言も喋ってはならんぞ。紅坂の『こ』の字も」

「は？」

「ただで犯人を教えるようなことはするなということだ」

「犯人⁉　紅坂事業部長が⁉」

思わず声が引っ繰り返った。

「何を今さら」

影浦は河馬《かば》のような欠伸《あくび》をする。

「今さらって、事件は発生したばかりなんですけど」

「しかし終わってもいる。犯人が挙がっているのだから」

「紅坂さんが荒垣社長を？」

「おいおい、本当に解っていないのか。名探偵志望が泣くぞ」

「どうして彼が？　根拠は？」

先生の嫌味は無視して矢継ぎ早に迫る。

「犯罪者は現場に還《かえ》る」

「は？」

「紅坂は死体発見と同時にホールに現われた。何なのだろうね、このタイミングの良さは」

「それって、ただ印象で怪しんでいるだけでは」

私は苦笑する。

「夜遅く、一階にいったい何の用がある」

「風呂じゃないですか、手拭《てぬぐ》いを持ってたし」

「入浴時間は終わっている」

「知らなかったんじゃないですか、僕みたいに」

「浴場に行くのにホールの前を通る必要はない」

「ホールの明かりが見えて、まだ誰か飲んでいるのかとやってきた」

「理由、その二。紅坂は荒垣美都夫を恨《うら》んでいた」

「え？」

「紅坂は昨年九月まではカシエラ・エンタープライズの取締役だった。同社がアラミツ・グループに買収されるまでは」

「本当ですか？」

「宴席で小耳に挟んだ」

「紅坂事業部長は会社を乗っ取られたことを恨みに思っていたと？」

待遇も、取締役から平の管理職に格下げである。不満が燻《くすぶ》っていても不思議はない。

しかし私は反論する。

「紅坂さんが犯人であろうはずがありません。彼が犯人だとして、荒垣社長を殺害した後、どうやってホールを出たというのです。いや、彼に限ったことではない。廊下には白砂さんと藤谷さんがいたのですよ。彼女たちは、誰も出てきていないと言っています。一方、庭にも足跡がない。犯人は如何なる方法をもって密室状態のホールから脱出したというのですか。それが明らかにされない限り、誰が犯人であると言われても、僕は納得できません。白砂さんと藤谷さんがホールの前にやってきた時にはすでに犯人は逃げていた、彼女たちが耳にしたのは被害者が一人で苦しみ悶《もだ》えていた声である、というのは駄目ですよ。彼女たちの話から判断して、犯人はまだ室内にいた」

挑戦的に影浦を見据える。すると彼はまた大きく欠伸をしながら、

「密室なんて、とっくに解けてる」

「え？」

「私を誰だと思っている」

影浦は充血した目をぎょろりと剝いた。

「名探偵です」

「解ってるのならいちいち驚くな」

「いやしかし、密室からどう脱出したのです。僕は名探偵じゃないので解りません」

「ホールの廊下側は　面壁だ」

「ええ」

「絵画等は飾られていなかった」

「でしたっけ?」

「君、観察力が足りないよ。柱の出っ張りもなく、見た目は何の面白味もない。一方、中庭側には窓がある」

「ええ。掃き出し窓です」

「引き違いになっているのを一組として、窓は六ヵ所にある」

「ですね」

「窓と窓の間は壁で、ここにも特に飾りはない」

「はい」

「椅子とテーブルは中央に集まっていた」

「死体を隠すための工作ですね」

「たぶん違う。事件発生以前から、椅子とテーブルはああなっていたのではないかな。掃除がしやすいよう、パーティーのあと管理人がそうしておいた」

「管理人さんに確かめてみましょう」

「ホールのドアは、玄関寄りの端と厨房寄りの端」

「その二ヵ所きりです」

「ドアは、室内からは押し、外からは引いて開けるようになっている」

「ええと、そうです」

「ドアには、廊下側には取っ手があるが、室内側にはない。室内側の、通常ノブのある部分には金属のプレートが張られているだけだ」

「変わったドアですよね。トイレや病院でたまに見かける」

「欧米ではスタンダードなのだがね。このタイプのドアだと、押すべきなのか引くべきなのか迷わずにすむ。取っ手のないドアを前にすれば、人は自然と押すという行動を取る。なので、取っ手のない側は押す、ある側は引く、というルールが自然と身につく」

「なるほど」

「すぐれた工業デザイン、真のヒューマンインターフェイスといえよう」

「あれ？　もしかして、このデザインにトリックが？」

「関係ないことはないが、ドアに仕掛けがあるわけではない」

「思わせぶりなことは言わず、ズバリ教えてくださいよ」

私は愛想笑いを浮かべながら影浦の腕をツンツンつつく。

「君、探偵志望なのだろう。少しは自分の頭で考えたまえ。データはもう充分に出揃っている。だいいち、ここで君を相手に喋っても一円の得にもならな――」

影浦はそこまで言ったところで、口を半開きにしたまま固まってしまった。五秒、十秒と待っても言葉の続きは出てこないし、口を閉じようともしない。

「顎、外れちゃいました？」

私は冗談めかして顔を覗き込む。影浦はハッと表情を変え、それからかぶりを振った。

「本日は名探偵失格だ。すまない、今のことは全部忘れてくれ」

「今のこと？」

「紅坂さんが犯人だと言ったこと。あれは撤回する。愚かな間違いだった」

「間違い？」

「紅坂さんは犯人ではない。犯人であろうはずがない。寝ぼけてた。ワインの飲み過ぎだ。いかんいかん」

影浦は首を傾げ、頭をコツコツ叩く。

「なんだ。じゃあ、僕の話も途切れ途切れにしか聞いてませんね。もう一度話しますから、今度は寝ちゃ駄目ですよ」

「それには及ばない。君の話はちゃんと頭に入っている。真相もほぼ見えている」

「え？」

「しかしそれを公表するには、もう二、三確認が必要だ」

影浦はぴょこんと立ち上がり、シャツの裾をズボンの中に押し込む。ジャケットを引っ摑み、袖を通す。そしてどこに行くとも言わず、部屋を飛び出していくのであった。

6

影浦の後を追って一階に降りていくと、ちょうど救急隊員が担架《たんか》で荒垣を運び出すところだった。尋ねても彼らは言葉を濁《にご》すだけだったが、その表情は、手遅れであると語っていた。救急車には付き添いとして管理人の奥さんが乗った。

警察はまだ到着していない。影浦は、ホールの中をざっと観察した後、掃き出し窓から土間に降りた。私も後に続いた。ところが、仕事の邪魔だと追い払われた。どこまでも自分勝手な御仁である。

救急車のサイレンに誘われたのだろう、ホールの前の廊下には大勢が集まっていた。皆視線をさ迷わせ、途切れ途切れに囁き合っている。数時間前の笑顔も喚声も、今は欠片《かけら》もない。

紅坂の姿を見つけ、私は近づいていった。

「一ついいですか？」

そう声を掛けると、彼は少女のように頬に手を当て、僅かに首を傾けた。もう頬被りはしていない。

「そもそも紅坂さんは、何をしに階下に降りてきたのですか？」

紅坂はもう一段首を傾け、それから表情を硬くした。

「どういう意味?」

「こんな遅くに何の用かなあと、ただそれだけです」

「風呂だよ」

「風呂は十一時で終了ですが」

「忘れ物を取りに来た」

紅坂は豆絞りをひらひらと振る。

「それを?」

「そう」

「夜中にわざわざ?」

「そう」

「貴重品でもないのに?」

「小さなことが気になって眠れなくなる性分なんでね」

「二階から浴場に行くのに、ホールの前を通る必要はありませんが」

「風呂場の窓からホールの明かりが見えたのだよ。それで、まだ誰か飲んでいるのかと見に来た。ちょっと君、さっきから何だね」

紅坂が眉を寄せた。

「あなたは、どなたと一緒の部屋ですか？」

私は聞こえなかったふりをして質問を続ける。この男のことを疑っているわけではないのだが、動機があると解った以上、一応調べさせてもらう。

「私は一人部屋を貰《もら》っている」

「階下に降りてくる前、部屋に誰かが遊びにきていた、あるいは他の部屋に遊びにいっていたということは？」

「いいや」

「すると、あなたが階下に降りたのは手拭いを探すためだったと証明してくれる方はいないわけですね」

「証明？　手拭いを探すのにどうして証人が必要なんだ。君、何が言いたい。あらぬ想像をしているんじゃないだろうな」

紅坂が気色《けしき》ばむ。

「紅坂さんは先程、風呂の窓からホールの明かりが見えたとおっしゃいましたよね」

「そうだ」

「その時ホールに人は？」

「見ていない」

「荒垣さんが倒れているのも？」

「ああ」

「庭に人は？」

「見ていない」

そうやって紅坂に質問をぶつけている最中、影浦がホールから出てきた。こちらには目もくれず、足早に玄関の方に消えた。

「失礼」

私は紅坂の前を離れ、影浦を追った。

影浦はロビーで髭の濃い若者と向き合っていた。

「妹尾さん、あなたは子供の時、ここのホールで幽霊に遭遇したそうですね」

さすが影浦、パーティーに出ていた間に顔と名前を一致させている。妹尾は、喋ったことのない人間にいきなり名前を呼ばれて面食らっている様子だ。

「あなたともう一人の男の子が見ただけでなく、全員で確かめにいった時にも出たとか」

「ええ」

「肝試しに参加したメンバーの中に中学生がいましたよね」

「啓太さん？」

「彼はＴＭの社長の息子だったのではありませんか？」

「ええそうです。どうして判ったのですか？」

「名探偵だからです」

「は？」

「社長の息子ということで、啓人君は子供チームのリーダー的存在だった。違います？」

「社長の息子だからというか、一番歳上だったし。空手も柔道もやっていて、いざとなったら守ってやるからと、先頭に立ってホールに降りていきました」

「で、十人全員が幽霊を見た」

「はい」

「大人は見ていないのですね？」

「肝試しは子供だけでやりましたから」

「ホールに幽霊が出たと、大人を呼ばなかったのですか？」

「みんな酔っぱらってダウンしてたし、一人二人、無理やり起こして話したのですが、取り合ってくれませんでした」

「次の日には、大人もホールに行きましたよね」

「ええ。食事はホールでしますから」

「その時、幽霊は？」

「いませんでした。でも、前の晩にはいたんです。自分だけじゃない、十人が見たのです。千人が見ていようが、子供だから信用に欠けるというのですか？」

「いやいや、疑ってなんかいません。朝にはいなくなっていて当然ですよ。幽霊は夜出るものですから。そうですすよね、武邑君」

影浦は前触れもなく私を振り返り、

「君は、警察が到着するまで、ホールに誰も入らないよう見張っていなさい」

そして自分は玄関から外に出ていった。

7

午前三時半。

現場検証が終わったホールで、影浦はいよいよ謎解きを始めようとしていた。探偵の前には、この現場を指揮する静岡県警O警察署の大城《おおしろ》警部と、その部下の一人、日高《ひだか》刑事がいる。

一時間前に遡《さかのぼ》る。重役出勤で萩宮荘に到着した同警部に、影浦はつかつかと近づいていった。そして名刺を差し出し、自分は東京を中心に活動している民間の捜査協力者である、「帝国海軍の密使事件」や「トランク詰めの花嫁、伊豆—磐梯—軽井沢殺人トライアングル」を解決に導いたのがこの私である、今回こうして事件現場に居合わせたのも何かの縁、ひとつ捜査に協力しましょう、実は自分はすでに真相を摑んでいる、それを今ここで披露《ひろう》すれば捜査の手間が省《はぶ》ける、余った時間は別事件に充てられる、どうです悪い話じゃないでしょう、と営業を行なった。すると、当地にも影浦逸水の活躍は届いていたようで、大城警部は二つ返事で突然の申し入れを受け容《い》れ、さていよいよ真相が明かされようとしている、というのが現在の状況である。

　それにしても影浦はどういう風の吹き回しだ。最初はこの事件にまったく興味を示さなかったのに、押し売りをしてまで関わろうとは。アルコールの影響でハイになっているのだろうか。

「奇怪に見えるのは単なる錯覚であり、実体はたわいない事件なのです」

　影浦の話が始まった。

「午前零時前後、ここで犯人と荒垣社長が争います。荒垣氏は頭部を強打、即死ではなかったでしょうが、犯人は助けようとはせず、その場を去ることにした。ところが廊下には人がいる。白砂さんと藤谷さんです。彼女たちのことだから、中の異状を耳にして、やだーとかどうしようとか騒いだのでしょう。それで犯人は人がいると察した。廊下に出ていくわけにはいかない。だからこちらから脱出を図った」

　影浦はつかつかと窓に歩み寄り、さっと開け放つ。

「こちらにも障害はあった。庭には雪が積もっている。歩けば足跡が残る。足跡からは靴のサイズやブランドが割り出される。性別年齢販売店も絞り込める。ひいては個人が特定される。まあ、そこまで気を回さないにしても、足跡を残すとそれを辿《たど》って追ってこられるのではという恐れは感じたでしょう。犯罪者心理ですね。だが月明かりに目を凝らすと一筋の光明が見える。雪が積もっていない部分があるではないか」

影浦はコンクリートの土間に降りた。

「犯人は、この幅五十センチから足を踏み外さないよう注意して歩いた」

影浦はコの字の土間を反時計回りに歩いていく。警察官二人と私も白い息を吐きながら探偵に続く。

「歩きながら窓を一つ一つチェックした。他の部屋経由で脱出しようとした」

二つ目のコーナーを曲がったところで影浦は足を止めた。そして窓に手を伸ばす。

「えー？」

私は素《す》っ頓狂《とんきょう》な声をあげた。

窓が開いたのだ。

「犯人はここから侵入しました。警部、ご覧ください」

影浦は窓のレール部分にマグライトの光を当てる。擦《こす》ったような汚れが付いている。光の輪が浴室内に移動する。タイルの上にも靴で擦ったような跡が認められた。

「鑑識を呼びましょう」

日高刑事が携帯電話を取り出した。

「嘘でしょう」

私は影浦に詰め寄った。

「僕が調べた時には開きませんでした。おかしい」

「おかしいのは君の方だ」

「鍵は開いていたのだけれど、建て付けが悪くて動かなかった？　窓のゴムパッキンが窓枠に吸盤のように張り付いてしまった？」

「君が調べた時には鍵が掛かっていた。犯人が侵入を試みた時には開いていた」

「え？」

「そもそもこの窓には鍵が掛かっていなかった。犯人は易々《やすやす》と浴室に入り込み、中から鍵を掛けた。その後やってきた君が外から開けようとしても、鍵が掛かっていて動かない。だろ？」

「あ」

「君は、雪とか密室とかいう言葉に日が眩《くら》み、事件を難しい方難しい方に持っていきたがっていたのではないかい？」

図星だ。最初に考えなければならない可能性を捨てていた。

「しかし、侵入後、わざわざ鍵を掛けますかね」

一応抵抗を試みる。

「一、犯罪者の性《さが》がそうさせた。鍵を掛ければ追っ手が来ても食い止められる。一、日常の癖がそうさせた。普段から施錠に気を遣っている者は、人の家でも自然と鍵を掛けてしまう」

あっさりと粉砕される。

「で、影浦さん、犯人は今夜ここに泊まった関係者の中にいると？」

大城警部が言った。

「犯人が誰とは、今は申せません。話の続きは暖かいところで」

影浦は洟《はな》をぐずぐずいわせながら土間をUターンする。私たちは出てきた窓からホールに戻り、廊下に出た。

「白砂さんと藤谷さんはここにいました」

影浦はドア正面の壁際に立つ。

「浴室前の廊下はまったく見えません。つまり、犯人は彼女たちに見られることなく浴室から廊下に出ることができた。またここからは階段も玄関も見通せません。したがって犯人は、二階に上がろうが、玄関から外に出ようが、やはり彼女たちには見つかりません。大きな音を立てれば、話はまた別ですが」

「犯人は二階の客室に？」

大城警部が性急に尋ねる。密室の謎がなくなってしまった今、私もそれが一番知りたい。

　しかし影浦の答は私たちが期待するものとは違った。

「今回の事件は外部犯によるものであるというのが私の見方です。そう考える理由は二つ。一、犯人がアラミツ・グループの一員であるなら、たとえ廊下に人がいたとしても、そのまま出ていけばいい。『社長が倒れている。救急車を！』と通りすがりの発見者を装えばいい。しかし部外者はこの手は使えません。あんた誰よと怪しまれる。理由のもう一つは玄関の外にあります。門に向かう靴跡」

「本当か？」

「正確には、靴跡らしきものです。というのも、警部もいらした時に気づかれたかと思いますが、玄関から門にかけてのアプローチには雪がないのです。おそらく管理人さんが寝る前に掻《か》いておいたのでしょう。我々一行が帰る時のための配慮です。そのため問題の靴跡は非常に薄く、サイズやブランドを特定するのは困難かと思います。ただ、門に向かっていることは、なんとなく判る」

「救急隊員の足跡ではないのですか。荒垣社長を搬出した際の」

　そう横槍《よこやり》を入れたのは私である。

「違う。救急隊員の足跡なら、担架を運んでいたのだから、二組が重なり合うように付く。問題の足跡らしきものは、そのようになっておらず、独立して存在している」

「ともかく、こっちにも鑑識を」

日高刑事が携帯電話を取り出す。

「それから門を出た後ですが、狭い道路には救急車や警察車輛のタイヤ痕が重なり合っており、犯人の靴跡、逃走車輛を追うことは、これまた残念ながら困難かと思います」

「内部の人間が犯行後逃げたという可能性もあるのではないですか」

私は再び横槍を入れる。

「ないね。この騒ぎで階下に集まってきた面々の顔を記憶と照合した。パーティーで見た顔はすべて揃っていたよ。荒垣氏を除いて」

「出席者の顔を全部憶《おぼ》えていたのですか。畏《おそ》れ入ります」

「その程度でいちいち驚いてくれるな。私を誰だと思っている」

「名探偵です」

「だが名探偵にも限界はあるからね、内部犯の可能性は消せても、ではどこの誰が侵入したのかと問われても、答えようがない。最初に断わったとおりさ。そこまでできるのは超探偵、超能力者だ」

「犯行の動機は何です？」

「それも超能力者に訊いてくれ。推理の材料がなさすぎる。ただ、想像で話すことが許されるなら、物盗《ものと》り目的で侵入した賊が、見咎《みとが》められて突発的に殺してしまった、というところかな」

「こんな時間に荒垣社長はホールに何の用があったのでしょう」

「客室の窓から下を覗いたら、不審な人物が萩宮荘に入ってきた、様子を見に階下に降りたところ、ホールで鉢合わせ、といったところかな。これも想像の域を出ないが」

「緊急配備も強化しました。先生のおかげで捜査が一気に進展しそうです」

大城警部が満足そうに言った。

「おかげだなんて、勿体《もったい》ない。たいして頭は働かせていません」

謙遜しているようで、実は我褒《われぼ》めしている。

「それで、あっちの方ですが……」

「あっち？」

「なにぶん田舎の警察だもんで、年間の予算も少なく……」

「ああ、捜査協力費」

「たいしてお支払いできないかも知れませんが、どうかそのへんは……」

「いくらでも結構ですよ。今回は経費もかかっていません。なんなら図書カードやギフト券でも」

アルコールのせいなのか、そんな殊勝なことを口にする影浦である。

8

寝返りと溜め息を繰り返していると、隣のベッドから声が掛かった。

「物理トリックを用いた密室や見立て殺人は小説だけのものではない。実は現実の世界でも発生している。しかし平凡な事件は、その千倍発生する」

「はい」

力なく応じ、また溜め息をつく。

「だから、ドアに鍵が掛かっていた、雪の上に足跡がない、という現象だけで事件の方向性を決めつけてはならないのだよ」

「はい」

「それを肝に銘じ、次に当たりたまえ」

「はい」

「なあに、落ち込むことはない。失敗がなければ成長はないのだ」

そう言われたところで溜め息は止まらない。

「今日は厄日ですね。雪で電車は遅れる、大船《おおふな》の鰺《あじ》の押し寿しは売り切れ、温泉に入り損ねる、悪酔いした先生に絡まれる、映画を見損ねる、見当違いの推理をしてしまう。惑星直列級の不幸続きだ」

「私が何だと？」

「いえ、何でも」

「映画を見損ねたというのは？」

「ＣＳでやっていた映画です。事件が起きたので、序盤しか見られなかったんですよ。結構面白そうだったんだけど。雪の孤島で次々と人が殺されるんですよ」

「おいおい、さっき注意したばかりだろう。雪とか孤島とかに過剰に反応するなと」

「いや、これは本当に不思議な事件なんですよ。島にいた全員が殺された、しかし外部からの出入りは認められない。これぞ密室殺人です」

「何ていう映画？」

「題名は見ていません」

「雪の孤島で大量殺人？　私は結構映画を見ているが、そういうシチュエーションのものは記憶にないな。ストーリーをもう少し詳しく」

　私は冒頭の吹雪のシーンから順を追って説明した。

「どうです、そそられるでしょう？　もっとも、実は内部に裏切り者がいた、なんていう肩透《す》かしの可能性もあるわけですが」

「犯人はアメリカ」

「は?」

「アメリカ政府直属の特殊工作員による反米テロ組織壊滅作戦が実行されたのだよ」

影浦の声は自信に満ちている。

「そうなんですか?」

「これは映画だ」

「ええ」

「ハリウッドで作られた」

「たぶん」

「島に集まった面々は打倒アメリカを口にしていた」

「ええ」

「所変わってニューヨーク。ビルで地下鉄で爆弾が炸裂《さくれつ》、アメリカ国民は恐怖のどん底に」

「ええ」

「つまり、この映画のあらすじは次のようであると推察できる。アメリカ政府は極秘裏に旧ソ連の反米武装組織掃討作戦を行なった。数年後、その生き残りがアメリカに乗り込み、報復テロ。それに立ち向かうタフなアメリカン・ヒーロー、別れた女房は子連れで国防総省に勤務。謎の美女に窮地を救われるも、実は彼女は敵方のスパイで銃口を向けられ、ズドンと一発。場面は変わってフィラデルフィア上空、旅客機の乗っ取り、要求は大統領の命、拒《こば》めばペンタゴンに突っ込むぞ。そこに颯爽と現われたるは、かのヒーロー。凶弾に斃《たお》れたのではなかったのか。彼の人間離れした活躍によりテロリストは全滅、飛行機は急上昇。ヒーローの胸に光る金のロケット、裏を返すと弾痕が。中には子供の写真、女スパイの凶弾から守ってくれたのだ。アメリカ万歳、ついでに女房とも復縁でめでたしめでたし」

「ハリウッド映画ですから、ストーリーはそんなところでしょう。しかし僕が知りたいのはストーリーでもキャストでもない。雪の孤島での足跡なき殺人事件の真相です」

「だから、アメリカの特殊工作員による仕事だって。アメリカが国家として関わっているのだから、どんな大がかりなことだって可能じゃないか」

「対岸からミサイルをぶち込んだ？　そういう殺し方ではありませんでしたよ。ナイフで喉を切られたのです」

「足跡がなかったのは建物の周りだろう。建物の上は？」

「え？」

「本土では島への出入りを監視、水中には機雷を敷設。しかし上空は開けっ放しじゃないか」

「犯人は空から？」

「そうさ」

「パラシュート降下？」

「特殊部隊なのだから、当然そういう訓練は受けている」

「いや、駄目です。どこからパラシュートで降りるのです。飛行機でしょう。上空でエンジン音がしたら警戒されます。たとえ酒に酔っていても。本土の監視部隊も気づく」

「君ね、飛行機はエンジンを切ったら即墜落じゃないんだよ。動力飛行と滑空飛行をエンジンのオン・オフで切り替えられるよう設計されたモーターグライダーというのもある」

「じゃあこういうことですか、飛行機は虹鱒荘に近づいたらエンジンを切り、無音で滑空、特殊工作員がパラシュート降下、虹鱒荘通過後、エンジンに再点火」

「そういうこと。月は出ていないので、本土の見張りにも機影は見えない」

「工作員は虹鱒荘の屋上に着地、窓から室内に侵入、部屋を回って一人一人暗殺」

「そう」

「殺した後は？　虹鱒荘から出ていった痕跡はありませんでした。屋上で待っていたら飛行機が迎えにきてくれたのですか？」

「本土からの応援が島に到着した時点では、工作員はまだ虹鱒荘内に残っていた。ベッドの下に隠れるなり死体を装うなりして。その後、死体袋に隠れて島から脱出したのだろう」

「ああ、その手があるか」

「では、おさらい。君は今日、二つのことを学んだ。一つ、外見に惑わされて本質を見失ってはならない。二つ、推理力を訓練する材料は身近にいくらでも転がっている。ではお休み」

そう言って背中を向けた三十秒後、影浦はもう寝息を立てていた。

9

コツコツとドアが叩かれた。無視しても鳴り止む気配はない。音はますます大きくなる。根負けし、私はベッドを出た。

「影浦先生が……」

ドアを開けると若い男が立っていた。ぼさぼさの髪と青々とした髭剃りの跡。妹尾だ。

「先生？」

私は欠伸をしながら目を擦る。

「影浦先生が倒れています」

「ん？」

私は目を擦りながら振り返る。影浦のベッドは蛻《もぬけ》の殻である。

「風呂場で」

「逆上《のぼ》せた？」

「頭から血を流して……」

「え？」

「たぶん……、死んで……」

「え⁉」

「朝風呂に行ったんですよ。そしたら脱衣場のベンチの下が変な感じで、何だろうなと――」


みなまで聞かず、私は廊下に飛び出し、階段を駆け降りた。

男子浴場にはアラミツの社員が二人いた。タオルを手に呆然《ぼうぜん》と立ち尽くしていた。彼らの目の先には、竹でできた三人掛けのベンチがあった。そのベンチの下に影浦がいた。体をくの字に曲げ、顔をこちらに向けて倒れていた。

「先生？　先生⁉」

社員を押し退け、床に這い蹲《つくば》って、先生先生と連呼する。影浦は返事をしない。ぴくりとも動かない。

首筋に手を当てる。手首を取る。ベンチの下に潜り込み、心臓に耳を押しつける。生命の反応がまるで感じられない。

影浦の顔を見る。白目を剝いている。唇は半開きで小さな泡を吹いている。マッシュルームレイヤーの鬘が半分ずれている。鬘と地肌の間から、ぬらぬら赤い液体が流れ出している。

「救急車は？」

四つん這いで振り返る。

「あ」

先にいた男二人と妹尾が揃って声をあげた。

「あ、じゃないよ！　人が倒れていたら救急車だろう。常識だろう。こんなに人がいて、誰一人そうしなかったのか。信じられない」

私は床を叩きながら喚《わめ》き散らした。一人が慌てて携帯電話を取り出す。

荒い息を吐きながら体を起こす。両手が赤く汚れている。血は床にまで流れている。

「申し訳ありません」

妹尾が消え入るように言って背中を丸めた。

「いや、突然こんな光景を突きつけられたら、冷静に行動できなくて当然です。こっちこそ感情的になってしまってごめんなさい」

私は溜め息混じりに頭を振る。

「三十分くらいかかるそうです」

一一九番した男が言った。私は頷き、立ち上がり、三人に尋ねる。

「最初に発見したのはどなたですか?」

妹尾が手を挙げた。あとの二人は、妹尾が私を呼びにいっている間にやってきたらしい。

「発見したのは何時です?」

「ええと、起きたのが七時ちょっと前で、煙草《たばこ》を一本喫《す》って、それから下に降りたから、たぶん七時過ぎ、十五分にはなっていなかったと思います」

腕時計を見る。午前七時三十三分。

「脱衣場に入ってみると、先生が倒れていた」

「はい」

「先生はベンチの下に倒れていた」

「はい」

「動かしてませんね?」

「声を掛けて、腕をちょっと触ったりはしましたけど」

あらためてベンチの下を覗く。影浦は手を握っていた。右手で左手の薬指を握り締めている。右手の指をこじ開けてみる。紙片とか毛髪とかいったものは何も握っていなかった。左手の薬指には指輪がないが、これは元からである。

「あれも、最初からああなっていた」

とベンチの脚下を指差す。そこには大理石の灰皿が転がっている。目を凝らすと、短い毛髪が数本付着しているのが判る。

「そうです」

「念のため尋ねますが、ここに入る際、誰かと入れ違いになった、あるいは廊下で誰かとすれ違いませんでした？」

「いいえ」

私は唸《うな》り、腕組みをし、目を閉じた。それから目を開け、腰を屈め、床の上を舐めるように観察した。浴室の方も入念に調べた。証拠となるような物は何も見つからなかった。

やがて救急車が到着し、私も病院まで同行した。

影浦は助からなかった。

涙は出なかった。しかし全身の力が抜けた。

警視庁の影浦警視正に電話を入れるのがやっとで、あとは待合室の長椅子でぼんやりと過ごした。日曜日なので、病院はひっそりとしていた。電灯が消えた待合室で、私は胎児のように丸まっていた。

ずいぶん経ってから大城警部がやってきた。形式的なお悔やみに続き、彼はこう言った。

「酷を承知で訊きたいことがあるのだが」

「だいじょうぶです」

私は掠《かす》れた声で返事をし、椅子に深く坐り直した。

「影浦さんの上着のポケットに携帯電話が入っていました」

発言者が、警部に同行していた日高刑事に代わった。

「その履歴によると、最後の通話は六時十二分、影浦さんの携帯からの発信で、相手は武邑大空と表示されていました。番号は０９０＊＊＊＊＊＊＊」

「僕の携帯です」

「その電話には出ました？」

「はい」

「影浦さん本人からだったのですか？」

「そうです」

「影浦さんは何と？」

「風呂に来いと」

「助けを求めてきたのですか？」

「違いますよ。そうだったら、すっ飛んでいってます」

私は気色ばんで、

『おー、武邑くーん、ちょっと風呂に来いよー』といった感じだったんですよ。助けを求めるだなんて、そんな切羽詰まった感じでは全然なかった」

「影浦さんは他に?」

「いいえ。それだけ聞いて、勘弁してくれとこちらから切りました。どうせ朝風呂で背中を流せとかいうんだろうと思って。普段はそういう我が儘《わがまま》にも従っていましたが、今朝はこちらも虫の居所が悪かった。だってほら、荒垣社長の事件があって、寝たばかりだったもので。あ」

私は言葉を止め、息も止めた。

「何か?」

「その電話、何時何分だと?」

「六時十二分」

「先生は朝風呂のために浴場に行ったんじゃない。先生、風呂は六時半からだと知っていた」

入浴時間の貼り紙を見ていなかった私は、観察力が足りないと注意された。

「では影浦さんは風呂に何をしに」

「さあ……。ああ、今考えると、暢気そうに聞こえたのは、頭を打って呂律《ろれつ》が回らなかったからとも……。だとしたら僕は取り返しのつかない……」

私は項垂《うなだ》れ、額に手を当てる。

「影浦さんはお休み前に何か言っていませんでした？　風呂場に用事があるとか、誰かと会う予定があるとか」

「いいえ。考えられるとしたら、荒垣社長の事件に纏《まつ》わる何かでしょうか。男子浴場は犯人の逃走経路です。何か閃《ひらめ》くことがあり、調べにいったのかもしれません。思いたったらすぐに行動する人でした。あ」

私は眉を顰めて宙の一点を見つめた。

「何か？」

「待ってください」

片手を顔の前に立て、もう一方の手で頭をコツコツ叩く。椅子から腰をあげ、警部と刑事の間を擦《す》り抜ける。

「おい、どうした」

大城警部が不審そうに声をかけてくる。私は言葉を返さず、腕組みをし、長椅子の間を行ったり来たりする。

「武邑君」

二度目に声がかかった刹那、踵を軸にその場でくるりと回転し、二人に向き直った。左手で右肘を支え、右手の親指と人差し指を顎に当て、薄く目を閉じ、吐息に乗せるようにして呟く。

「何もかも解りました」

「影浦さんが何をしに風呂場に行ったか？」

日高刑事が言った。

「それもですし、先生を殺した憎むべき犯人も」

「何だって？」

二人が揃って声をあげた。

「正確には、今はまだ、解った気がする、といった段階ですが」

「とにかく話してみなさい」

警部が勢い込む。

「荒垣社長の事件と影浦先生の事件は背後で繋がっています」

「同一犯？　例の泥棒が戻ってきたのか？」

警部が首を傾げると、日高刑事がぽんと手を叩いて、

「荒垣社長を殺害した際、萩宮荘内に何かを落とした。個人を特定される決定的な物を。それを回収するため、警察が引き揚げたのを見計らって再侵入したところ、影浦さんと出くわした。だから殺した。影浦さんは犯人の遺留品に心当たりがあり、それを確保するために未明から動き回っていた」

私はかぶりを振った。

「筋は見事に通じていますが、残念ながら泥棒は関係ありません。泥棒など、最初から存在していないのですから」

「は？」

「今はこれ以上話すのは差し控えます。まだ考えが纏《まと》まっていません。とにかく萩宮荘に戻りましょう。道々詰めを行ないます」

呆気《あっけ》にとられる警部たちを尻目に、私は先に立って出口を目指す。

影浦逸水の跡を継ぐ。

私はそう決意していた。

10

午後二時。

萩宮荘一階のホールに、大城警部以下、静岡県警O警察署の捜査員が集まっていた。

前夜宿泊したアラミツ・グループの面々も、荒垣美都夫を除いて全員集合している。予定では朝食後に帰京することになっていたのだが、殺人事件が連続して発生したことで足止めを食らっていた。

以上に加えて管理人夫妻の総勢二十四名。その中心に、私、武邑大空がいる。

「さて」

そう切り出すと、四十八の目が一斉に私を射た。スポットライトを正面から受けているわけでもないのに眩《まぶ》しさのようなものを感じ、目を開けていられない。

「この場でこうして喋ることを、私はついさっきまで躊躇《ためら》っていました。何故《なぜ》なら、私が口を開けば、影浦逸水の名を汚すことになりかねません。師の名誉を守るのが弟子たる者の務めではないのか。しかし生前、影浦はこう言っておりました。『真実の追究こそ探偵の義務である』と」

「講演を頼んだのではないのだが」

大城警部が露骨に嫌悪を示した。私は全身がカッと熱くなった。まだ名探偵としての厚《こう》顔《がん》無《む》恥《ち》さが備わっていない。警部に愛想笑いを返し、まだ半分以上残っていた前口上は割愛して本題に入る。

「影浦が殺された理由は、真実を知っていたからです。彼が真実を知っていると知った人物が口を封じた。ではどうしてその人物は、影浦が真実を知っていると解ったのでしょう。それは影浦が、自分は何もかも知っているぞとその人物に告げたからです。つまり、誠にお恥ずかしいのですが、影浦は恐喝を働きました。真実の隠蔽《いんぺい》と引き替えに、しかるべき対価を要求したのです」

「恐喝？」

警部が首を傾げた以外は、一同無反応だ。話を呑《の》み込めないのだろう。

「影浦が摑んでいた真実とは何か。荒垣社長殺害の真犯人です。泥棒の素性を？　いいえ、物盗り目当てで侵入した賊が社長を殺したというのは影浦のでっちあげです。彼は何故そのような嘘をついたのか。そこには実に深い闇が横たわっているのですが、皆さん焦《じ》れていらっしゃるようなので、まずは核心からまいりましょう。荒垣社長殺害と影浦逸水殺害は同一犯によるものです。そしてその犯人は、今、この場にいます」

ホールに地鳴りのようなどよめきが走った。

私の前立腺から延髄《えんずい》にかけて電流が駆け抜けた。ああ、初めてタバコを喫《す》った時のような、この離脱感。

「犯人は――」

それだけ言って口を噤《つぐ》む。首を左から右へゆっくり動かす。右から左へゆっくり戻す。一秒、二秒、三秒と、充分にためを作る。

「この中に犯人がいるのか？」

空気を読めない警部によってテンションが一気に落ちたが、どうにか気持ちを立て直し、次の台詞を発する。

「あなたです」

そして後方の一点を指差す。

「な」

紅坂事業部長が椅子から腰を浮かせた。

どよめきの第二波が押し寄せる。私の脊髄《せきずい》にも再び恍惚《こうこつ》が走る。

「紅坂さん、あなたはカシエラ・エンタープライズを買収されたことで荒垣美都夫氏を恨んでいた」

「だから殺した？　馬鹿馬鹿しい」

紅坂が鼻で笑った。私もふっと笑って、

「そう、馬鹿馬鹿しい。殺人の動機なんて、たいてい馬鹿馬鹿しいものなのです。腹が立った、万引きが見つかった、別れ話を切り出された。人はその程度で人を殺してしまう動物なのです」

「ふざけてるのか」

「前々から恨んでいた。しかし常識的な人間として、その気持ちは心の奥底にぐっと押し込めていた。それが昨晩、一気に噴出した。酒は人の本性を顕《あら》わにします。パーティーが終わり、部屋に帰っても一人で飲んでいましたか？　荒垣氏に一言言ってやらなければすまなくなったあなたは、氏をホールに呼び出し、恨みつらみを並べ立てた。しかし荒垣氏が黙って聞いているはずはなく、逆に屈辱的な言葉を浴びせかけられ、その遣《や》り取りがエスカレートした挙《あ》げ句、カッとして殺してしまった」

「話を作るな」

「荒垣氏に頬を張られたんじゃないですか？　それで頭に血が昇ってしまい、完全に自分を見失ってしまった。平手打ちの跡が残っているのではと心配し、頬被りで隠すことにした。そうでしょう？」

「表現の自由という権利を行使するのも結構だが、人権という権利があることも忘れてほしくないね」

紅坂は苦笑いしながら警察の面々に顔を向ける。

「探偵ごっこではないのだぞ」

大城警部が私を横目で睨《にら》む。

「承知しています。僕が間違っていたなら、どうぞその時は逮捕するなり告訴するなりしてください」

「つきあってられん」

紅坂は椅子の脚を蹴りつけ、アラミツの社員の間を縫ってドアに向かう。

「どちらへ？」

「帰るに決まってるだろう。東京に帰る。私は忙しいのだ。社長が亡くなったからなおのことだ」

「帰京はまずいですよ。関係者はまだ残っているよう、警察から要請されている。ご自分の部屋に戻るくらいにしておいてください」

「喧《やかま》しい」

紅坂はドアを開けて廊下に出ていった。一人の刑事が後を追う。

「幕間の狂言といったところでしょうか」

私は首を竦める。

「君、事と次第によっては、私も黙っていないぞ」

警部が語気を荒くする。

「心配は無用です。紅坂が荒垣氏と影浦を殺しました。絶対的な事実です。まず荒垣氏殺害。先程申しましたように、ここホールでの口論の末、カッとして殺してしまった。床に倒し、馬乗りになり、後頭部を床に打ちつけたのでしょうか。ぐったり動かない荒垣氏を前に紅坂は、救命ではなく逃亡を選択しました。ところがホールを出ようとして、廊下に人がいることに気づいた」

「うちらだ」

藤谷真菜が声をあげた。

「しかも向こうはホールの異変に気づいている様子。今出ていけば犯行が発覚する。やり過ごそうとしたものの、立ち去る気配がない。通りすがりの発見者を装うという手もあるが、口論も聞かれていたとしたら言い逃れは利かない。外に逃げれば雪上に足跡が残る。土間伝いに他の部屋に逃げようとしたものの、どの窓も開かない。絶体絶命です。そこで紅坂は、ラスベガスのイリュージョンマジックさながらの脱出劇を図ることにしました。すみません、そちらの方、もう少し前に来ていただけますか」

私は話を中断し、後方の壁に凭《もた》れていたアラミツの男性社員を手招きした。

「ここでも聞こえます」

「いえ、そこにいては危険だからです」

「は?」

「とにかく前に」

男性社員が首を傾げながらホールの中程まで出てくる。私はドアの方に歩いていく。玄関寄りのドアだ。

ドアの右に、電灯や空調のスイッチを纏めたパネルがある。

「後ろに注目してください」

そう言い置いてから、私はスイッチの一つを操作した。

どよめきが発生した。

壁が動いたからだ。

さっきまで男性社員が凭れていた厨房側の壁が、じわじわと前に迫《せ》り出してくる。私がスイッチから手を離すと壁の動きも止まった。

「おい、どうなってる」

警部が目を剝いた。

「見てのとおりです。壁がこうして動くことをご存じだった方？　いらっしゃいませんか？　まあそうでしょうね。一福利厚生施設の一機能を全社員にいちいち教えるはずがない。しかし紅坂は知っていた。カシエラ・エンタープライズ時代から知っていたのでしょう。そして彼はこの機能をイリュージョンに利用した」

「どうして壁が動くのだ」

警部が煩《うるさ》く割って入る。

「空間の有効利用ですよ。壁を動かすことで、大きな部屋を小さな二つに分けることができる。二つに分ければ、同時に二つのイベントを行なうことができる。片方で研修を行ない、片方で会議を行なう、というように。また、数人で利用する場合、ただっ広い空間で食事や宴会というのは、寂しいし、白ける。そういう場合は人数に応じて部屋を狭くするわけです。部屋が二つに分かれるので、ドアが両端に設けられているのですね。庭側、廊下側の壁に出っ張りがあると壁移動の妨げになるので、絵画等は飾られておらず、ノブがないドアが採用されている。さて、このように壁が動くと、どのようなイリュージョンを見せられるでしょう。後ろのドアにご注目ください」

一同、一斉に振り返る。

「ご覧のように、現在、ドアは見えません。壁を前に動かしたことで、壁の向こうに隠れてしまいました。昨晩の紅坂も、壁をこういう状態にしました。前に出しすぎてはいけません。ドアがギリギリ隠れればそれで充分です」

私は窓際に移動する。

「そして土間に降ります。どの窓から出てもいいのですが、紅坂はここを使ったようです」

右から五つ目の窓を開け、土間に降りる。そして土間を厨房の方に数歩移動し、隣の窓から室内にあがる。そこに人はいない。壁が動いたことで生まれた空間である。

「紅坂はこの狭い部屋に待機し、耳を欹《そばだ》てて機会を窺《うかが》いました」

少し声を大きくして、動く壁の方に向かって喋った。

「やがて、廊下にいた者が、ホール内の異状を確認するため、玄関側のドアから入ってきます。白砂さんと藤谷さん、そして僕ですね。この機を逃さず、紅坂は厨房側のドアから廊下に出ます。僕たちが入っていく空間と紅坂が出ていく空間の間には壁が存在するので、僕たちは紅坂の動きを捉えることはできません。見事、脱出成功です」

そう説明しながらドアを開け、廊下を通って、動く壁のあちら側に戻る。

「しかし、うまうまと脱出できたからといって、そのまま二階の客室に戻ってはいけません。壁を動かしたことで、ホールの形状が変わってしまった。見てのとおりです。狭くなり、厨房側のドアが消え、窓の数も減っている。壁を元に戻しておかないことには、脱出トリックに気づかれてしまう」

「うちらが入った時、ホールは今みたく狭くなってたの？　ドアも一つなくなってた？　全然気づかなかった」

真菜が目を丸くした。横で明穂が頷く。

「ええ、僕も気づきませんでした。人が倒れていれば、意識はそちらに集中します。しかし時間が経って落ち着いてきたら、部屋の様子を観察する余裕も出てくるでしょう。だからその前に手を打つ必要がある。そこで紅坂は、通りすがりを装ってホールに入ってくると、僕たちを廊下に追い立て、スイッチを操作して壁を元に戻しました。さらに、管理人さんを呼びに行ったついでに配電盤をいじり、ホールのスイッチを操作しても壁が動かないようにしてしまった。これで、警察が現場検証をしても、壁が動くとは気づかない」

妹尾少年が体験した怪異も、動く壁によってもたらされたと考えられる。オーナーの息子だった啓太の悪戯《いたずら》である。

一番手、久美がホールに行った時、動く壁は厨房側にぴたりとくっついていた。つまりホールは分割されていなかった。

二番手、啓太がスイッチを操作、動く壁をホールの中程まで移動させた。すると、動く壁の背後、厨房側の固定された壁に幽霊が現われた。彼があらかじめ、そういう絵を赤い塗料で描いておいた、あるいは大きな紙細工を貼っておいた。

そして三番手、厨房側のドアから入った輝が幽霊を見る。

妹尾もこのトリックに引っかかった。部屋の中まで充分に入れば、右手の近い位置に壁が確認でき、いつもより近くにあるのはどうしてだろうと考えることで、からくりに気づくことができたかもしれない。しかしカードを載せた椅子は入口近くに置かれていたので、部屋の奥まで入る必要がなく、右の動く壁が視界に入ってこなかった。

仕上げとして啓太は、全員に幽霊を見せて脅《おど》かした。そして夜中のうちに壁を元に戻した。これで、翌朝ホールに行っても幽霊は見えない。もし壁に直接絵を描いたのだとしたら、後刻ゆっくり消せばいい。オーナーの息子であればそれもできる。

「以上のことを影浦は、警察が捜査を始める以前に看破《かんぱ》していました。『四国剣山胎内洞逆十字架事件』や『空中伽藍の四重密室』に較べると単純なトリックとはいえ、僕の話を聞いただけで解ったのですから、我が師ながら畏れ入ります。しかしその後がいけない。真相を警察に伝えず、犯人と取り引きしようと図った。最低です」

私は唇を噛む。

「お恥ずかしい話、影浦の一番の興味は金でした。元々はそういう人ではなかったはずなのですが、実力に見合った収入が得られず、損害賠償の借金が嵩《かさ》むうちに、心が荒《すさ》んでしまった。荒垣氏殺害の謎は解けた。しかしそれを警察に伝えたところで一銭にもならない。警察から協力要請を受けての仕事ではないからです。だから影浦は無視を決め込むことにしました。探偵になりたての頃は、正義のためならと、無償で協力することもあったでしょうにね。それが今では私利私欲でしか動かない。

それでも、真相を口にしないだけなら、まだよかったのです。無責任なだけです。ところが彼は、ふと思い立ってしまった。自分の推理を売ればいいじゃないか。警察に？　いいえ、警察は台所が苦しく、急に話を持ちかけても、たいした見返りは期待できません。過去にも、商品券や寿司屋で一杯でお茶を濁されたことがありました。影浦は犯人との取り引きを考えたのです。おまえがやったことをバラされたくなければ金を寄越せ。相手は殺人者、法外な要求にも応じるでしょう。警察から得られる捜査協力費の比ではありません。影浦逸水は、正義のために行使されるべき才能を悪魔に売ったのです」

師を断罪する私は涙ぐむ。

「影浦が真相を隠蔽しても、警察が独力で真相に到達してしまっては意味がありません。ホールの壁が動くことを知っている関係者——たとえば管理人さんなんかは当然そうでしょう——が事件前後の状況を聞けば、紅坂の脱出トリックに思いいたるかもしれない。紅坂が警察に捕まれば自分の恐喝も発覚してしまう。そこで彼は悪辣《あくらつ》なことに、警察の目を真相から遠ざけるべく、捜査の攪乱《かくらん》を図りました。現場が完全な密室状態だったとなると、そこからの脱出にトリックが使われたと疑われるので、密室に抜け穴を作った。男子浴場の窓の鍵を開け、土足であがった跡を作った。ええ、あの窓、本当は鍵が掛かっていたのです。警察が到着する前に影浦が解錠し、足跡の工作をしました。玄関から門にかけての足跡も彼の作です。そうして警察に、外部からの侵入者による犯行であると言った。そこには、名探偵として警察機構にも認知されている自分の発言は鵜呑《うの》みにされるだろうという、したたかな計算が働いていました。実際、影浦の発言を受け、外部犯の線で捜査を進めることにしましたよね？」

と大城警部に顔を向けると、苦い表情の頷きが返ってきた。

「さあこれで安心して恐喝できます。警部に偽の推理を摑ませた影浦は、同室の僕が眠りに落ちると、早速紅坂を呼び出し、交渉を行なうことにしました」

「あれは探偵ゴロだ」

横合いからそう声がして、ドアが開いた。

「『末永くご協力をお願いします』？　あの笑顔、今思い出しても虫酸《むしず》が走る。あれは総会屋、企業舎弟の手合いだ」

紅坂が戻ってきた。

「脅しに応じる代わりに殺したのですね？」

私は厳しく尋ねる。

「毎度そうやって、探偵活動で掴んだネタで強請《ゆすり》をやっていたのか」

「質問に答えてください。あなたが影浦を殺しましたね？」

私はむきになって言い返す。影浦の行為は断じて許されるべきものではないが、それを赤の他人に糾弾されると不愉快になる。

「紅坂さん、発言には慎重に」

警部が割って入った。

「お気遣いなく。覚悟はできています」

紅坂は薄く目を閉じ、獣の唸り声のような長い溜め息をついた。逆上して退室していった時とは別人の顔つきだった。

「金なんかありませんよ、私には。金があれば、アラミツに飼われるという辛酸は舐めていません。独立の資金ができるまでと、泣く泣く雌伏《しふく》している身の上なのです。奴にそう言うと、おまえ自身は資産を持っていなくても、今までに築いたコネクションがあるから、金を用立てる道はいくらでもあるだろうと宣《のたま》う。唇を舐め舐め、上目遣いにニヤニヤ笑う。冷や汗が出た。一度応じたら一生つきまとわれると悟った。かといって、拒否すれば長い刑務所暮らしが待っている」

「応じるも地獄、拒むも地獄、だから殺した」

私は確認する。紅坂はゆるゆると首を左右に振る。否定しているのか、思い出したくないと抵抗しているのか、判然としない。

「事業部長、今の話、本当なのですか？」

聴衆の中から女性の声がした。涙声だった。

紅坂は声の方を向き、しかし誰を見るでもなく虚《うつ》ろな視線をどこか遠くに投げかけ、それからゆっくりと頷いた。

「本当だ。私は社長を殺し、探偵も殺した……」

嘆くような溜め息があちこちから漏れた。そんな社員たちの気持ちには配慮せず、私は事務的に言葉を発した。

「影浦のことは大理石の灰皿で殴りつけた」

「ああ。気づいたら、奴は足下に倒れていた。ぴくりとも動いていなかった」

紅坂は腰の横で右手を広げ、水気のない掌をじっと見つめた。

「だそうです」

私は隣に顔を向けた。大城警部は、むうと唸りながら頷いた。

最後に一つ、と私は一般聴衆の方に顔を戻した。

「紅坂を疑うきっかけは影浦の死体にありました。死体の右手が左手の薬指を握っていました。一目見て、ピンときました。これは影浦のメッセージだと。そう、ダイイングメッセージというやつです。では彼はいったい何と伝えたかったのでしょう?」

質問を投げかけ、聴衆をゆっくりと見渡す。首を往復させたが、答は返ってこない。私は口を開く。

「薬指は紅差し指とも言います」

ホールに小さなざわめきが走った。探偵の虚栄心がレッドゾーンまで満たされる。

「紅坂にやられたと、彼はそう遺したのです。頭を殴られ、意識が遠のく中、最後の力を振り絞って。普通、そんなことできますか? 名探偵としての本能がそうさせたのでしょう。影浦逸水は根っからの名探偵だったのです。なのに心の隙から道を踏み外してしまい、希《け》有《う》な才能を自ら殺してしまった。残念でなりません」

私は目を閉じ、唇を嚙んだ。閉じた瞼と唇の端が、いつまでも震えた。

11

脱ぎ捨ててあったトレーナーを簡単に畳んでデイパックに押し込めると、力任せにファスナーを閉じた。

横には茶革のボストンバッグがある。O警察に寄ったあと、影浦警視正が取りに来るということだった。彼を待ち、一緒に東京に帰ろうかと思う。

私は背中からベッドに倒れ込み、手足を大きく広げた。馴染《なじ》み深い匂いが鼻腔《びこう》に染み入ってくる。

まだ半日しか経っていないのに、五年も十年も前のことのような気がする。しかしこの、僅かに甘みがかった粘土のような匂いは影浦のものだし、こうして目を閉じると、今朝方の出来事が、デジタルハイビジョンの鮮やかさ、5・1チャンネル・ステレオサラウンドの生々しさで、頭の中でプレイバックされる。


携帯電話が鳴った。鳴っていることは認識できたが、体が動かなかった。しかし呼び出し音は鳴り続けた。

ようやく体がいうことを聞いて端末を耳に当てると、聞き慣れた声が飛び込んできた。

「武邑君、やられたよ。風呂場だ。まいったよ、いたたっ。早く、早く、助けてくれよー、死ぬかも」

一気に目が覚めた。上下スエットのまま、髪も整えずに部屋を飛び出し、男子浴場に走っていった。

影浦は男子浴場の脱衣場に倒れていた。下半身を竹のベンチの下に突っ込み、床の上で悶えていた。

大丈夫かと尋ねると、生命には別状はないと答えた。

いったいどうしたのだと尋ねると、紅坂に殴られたのだと、マッシュルームレイヤーの鬘を外した。後頭部に大きな瘤《こぶ》ができていた。

荒垣美都夫殺しの真犯人は紅坂なのだと影浦は言った。それからホール脱出のトリックを説明し、偽の空き巣説を唱えた理由も明かした。

「交渉もクソもなかったよ。真っ青になってブルブル震えたかと思ったら、いきなりガツンだ」

ベンチの足下に大理石の灰皿が転がっていた。

「死んだふりをしたら、泡を食って逃げ出しやがった。臆病者め。ま、臆病者だからこそ殺人に走ってしまうわけだが。さてこれで、殺人に加えて殺人未遂、脅しのネタがもう一つできたな。武邑君、一緒に来てくれ。二人で臨めば襲われることはない」

だから私は灰皿を手に取った。

金、金、金、金、金！

うんざりだった。

名探偵は清廉《せいれん》であるべきだ。世俗の名利には見向きもせず、真実の追究を糧として生きる、それが名探偵。探偵は職業だが、名探偵は違う。生き方なのだ。

なのにこの男ときたら、二言目には金、金、金、金、金！

うんざりだ。

あまつさえ真実の隠蔽を図り、それが正義のためならいざ知らず、私利私欲のためだというのだから。欲という化け物に取り憑かれ、遂にちんぴらに成り下がってしまったのだ。もはや彼は名探偵などではない。名探偵として生きることは許されない。

もううんざりだ！

私は鬱積《うっせき》した思いを石の塊に託し、影浦の後頭部に振り下ろした。

影浦はぴくりとも動かなかった。死んだふりではなかった。

恐れも後悔もなかった。紅坂は、自身が影浦を殺したと思い込んでいる。罪は彼が被ってくれることだろう。

死体の右手に左の薬指を握らせ、私は風呂場をあとにした。


ベッドの上で寝返りを打つ。皺《しわ》の寄ったシーツがやさしく頬に触れる。懐《なつ》かしい匂いが全身を包み込む。洗礼だ。探偵の神様の祝福を感じる。

先生、私は立派な名探偵になってみせます。遠い遠い空の上から見守っていてください。

生存者、一名

生存者一名、死者五名で捜索終了

鹿児島県警、海上自衛隊、第十管区海上保安本部の合同捜索隊は六日、屍島《かばねじま》における捜索活動の打ち切りを決定。この結果、同島での生存者は一名にとどまることになった。

たぶんわたしは死ぬ。殺人鬼がやってこなくても、このままでは遠からず死んでしまう。食料が尽きた。食べ物を集めにいく気力もなくなりつつある。

一週間くらい前には、こんなところで死んでたまるか、東京に帰ったらまずは熱いシャワーを浴び、銀座《ぎんざ》のデパートでワンピースを新調し、桜田門《さくらだもん》の警視庁に出頭し、糀谷和《こうじやかず》聖《きよ》と刺し違える覚悟で法廷に立ち、十三人の犠牲者とそのご遺族に頭を下げ、ああそして両親にも不孝を詫《わ》びて——などと意欲的に考えていたのだけれど、今はもうどうでもよくなっている。体力の消耗《しょうもう》を抑《おさ》えようと呼吸の回数さえ減らしてシュラフの中で丸まっていると、そろそろ死んでもいいかなとふと思う。生への執着がなくなったらもうおしまいとはよく聞く話で、だからわたしも死にゆく運命にあるのだろう。

ただ、このまま死んでしまったのでは、わたしの死は正しく解釈されない。わたしは真《まこと》の道《みち》福音教会内で過激派としてならしているわけでもなければ、逃げ切れぬと思って集団自決したのでもない。そう誤解されて死んでいくのはたまらない。わたしはだからこの文章を書き残すことにした。このノートが殺人鬼に処分されず、いつかこの島にやってくる善良な誰かが発見し、テレビ局にでも新聞社にでもいいから持っていって、わたしが巻き込まれた理不尽な出来事を大々的に発表してほしい。そして真の道福音教会を解散に追い込み、糀谷和聖や関口秀樹《せきぐちひでき》を処刑台に送ってほしい。そうでなければわたしは浮かばれない。先に死んでしまったかつての同志も。

ともかくわたしは、この文章が白日《はくじつ》の下《もと》にさらされる日がかならずやってくると信じ、わずかに残された気力と体力をこのノートにぶつけることにする。

わたしたちが屍島に上陸したのは一九九＊年七月二十一日のことだった。屍島は東シナ海南西部に位置する周囲十キロの小島だ。

台風４号の余波で海はまだうねっていて、深夜の航海だったこともあり先行きが心配されたが、関口秀樹司教が舵輪《だりん》を握るクルーザー海神《かいじん》Ⅳ号の航海は順調そのもので、鹿児島県の本＊港を出て十二時間後の七月二十一日午後二時、無事屍島に到着した。

屍島は四面が海蝕崖《かいしょくがい》で構成された雄々《おお》しい島である。崖下《がけした》の海中には巨大な岩が没しており、船を接岸させるのは容易なことではない。かつては、沖合から艀《はしけ》を利用して接近し、崖のわずかな出っぱりにとりついて上陸していたらしい。

ものの本によると、この島の歴史は平家《へいけ》の落人《おちうど》が流れ着いたことにはじまる。四方に一つの島影もない絶海の孤島であったことから、江戸時代は薩摩《さつま》藩の重罪人が流され、同時に異国船の監視を行なっていた。太平洋戦争末期にも軍事目的で利用され、島民を強制退去させたのち、アメリカ軍の本土侵攻に備えて砲台が設置された。終戦後、強制退去させられていた人々が戻ってきて小学校の分校も建設されるが、昭和三十三年に大規模な海底噴火が発生、たび重なる地震を避けて全島民がふたたび離島。以降定住を目的に人が戻ってくることはなく、二、三年に一度学術調査のために人がやってくるにとどまっている。

海神Ⅳ号は座礁《ざしょう》を避けるため、満潮時を狙《ねら》ってゆっくりと島に近づき、南東部の通称水蛇《すいじゃ》の御蔵《みくら》に純白の船体を進入させた。水蛇の御蔵は昭和三十三年の噴火の際に形成された洞窟《どうくつ》である。この横穴は途中でゆるくカーブしているため、船体を奥まで進めれば、近くを航行する船から見られることはない。

まるでドックのような水蛇の御蔵に海神Ⅳ号を停泊させるとわたしたちは、水面に顔を出した岩と船体との間に板を渡し、上陸行動に移った。板を渡した岩の少し先に縦穴《たてあな》が空《あ》いており、そこから地上に出られるようになっていた。この縦穴も昭和三十三年の噴火で形成されたとのことであった。

屍島は狭いながら起伏《きふく》に富み、地表は赤黒くゴツゴツした岩肌に覆《おお》われていて、そちらの陰、あちらのがれ場から、今にも円谷《つぶらや》プロの怪獣が登場しそうな雰囲気だった。高温多雨の土地なのに背の低い草しか生育していないのは、火山性の土地で土に栄養がないからだろう。かつて人が定住したとはとても思えない荒涼とした土地だった。

島の北西部の窪地《くぼち》に傾いた小屋があった。天井はところどころめくれあがり、窓ガラスはきれいさっぱり失われ、壁にも穴が空いているという代物《しろもの》だ。プレハブ建てなので、離島した住民や旧日本陸軍が残したものではなく、近年学術調査隊が仮設したものなのだろう。

わたしたちは、この小屋と海神Ⅳ号を、荷物をかついで何往復もした。水蛇の御蔵と地上をつなぐ縦穴には梯子《はしご》など設《もう》けられておらず、途中も道らしい道がないので、それぞれのリュックに寝袋、シャベルやロープや燃料といった共用の道具、そして数ヵ月分の水と食料を残らず運び出した時には日もすっかり暮れていて、全員が青痣《あおあざ》やすり傷をこしらえていた。

屍島潜伏作戦はこうしてはじまった。法王のお言葉では三ヵ月をめどにということだったが、運が良ければ半月ですむかもしれず、逆に、この島で越年するはめになるかもしれない。

ともかくわたしたちはこの南海の孤島で、海外逃亡の準備が整うのを息をひそめて待つのである。

わたしたちが屍島に逃げてきたのは、七月十八日のあの事件の実行犯だったからだ。ここでいうわたしたちとは、宗像達也《むなかたたつや》、森俊彦《もりとしひこ》、永友仁美《ながともひとみ》、そしてわたし、大竹三春《おおたけみはる》の四人である。

七月十八日のあの事件とは、いわずと知れたＪＲ大＊駅爆破事件だ。朝のラッシュ時に駅構内四ヵ所でプラスチック爆弾セムテックスが爆発し、十三人が死亡、怪我《けが》人は重傷者だけでも五十九人にのぼったという、わが国の犯罪史上に残る凶悪な爆弾テロである。

当初このテロ行為は過激派によるものとの見方がなされたが、おもだった左翼団体は犯行を否定する声明文を相次いで発表した。すると次に、真の道福音教会の犯行であるという匿名《とくめい》の書き込みがインターネットの複数のサイトで行なわれた。

真の道福音教会は、一九八〇年代前半に日本で生まれたキリスト教系の新興宗教団体である。ヨハネの黙示録を独自に解釈した終末思想を説《と》いているのが特徴で、教義を一言《ひとこと》で説明すれば、悪魔によって汚《けが》されたこの世をもう間もなく全知全能の神が浄化してくださるのであなたも神の軍団の一員としてその最終戦争を勝ち抜きなさい、ということである。そして同教会では最終戦争の勃発《ぼっぱつ》を一九九九年としており、「終わりの日は近い」を合い言葉に、一九九〇年代半《なか》ばになって急激に信徒を増やしていた。主宰《しゅさい》の粃谷和聖は四十歳と若く、信徒の平均年齢も二十歳前後と若い。

ウェブサイトの書き込みは正しかった。わたしたち四人はまさに真の道福音教会の信徒だった。

大＊駅を爆破したのは神の思《おぼ》し召しである。神の軍団の一員として、微力ながら、腐った世の中を浄化したのである。わが教会の思想に共鳴しない者はみな腐っており、浄化の対象だ。ただし、わが神は慈悲深く、救いの扉《とびら》は大きく開けている。腐った世の中とそれに毒された己《おのれ》に気づき、教会の門を叩《たた》いて悔《く》い改めれば、最終戦争後の千年王国の住人となることができる。したがってわたしたちが仕掛けた爆弾は、人々を覚醒《かくせい》させるための非常ベルでもあったのだ。

　わたしたち四人の中の誰かが大＊駅を爆破すると決めたのではない。リーダー格の宗像達也も実行部隊の取りまとめ役でしかなかった。非常ベルを鳴らせとわたしたちに指令を出したのは、教会のナンバーフォー、青年部長の関口秀樹司教である。関口司教は糀谷法王から指示を受け、法王は神から宣託《せんたく》を受けていた。だからわたしたちの行動は神の思し召しなのである。

　わたしたち四人は関口が引いた設計図の上を一ミリの狂いもなく歩いた。東口の女子トイレと西口の二〇二番コインロッカーと1番ホームのごみ箱と地下鉄との連絡通路に分担して爆弾を仕掛けると、電車を使って隣駅まで行き、その駅前にあるコインパーキングに停《と》めておいた盗難車に乗り込んだ。そしてカーラジオをつけ、午前八時の時報を合図に四人それぞれが携帯電話を操作して、大＊駅に仕掛けた爆弾の発火装置を作動させた。

　関口が自《みずか》ら作った爆弾の威力はわたしの想像を遥《はる》かに超えていた。一駅離れているというのに地面が震えるのがはっきりとわかり、死者は一人二人ではすまないだろうなと直感した。

　凶悪な犯罪を行なったという意識は少しもなかった。全人類のために非常ベルを鳴らしたのだから、むしろ誇らしく、すがすがしい気分だった。

　しかし、悪魔が支配するこの汚れた世の中はわたしたちの行動を受け入れないとわかっていた。誤《あやま》った価値観により、わたしたちを犯罪者扱いするだろう。だが、大切な最終戦争を前に、むざむざ悪魔の軍門に降《くだ》るわけにはいかなかった。わたしたちは警察に捕まらぬよう、すみやかに現場から遠ざかった。

宗像と森が交互にハンドルを握って東名《とうめい》高速を走り、名神《めいしん》に入り、中国道を西下して、行きついた先は九州自動車道の桜島《さくらじま》サービスエリアである。

「予定より半日遅かったな」

すでに到着していた関口司教が例のごとく抑揚《よくよう》のない声で出迎えた。彼の横にはカバン持ちの稲村裕次郎《いなむらゆうじろう》が影のようにつきしたがっていた。

「中国自動車道でパンクしまして。パーキングエリアを出る前に異常に気づいたので助かりました」

宗像が頭をさげた。

「JAFを呼んだのか？」

「いいえ。足跡を残すことになるので自分でタイヤを交換しました。しかしスペアを積んでいなかったので買い求めるのに時間がかかり、それで遅れたしだいです。ところで台風はだいじょうぶなのでしょうか？」

海の日ということで掲揚された日章旗が音をたててはためいていた。

「君は余計な心配をしなくていい。黙って私についてくることが神にしたがうことなのだ」

不心得な信徒は関口司教のことを鉄仮面と呼ぶ。

わたしたちはここで千四百キロをともにしたセダンを捨て、稲村が運転するワゴン車に乗り移った。こちらの車もおそらく盗難車だ。

六人を乗せた車は鹿児島インターチェンジで九州自動車道を降り、一般国道を南下した。法王から直々《じきじき》にお言葉をいただいたのはそんな折である。わたしたちはスピーカーホンにした携帯電話に向かって居住《いず》まいを正して拝聴した。

「森俊彦君、お疲れさま。大竹三春君、ご苦労だったね。永友仁美君、体調を崩《くず》していないかね？　そして宗像達也君、みんなをよく取りまとめてくれた。みんな、本当によくやってくれた。君たちの働きは天にも届いたことだろう。君たち全員に私から助祭の称号を与えよう。だが残念なことに、神の喜びは悪魔の怒りを誘う。悪魔に支配されたこの国の中にあって君たちは犯罪者として追われることになるだろう。したがって、この国にいると身辺が落ち着かないだろうから、今後しばらくは海外でのんびりしてもらおうかと思う。教会はすでにその準備に取りかかった。ただし、安全なルートが確保できるまでには今しばらく時間がかかる。それまでは関口司教の指示にしたがい、国内のある場所で待機していてほしい。不自由な生活でしんどいかもしれないが、三ヵ月をめどに自由な国へのパスポートを用意する。全知全能の神は常に君たちとともにある。アーメン」

わたしたち四人は日を潤《うる》ませていた。フルネームを呼んでもらい、震《ふる》えるような光栄を感じていた。教会の長である法王が末端にいるわたしたちの名前を知っていること自体、奇跡に思えた。

鹿児島県の南端に位置する本＊港に着き、わたしたち四人ははじめて行き先を知らされた。無人島と知って少なからず気後《きおく》れしたが、しかしそこに行くことが神の思し召しであるのなら喜んでしたがわなければならない。

すでに出航の準備は整っていた。クルーザーの中は段ボール箱だらけで、座る場所を確保するのもままならなかった。しかし水と食料がそれほど大量に用意されていると知り、わたしはとても安心した。三ヵ月どころか半年でも生活できそうな量である。

そうして七月二十一日の未明、海神Ⅳ号は夜陰《やいん》にまぎれて鹿児島本＊港のマリーナをあとにしたのである。


屍島に上陸した晩は、食べて飲んで歌って踊った。コールマンのガソリンコンロで肉を焼き、魚を焼き、野菜も焼き、焼きそばを作り、缶《かん》ビールで乾杯し、きれいさっぱり食べつくし飲みつくした。

「今夜は無礼講《ぶれいこう》だ」

関口司教公認のお祭り騒ぎだった。一夜かぎりの宴《うたげ》である。大＊駅での浄化作戦の成功を祝し、今後の無事を祈ったのだ。

明日からは味気ない食卓が待っている。レトルト食品、乾燥食品、流動タイプの栄養剤――島を出るその日まで、アルコールもなければ料理と呼べるほどのものも口にできない。いわばこの晩の食事は最後の晩餐《ばんさん》であり、みんなそれがわかっていただけに、われ先にと箸《はし》を動かし、一本でも多くとビールに手を伸ばした。一人が歌を口ずさむとそれはやがて合唱の輪となり、全員が立ちあがってステップを踏み、火を灯《とも》したキャンドルを頭の上で左右に振った。

やがて六人は食べ疲れ、騒ぎ疲れて、ある者はタバコをくゆらし、またある者は軽く寝息をたてはじめ、それぞれが宴の余韻《よいん》にひたった。

わたしは満足したおなかをさすりながら満天の星を見上げていた。この南の地方ではすでに梅雨《つゆ》が明けていて、台風一過であることも手伝ってか、雲一つなかった。星の数も、輝きも、東京の夜空とはまったく違っていた。こんな映画のセットのような星空ははじめてだったので、どれだけ眺めても飽《あ》きることはなく、わたしはすっかり童心に返って、おみやげに持って帰れるのではないかしらと天に手を伸ばしてもみた。三日前大＊駅で味わった緊張も、これから先の不安も、この時ばかりは忘れることができた。

月も美しく輝いていた。満月にはやや物足りないので、十三夜の月といったところか。島全体に降ってくる淡《あわ》く柔らかな光は羽衣《はごろも》のようでもあった。

わたしは歩きたくなった。だから歩いた。都会で暮らしている時とはまるで違う、自分の気持ちに素直なわたしがいた。

淡いと思った月の光だが、散歩するには充分な明るさだった。月の光は岩肌を青白く照らし、その中を歩いていると、ここが月の砂漠のように思われてくる。アルコールの影響で足取りがおぼつかなく無重力感があったことも、わたしにそんな錯覚を与えたのかもしれない。

気がついたら水蛇の御蔵に通じる縦穴のところまでやってきていた。

そして妙な音を耳にした。甲高《かんだか》く、切れ切れに響くそれは、獣の鳴き声のように思えた。

アルコールで気が強くなっていたわたしは、恐怖よりもまず興味を感じて洞窟の中に降りていった。月はちょうど天頂にあり、縦穴の内部は明るく照らし出されていて、手がかり足がかりを難なく探って降りることができた。

ただ、降りきってしまうと、洞窟の奥までは月光が届かないので、懐中電灯がないと進むことができない。

しかしそれ以上進む必要はなかった。

闇の一角がほの明るく光っていた。海神Ⅳ号の船室に明かりが灯っていた。音はそちらの方から流れてきていた。そしてわたしはすぐに音の正体を察知した。

船室の明かりの中に女性のシルエットが浮かんだ。腰までである長い髪を鏡獅子《かがみじし》のように振り乱していた。体を激しく上下させていた。彼女は裸だった。顔ははっきり見えなかったが、このように長い髪を持った女性をわたしは一人しか知らない。そもそも、この島にやってきた女性はわたしを除いたら一人しかいない。

これも宴の続き、無礼講というやつなのか。

永友仁美が裸で腰を振り、獣のような声を漏《も》らしていた。その下で快楽を享受している男の顔は見えなかったが、わたしはその正体を察することができた。宗像、森、稲村は、わたしが散歩に出る際、小屋の周りにいた。

わたしは嫉妬《しっと》した。

関口秀樹のことをひそかに想《おも》っていたわけではない。わたしよりも神に近い者として彼のことを尊敬してはいるが、恋愛の対象にはない。

けれどわたしは嫉妬した。

関口は教会の幹部である。永友は教会のナンバーフォーのお眼鏡《めがね》にかなったのだ。ついさっきまでは彼女とわたしは同じ立場にあったはずなのに、今では天と地ほども差がついてしまった気がしてならなかった。いや、気のせいではなく、この先彼女の教会内でのポジションが上昇するのは間違いない。

同じような年齢で、同じような背格好で、同じような髪型で、同じような顔つきで、同じようなハスキーボイスで、歌のうまさも酒の強さも同程度で、なのにわたしには声すらかからず永友が選ばれた。

　今日わたしは人を妬《ねた》みました——神に許しを請《こ》い、わたしは眠りについた。

　船旅の疲れ、運搬作業の疲れ、適度なアルコール——わたしは朝までぐっすり眠り、誰よりも早くシュラフを出た。目覚めの気分は悪くなかった。東の空が赤く染まり、光が徐々に全天に満ちていくさまは、まるでSF映画のオープニングシーンを観《み》ているようだった。

　朝食に昨晩の宴の余韻はなかった。栄養調整食品を一箱と経腸《けいちょう》栄養剤が一缶、たったそれだけである。

　栄養調整食品は焼き菓子のような固形物で、いわば栄養価の高い乾《かん》パンといったところだ。経腸栄養剤は流動タイプの栄養剤で、見た目も喉越《のどご》しもミルクセーキを思わせる。どちらも栄養素がバランスよく配合されており、この二つを三食摂取《せっしゅ》しておけば理論上は生命を維持できるだけのカロリーと栄養をまかなえるということだった。嵩《かさ》も少ないので一度に多くを持ち運びでき、サバイバル生活をするにあたっては実に効率のよい食料といえた。だが、味はきわめて無機的人工的で、どちらも香料で味を調《ととの》えているので喉を通らないということはなかったが、一箱八〇グラムの栄養調整食品を二五〇ミリリットルの経腸栄養剤で流し込んだらもう充分という気になって、昨晩のバーベキューパーティーとはうって変わり、お代わりを所望《しょもう》する者は一人としていなかった。

島に持ち込んだ食料はほかに、レトルトパックのカレーやフリーズドライの野菜などがあったが、今後の食事は基本的に栄養調整食品と経腸栄養剤の組み合わせである。持ち込んだ食料のほとんどがその二つだったのだ。実は両商品の発売元は真の道福音教会の息がかかったところで、その販売が教会の貴重な資金源になっている。

朝食後は島の探索を行なった。長期滞在するのであれば、環境の把握《はあく》は不可欠である。探索がひととおりすむまでは、関口司教と稲村も島に残ることになっていた。この島で生活するために不足している物資があるようなら、後日運んできてくれるという。

何よりも優先しなければならないのが水の確保だった。ペットボトルに入ったミネラルウォーターは充分持ち込んでいるが、それを飲料以外にまで使っていたのではひと月も経《た》たずに尽きてしまう。

わたしたちはまず昔の集落を探した。井戸が使える状態で残っているかと期待したのである。

集落跡を探すのは意外と骨が折れた。崩れかけた家屋を頭にイメージして歩き回っても、そのような風景はいっこうに現われない。集落を探しながら湧き水にも注意を払ったが、こちらも見つからない。

集落跡をなかなか見つけられなかったのは家屋が完全に崩壊していたからだった。低い雑草のあいだあいだに朽《く》ちた木材がわずかに転がっているだけなのだ。たび重なる台風の直撃でこうなってしまったのだろう。東シナ海は台風銀座である。

集落跡に井戸らしきものはあった。しかし丸い枠《わく》組みの中は土砂で埋まっていた。シャベルはあるが、どこまで掘り進めば水源まで到達できるか想像もつかない。

だが集落跡には小さなプールのようなものが二つあった。それぞれ縦横五メートルほどの四角い穴で、内部はコンクリートで固められており、雨水を貯《た》めていたのではと思われた。実際に、見つけた時も、プールは水をたたえていた。ただしその水はひどく濁《にご》っていたので、いったん全部汲《く》み出し、新しい雨水を貯めようということになった。

プール掃除《そうじ》の途中で昼になり、わたしたちはいったんプレハブの小屋に戻って食事をとった。昼食も栄養調整食品と経腸栄養剤である。朝は、栄養調整食品がチーズ味、経腸栄養剤がコーヒー味だった。昼はフルーツ味とバニラ味の組み合わせに変わった。とはいえ、(実際に食べたことはないけれど)宇宙食を与えられているような気分に変わりなかった。

「どうなったかなあ」

宇宙食をひとかじりし、宗像達也がつぶやいた。省略された主語は「人＊駅爆破事件のその後」であると想像できた。

「君たちは立派に使命を果たした。その後については余計な心配をしなくていい」

関口司教が抑揚のない声でいった。

「ラジオは与えていただけないのでしょうか?」

森俊彦が尋《たず》ねた。彼は四十歳と、この六人の中では最も年長だった。関口司教は三十七、残りの四人は三十代前半である。

「聞こえなかったのかね。余計な心配は無用だといっておるだろう」

「しかし、世の中の情報が入ってこないと何かと不自由するかと思いまして。ここは台風の通り道でもあることですし」

「何の不自由があろうか。むしろこのうえない環境ではないか。法王もいつもおっしゃっている。テレビやラジオは悪魔の道具だ。ありもしないことを流布《るふ》して人々を惑《まど》わせている。悪魔の道具がなければ誘惑される心配もない」

「事前に調査したところによると、この島にはラジオの電波が届きません」

稲村がいった。

「ということだ。台風の心配も無用だ。神は善なる者に恵みを与える。悪《あ》しき世の浄化に貢献した君たちを苦しめるようなことはしない。それが証拠に、あれだけ猛威をふるって北上していた台風4号が、この島に出発する直前に中国大陸の方にそれたではないか。神が道を開いてくださったのだ」

関口司教は満足そうにうなずく。

「この島には悪魔の誘惑が届かないのですね。誰にも何にも邪魔《じやま》されず、聖書を読み、法王の説法集にふれ、神に祈る。思うぞんぶん信仰を高めることができるのですね。ああ、なんてすばらしい！　こんなすばらしい環境は、今後一生、望んだところで手に入れられるものではありませんわ。神よ、わたくしは感謝します」

永友仁美が胸の前で手を組み合わせた。昨晩の一件があるだけに、関口に媚《こ》びているように思えてならなかった。

「ああ、せいぜい励《はげ》んでくれたまえ。そしてこの雄大な自然に抱《いだ》かれて心身ともにリフレッシュしたまえ。トレッキングするもよし、洞窟で魚介を獲《と》るのもよかろう。君たちの役目は終わったのだ。ここしばらくは休暇だよ。そう、神からのご褒美《ほうび》だ」

「温泉を掘ってはどうです。ここは火山帯にあるから、湧き出る可能性は充分にありますよ」

稲村が笑った。

「ま、信仰の時間さえおろそかにしなければ、あとは何をして過ごしてもかまわない。ただ、一つだけ注意しておく。航行中の船から見られるようなへまは犯《おか》すんじゃないぞ。洞窟でちゃぷちゃぷ水浴びするのはかまわないが、島の周囲で磯《いそ》釣りしようなんて考えないことだ。もっとも、あの険《けわ》しい岩場に降り立つのは困難だし、それができたとしてもあっという間に波にさらわれてしまうだろうがね」

「きゃっ」

突然、嬌声《きょうせい》があがった。永友仁美が関口司教に抱きついていた。

「何かいます」

彼女は彼に抱きついたまま、片腕を前方に伸ばした。

「何かって？」

彼は彼女の肩を引き寄せる。

「ケモノのようでした」

「動物？」

「はい。あそこの間で動きました」

永友は破れた窓の外に見える屏風《びょうぶ》のような岩を指さしている。

「ネズミですか？　ウサギですか？」

「いえ、もっと大きかったです」

「見てきなさい」

関口司教が稲村に命じた。

「クマだったらどうします」

稲村が尻込みした。

「クマはないでしょう。クマは寒いところに住んでいるケモノではありませんか？　どれ、一緒に見てみましょう」

　宗像が先に立って小屋を出た。稲村もあとに続き、二人はそろそろと岩陰を覗《のぞ》いた。稲村が振り返り、何もいませんと大声でいった。

「さっきはいたのです」

　永友が首を左右に振った。わかったわかったといった調子で、関口が彼女の頭をなでる。

「おそらく野生化した家畜でしょう」

　森がいった。

「こういう島では離島に際して家畜を放置していくことが多いらしく、その結果野生化してしまうという話を聞いたことがあります」

「ウシとかウマ？」

　カップルから目線を切り、わたしは尋ねた。

「よくあるのがヤギらしいです」

「わたくしの目には黒っぽく映りましたが」

　永友がいった。

「野生のヤギは真っ白ではないと思う」

わたしはぶっきらぼうに応じた。

「みなさんには一つ楽しみができましたね。ケモノを探して捕まえ、肉を食う」

小屋に戻ってきた稲村が笑った。どうもこちらを見下したようないい方をする男である。

だがもっと不快なのが永友だ。彼女は何も見ていないに違いない。ケモノがいたというのは関口にくっつきたいがための方便《ほうべん》に決まっている。

「さあ、午後の部開始」

わたしはムッとして小屋を出た。


南の島の日射《ひざ》しはきつかった。刺すとはまさにこういうことで、じりじり焦《こ》げるそのさまを肌が直接感じ取っていた。けれど一歩岩陰に入ると海からの風が焼けた肌をやさしくなでていき、東京よりもずっとしのぎやすい気がした。

貯水池の掃除が終わったちょうどそのころ、南の空の入道雲がゴロゴロと音を立てはじめた。ひと雨きてくれれば早速新鮮な水を貯《たくわ》えることができる。

しかしひと雨きてもらっては困る事情もあった。小屋の屋根にはあちこち穴が空いている。窓も破れている。降りの程度によっては相当悲惨な事態になりかねない。

すると関口司教が、クルーザーに厚手のビニールシートが積んであったはずだ、船にはほかの用事もあるのでついでに取ってこようといいだした。わたしの反応は素早かった。日を輝かせた永友仁美が、運ぶのを手伝いますと口にするより早く、彼と彼女の間に割り込んだ。

「シートはどうやって固定しましょうか。とりあえず重石《おもし》を置くことにしましょうか。じゃあ永友さん、わたしたちは石を集めましょう。ああそれから、荷物も雨がかかりそうにない場所に移動させなくっちゃ。きゃっ、また光った。急がなくっちゃ」

そうそう快楽をむさぼらせてなるものか。

結局関口司教は一人で水蛇の御蔵に向かった。

鳴るたびに雷鳴は確実に接近し、空はみるみる暗くなり、やがて雨が降り出した。重石のほうはとうに用意できていたが、本降りになっても関口司教は戻ってこなかった。

バケツをひっくり返したような雨だった。案《あん》の定《じょう》小屋は被害に遭《あ》った。屋根の雨漏りもひどかったが、破れた窓からの浸水もはなはだしく、窓の正面一帯は水たまりとなった。この容赦《ようしゃ》のない雨が関口司教を足止めしているのだろうと、わたしたちは無条件にそう考えた。晴れていても足下が悪いのだ。この豪雨の中を歩くのはあまりに危険だ。

雨は一時間ほど続き、ぴたりとやんだ。外を覗いてみると、空の半分が黒雲で、残り半分は紅《べに》色に染まっていた。

三十分が経ち、全天が夕焼け色になっても、関口司教は戻ってこなかった。水蛇の御蔵から小屋までは二十分ほどの距離だ。

さらに一時間が経ち、月と星が空を覆いつくしても関口司教が戻ってくる気配はなく、崖崩れが発生して立ち往生しているのではといいだす者が出はじめた。崩れた岩の下敷きになっているかもしれないなどと不吉なことを口にする者もいた。そこで稲村と宗像が様子を見にいくことになった。残りの三人は、チョコレート味の焼き菓子もどきとストロベリー味のシェイクもどきで夕食をとりながら待つことにした。

一時間後、泥だらけの二人が戻ってきた。二人とは、稲村と宗像だ。あとからもう一人入ってくる気配はなかった。

「関口司教は?」

今にも泣き出しそうな顔で永友が尋ねた。

「どこかに行ってしまいました」

宗像の表情には困惑と怒りが同居していた。

「見つからなかったということですか?」

「そうです。船も」

「船にいないとしたら、その行き帰りの道のどこかのはずですが。司教の名前を呼びながら探しましたか?」

「あー、違います。船にいなかった、ではなくて、船もなかった、です」

「は？」

「船が消えています。関口司教も見あたらない。つまり、関口司教は船で島を出ていったということです」

留守番《るすばん》部隊全員がきょとんとした。

「いったいどこに行かれたのです？」

「さあ」

「司教は船に荷物を取りにいかれたのですよ。ビニールシートを取りに。ただそれだけでしたのよ。ねえ？」

永友はみなに同意を求める。

「僕にあたらないでくださいよ。僕は見てきたままを伝えているだけです。関口司教の姿は見あたらなかった。クルーザーも消えていた。ねえ？」

宗像は稲村に同意を求めた。稲村は無言だった。首を縦にも横にも動かさなかった。腕組みをして恐ろしい顔で宙を睨《にら》みつけている。

「司教はたしか、船にはほかの用事もあるとおっしゃっていましたが」

森が稲村に尋ねた。稲村は恐ろしい表情を崩さない。

「船を出す用事だったのですか？」

森が重ねて尋ねると、稲村は油の切れたロボットのような感じで首を左右に振った。

「船の中にあると思っていたビニールシートがなかったので、調達しにいったのかしら」

わたしは首をかしげた。

「この大海原《おおうなばら》のどこでビニールシートを調達できるんですか。航行中の船をつかまえて、ビニールシートを貸してくれと頼もうっていうのですか」

宗像が喧嘩《けんか》腰になった。

「どういう場合に黙って出ていくでしょうか。まず考えられるのが、すぐに戻ってくるのでわざわざいうまでもないと思った」

考えをまとめるような調子で森がいった。

「だからぁ、どこに出かけるというのですっ」

「そのへんをひとっ走り。クルージングですね」

わたしがいう。

「ここには遊びできているのではないのですよ。クルージングだなんて、そんなのんきなことはしないでしょう」

「のんきというわけではなくて、雨が激しくて小屋に戻れないから、時間潰《つぶ》しに船を出したとは考えられませんか」

「あんな雨の中に船を出すのだって危険だ」

「緊急事態が発生したのでしょうかね」

森が顎《あご》をさすった。

「緊急事態？」

「船の無線でＳＯＳをキャッチしたのです。場所が近くだったので救助に向かった」

「それならそうと、洞窟にメモを残していってもよさそうじゃないですか」

「緊急時にそこまで気が回るでしょうか」

「だとしても、もう何時間経っていますか？　救助に向かって、逆に遭難したのですか？」

「やめてください」

永友が甲高い声をあげた。彼女の端整な顔がゆがむのを見て、わたしの中にサディスティックな気持ちが芽生《めば》えた。

「関口司教はケモノに襲われたのではないでしょうか？　昼間永友さんが見たというケモノ」

「ヤギに？」

宗像があきれた。

「ヤギと決まったわけではないでしょう。実はもっと獰猛《どうもう》な動物なのかもしれないし」

「でも、ケモノは関係ないでしょう。船がなくなっているんですよ。船でどこかに行ったということじゃないですか」

「関口司教と船をセットで考えなくてもいいと思います。司教は島の中でケモノに襲われた。ケモノは関係なくて、司教が勝手に足を滑《すべ》らせたとしてもいい。いっぽう船は、司教の力を借りずにどこかに行ってしまった。潮で流されたのです」

「碇《いかり》を降ろしてたし、船体と岩をロープで結《むす》んでた」

「でも、絶対に動かないとはいいきれないでしょう。潮の満ち干《ひ》によってロープがゆるむことだってあると思います。さっきは風も強かったから、外のうねりが洞窟の中にまで影響したのかもしれない」

「やめてください」

永友が耳を覆い、いやいやをするように体を揺すった。快感である。

「待て待て。落ち着け落ち着け」

それまで沈黙を守りとおしていた稲村裕次郎が手を叩いて割って入ってきた。

「心配はいらない。関口司教は無事だ」

「どうして無事だとわかるのです?」

森が眉《まゆ》を寄せた。

「それは司教の行き先を知っているからだ」

一同、顔を見合わせた。

「ほら、貯水池の掃除をしている時、司教の姿がしばらく見えなかっただろう。あれは教会との定時交信のために船に行っていたのだが、そのとき教会から、急を要することがあるのでいったん戻ってくるよう要請されたのだそうだ。で、夕方、その最終確認の無線交信をするために船に行ったわけだが、そこでやはり戻らなければならないとなったのだろう。小屋を出る前に司教は私に、このまま出発する可能性がある、すぐに帰ってくるので留守を頼むと耳打ちされた。島の探索や生活基盤の整備がまだすんでいないので、私は置いていかれたのだ」

「稲村さんはそれをどうして今まで黙っておられたのです？」

「司教に口止めされていた」

「司教はどうして口止めを？」

「さあ、それは聞かされてない。ともかく、何もいうなといわれていた。だから、何も知らないふりをして司教を探すのを手伝った。しかし今ここで話を聞いていて、みんなが勝手な想像をして不安をつのらせるのもよくないと思った。約束は破ることになるが、いたしかたあるまい」

わたしは稲村の言葉に不自然なものを感じたが、幹部は下の人間をいちいち相手にしていられないのだろうと、ひとまず納得した。

「急を要することとは、大＊駅爆破のその後、あるいはわれわれ四名に関することなのでしょうか？」

宗像が不安げに尋ねた。

「用件についてはいっさい聞かされていない」

「近いうちに戻ってこられるのですね?」

永友の表情には不安と安堵《あんど》がないまぜになっている。

「もちろん。私を迎えにね」

「いつごろ戻ってこられるのですか?」

「用件がすみしだいとしかいえないが、なあに、すぐに戻ってくるさ。ともかく関口司教は無事だ。心配はいらない。ああ、腹が減った。そうだよ、私と宗像君は夕食がまだじゃないか」

稲村は一同にぎこちない笑顔をふりまいた。


屍島での生活は、快適とはいいがたかったが、絶望的なほど不快ではなかった。

午前中は法王の説法集をテキストに勉強会を行なった。午後は自由時間とし、わたしは主に聖書を読んで過ごした。森は集落跡の廃材を使って小屋の屋根の修理にいそしみ、宗像は、温泉を掘り当ててやると、真っ黒になってシャベルを振るっていた。

毎日のように夕立があり、水の心配はなかった。毎日水浴びができ、毎日シャツを洗えたので、当初考えていたよりずっと清潔な生活を送ることができた。

不快なのは稲村の態度だった。彼は助祭の地位にあり、わたしたちも島にやってくる直前に法王から助祭の地位をいただいたので立場としては対等のはずなのだが、なぜか彼のほうが偉そうな態度をとる。挨拶《あいさつ》をしても、うむと首を縦に動かすだけで、小屋の掃除や水汲みは、指示を出すだけで自分は汗をかこうとしない。

彼は食事に関してもわがままだった。栄養調整食品や経腸栄養剤を「配合飼料」だといって忌《い》み嫌い、レトルトのカレーやシチューを出せと命じた。そのくせ、いざ出したら、フリーズドライの米など食えたものじゃないといって、半分も捨ててしまう。持ち込んだ数の少ないレトルト食品は週に一度のごちそうとする予定だったのに、稲村のわがままにより、最初の一週間で底をついてしまった。

稲村の態度は日に日に悪くなった。自分には関口司教からおおせつかった仕事があるのだといって勉強会に参加しなくなった。といって何をしているのかといえば、ただ寝転がっているだけにしか見えない。汚れた下着をわたしに押しつけ、洗濯を強要するようにもなった。

稲村が荒れているのは、関口司教の行動と関係しているように思えた。永友が、司教は明日くらいには戻っていらっしゃるでしょうかなどと口にすると、とたんに稲村の表情が険しくなった。

関口司教の行動はわたしたちの心も搔《か》き乱した。教会に呼び戻された理由も、いつ戻ってくるのかもわからないのだ。島から本土まで半日、本＊港から東京まで半日として、移動に要する時間は往復二日。一週間戻ってこないということは、用事に五日を費《つい》やしているることになる。けれどそれほど時間を要する用事であるのなら、その旨《むね》い残して出発するのではないだろうか。末端の人間にいちいち報告する義務はないし、明かせない要件もあろう。それは理解できるが、外の世界が見えない人間は情報に飢《う》えている。そして情報が入ってこないと、何ごとに関しても、悪い方、悪い方へと考えがちだ。

わたしは不安で、ほかの者たちも同じように不安で、しかしお互いの心の中を素直に披《ひ》露《ろう》することはなく、五人は微妙なバランスを保ちながら一日を過ごし、また次の一日を迎えていた。わたしは祈り、彼や彼女も祈り、神との対話を通じて揺るぎない心を獲得しようとしていた。

しかし神は死んだ。

関口司教が姿を消してちょうど二週間後、わたしたちのアイデンティティが音を立てて崩壊した。

小屋にいたら稲村裕次郎がやってきた。ほかの三人は水蛇の御蔵だった。勉強会はもっぱら、島の中で一番涼しいそこで行なっていた。小屋の掃除当番だったわたしは、作業がすみしだい追って参加することになっていた。

のそっと小屋に入ってきた稲村の目を見た瞬間、わたしは彼の意図《いと》を察した。

案の定、彼に告白された。いや、告白という言葉には真剣でまっすぐな気持ちがこもっているので、彼の言葉を告白と表現するのは誤りだ。

「大竹さん、好きだ」

朽ちかけた床に正座した稲村は、やや猫背になってわたしの顔を正面から見据《す》え、甘ったるい声を発した。偽《いつわ》りの言葉だ。彼が好きなのは大竹三春ではない。

わたしが当惑していると、稲村は痩《や》せ細った腕をすっと伸ばしてわたしの手の甲に軽く指をふれた。そこで一秒ほどの間《ま》があって、わたしがうつむいたまま黙っていると、彼は了解の印《しるし》だと解釈したらしく、猫のような素早い身のこなしでわたしの横に体を移し、わたしの腰に手を回した。

稲村裕次郎が好きなのは大竹三春の体なのだ。いや、固有の人格はいらない。性別が女である人間とセックスがしたい、この男の望みはただそれだけなのだ。

「好きだよ、大竹さん」

稲村のもう一方の手がわたしの長い髪をもてあそぶ。

「だめ……」

わたしは顔をそむけた。稲村の顔は髭《ひげ》もじゃで、髪も海賊のように乱れていて、その髪や髭から、薄い胸板から、華奢《きやしや》な下半身から、つまり全身から、汗と埃《ほこり》の入り交《ま》じった臭《にお》いが発散されている。

「好きだ、好きだ、好きだ」

髭に覆われた唇を押しつけられる。わたしは顔を左右に振って抵抗するが、相手は痩せているとはいえ男である。稲村はつたない舌使いで唇をむさぼり続けた。

Tシャツの裾《すそ》がたくしあげられる。ブラジャーの中に骨張った指が侵入してくる。ここ二週間の貧しい食生活により、わたしは驚異的なダイエットに成功していた。乳房をまさぐられるうちに、ぶかぶかになったブラジャーがめくれあがり、わずかに膨《ふく》らんだ胸があらわになった。その中心の突起を稲村は指先でつまみ、こねまわし、唇をあて、ついばみ、赤ん坊のように音を立てて吸った。

わたしはどうしてこの男に身をまかせているのだろう。

ジャージを膝《ひざ》まで降ろされ、ショーツの上から下腹部をなでられる。ショーツが腿《もも》まで降ろされ、荒い息が下腹部に降り注ぐ。

稲村裕次郎は大竹三春を好きなのではない。限界に達した性欲を吐き出したいだけなのだ。今日の掃除当番が永友仁美であったなら、彼女の肉体を求めたことだろう。

しかし永友は関口司教と関係を持っている。その部下を相手にするだろうか。しかしわたしはそいつを相手にしている。永友は教会のナンバーフォーをものにしたというのに、自分の相手はそのカバン持ちか――。

そう思った時、強烈な嫌悪《けんお》感が押し寄せてきた。

「やめて！」

わたしは稲村を突き飛ばした。攻撃をまったく予測していなかったからだろう、彼は簡単にバランスを崩し、後頭部を壁に打ちつけた。

「てめえ……」

ゆるりと身を起こした稲村からは、それまでの甘い調子が消えていた。わたしは身の危険を感じ、ジャージをあげながら後ずさった。

「いいだろ。楽しもうぜ」

稲村は頭をさすりながら立ちはだかる。

「やめて。近寄らないで」

段ボール箱を盾《たて》のように構える。

「どうせこの島からは一生出られないんだ。せいぜい楽しもうぜ」

「一生、出られない？」

きょとんとした。

「ああ、死ぬまで出られない。おまえも、俺も」

稲村は唾《つば》を吐いた。赤いものが混じっていた。

「死ぬまで？　どういうこと？」

わけがわからなかったが、急激に心搏《しんぱく》数があがった。

「この島の名前の由来を知ってるか？」

わたしはかぶりを振った。

「昔ここは罪人が流されてくる島で、生きて島を出ることはかなわなかったそうだ。出られるのは屍《しかばね》になった時。だから屍島さ。俺たち五人の運命もそうと決まっている」

「どういうこと？　死ぬまで出られないって、いったいどういうことなの？」

さっきまでのことを忘れ、わたしのほうから彼の腕を取った。

「知りたいか？」

稲村はニヤリと笑った。わたしはうなずいた。

「よーし、芝居はもうおしまいだ。舞台裏に案内してやろう。ただし、楽しんだあとでな」

稲村はふたたびわたしのジャージに手をかけ、ショーツと一緒に力ずくで引き降ろすと、あらわになった下腹部を舐《な》め回し、まだ充分潤《うるお》っていないというのに彼自身の下腹部をあてがった。

「三春、好きだよ。三春、三春……」

稲村はそうなれなれしく呼び捨て、わたしの首筋を強く抱きかかえ、胸に顔をうずめ、軽く吠《ほ》えるような声をあげ、そして果てた。

荒い呼吸がおさまると、稲村は下着を拾いながら吐き捨てた。

「関口は二度と戻ってこない。俺たちは生け贄のヤギ《スケープゴート》さ」

「関口は二度と戻ってこない。俺たちは生け贄のヤギさ」

稲村は全員を前にしてあらためていった。

洞窟で勉強会をしていた三人は、いつまで経ってもわたしがやってこないので、心配になって小屋に様子を見に戻ってきた。そして稲村が告白をはじめたのである。大竹三春が好きだという告白とは違い、今度の告白は掛け値なしの真剣なものだった。

「司教が戻っていらっしゃらないということは、稲村さんもずっとここに？　自分ら四人の出国の準備が整うまでこの島で一緒に過ごすことになったのですか？」

森は事態をはかりかねている。

「ああ、ずっと一緒だ。よろしくな」

稲村は自嘲《じちょう》気味に笑った。

「二度と戻ってこないって……、大＊駅の件でそんなに大変なことが起きているのでしょうか？」

宗像が声をひそめて尋ねた。

「ああ、とてつもなく大変なことになっている」

四人が顔を見合わせた。

「関口司教の身に何か……？」

永友の顔は蒼《あお》ざめている。

「あいつは今ごろ、キーンと冷えたビールをジョッキで……、いや、朝だから、ふかふかのベッドでおねんねか。たまんねえよな」

「あいつ……」

「なのにおまえたちは寝袋にくるまって、口にできるものといえばこんなものしかない。クソ関口のせいでな」

稲村は段ボール箱の中に手を突っ込んで経腸栄養剤を一缶取り出した。

「どうして司教のことを呼び捨てに……」

「おまえたちのほうが大変だったのにな。爆弾を仕掛けたんだぞ。目撃されるかもしれない、現行犯逮捕されるかもしれないというリスクを背負って行動したんだぞ。暴発の危険だってあった。一方関口は、仕掛けてこいと口を動かしただけ。なのに、この待遇の違いはどういうことだ」

稲村は缶のタブを引き開けて口に持っていったが、ひと口すすっただけでペッと吐き捨てた。

「司教とわれわれとでは地位が違います」

宗像が困惑した様子でいった。

「そんなのんきなこといってるから、いいように利用されるんだよ。利用されるだけされて、ポイと捨てられる」

稲村は、中身が詰まった缶を窓の外に放った。一同、きょとんとした。

「最初にいっただろう。関口は二度と戻ってこない。二度と戻ってこない、だぞ。つまりおまえたちはこの島に置いていかれたんだ」

「え？　でも、置いていかれるといっても、関口司教は最初から、数日の滞在で稲村さんとともに島を離れる予定だったわけですから……。それが早まっただけなのでしょう？　海外へのルートが確保されたら迎えにきていただけるわけですし」

「それがのんきだってぇのよ。おまえたちは、かつての囚人がそうだったように、死ぬまでこの島を出られないの」

わたしたちはまた顔を見合わせた。わたしはもうほとんど悟っていた。けれど思考の最後の一線を超えるのが恐ろしく、理解できない状態を無理やり保っていた。

「あーあ、俺もな、本当はな、今ごろな、焼き肉食って、寿司《すし》つまんで、ビール飲んで――、ちくしょーっ！　関口の野郎、裏切りやがって！　どうして俺がこんなエサ食わなきゃなんねーんだよ。俺はブロイラーか！」

稲村は栄養調整食品のパッケージを足下に叩きつけ、靴《くつ》の裏で踏みにじった。さらに、手近にあった段ボール箱を抱えあげ、ひっくり返して中身を床にぶちまけると、ちくしょうちくしょうと繰《く》り返しながら、パッケージや缶を手当たりしだい足蹴《あしげ》にした。

「やめてください！」

潰された食品パッケージの上に永友が覆いかぶさった。稲村はそれでも脚《あし》を振りあげ、永友の体に蹴りを入れるように振りおろした。

「わたしたちが爆破事件の責任をすべて負うのですね？」

わたしは思考の最後の一線を超えた。すんでのところで稲村は動きを止め、ゆっくりと脚をおろし、「ご名答」とニタリと笑った。

「そうさ、だから生《い》け贄《にえ》といっただろう。おまえら四人がこの島に連れてこられたのは、死んでもらうためだよ」

「死んでもらう？　出国するまでの一時待避なのでしょう？」

宗像が目を剝《む》いた。

「まあだおめでたいやつがいるな。教会はな、おまえたちを海外に逃がしてやろうだなんて、そんなことは考えちゃいないの。海外逃亡の準備はしないのだから、お迎えの船をよこす必要もない。この島がおまえたちの最終目的地、つまりおまえたちは島流しに遭ったってわけ。屍島がおまえたちの墓場だ」

「え!?」

「教会はな、大＊駅爆破事件で教会に疑いの目が向けられた場合、教会のダメージを最小限にしようと、あるシナリオを用意したんだよ。

爆破事件を起こしたのは、宗像達也をリーダーとする教会内の過激な一派四名である。宗像ら四名が勝手に爆弾を作り、仕掛け、爆破させたのだ。あくまで個人グループの暴走であり、糀谷法王の命令によるものではない。断じて教会による組織的犯行ではない。すでに四人は破門した。

そして四名の暴走信徒は日本列島を南へ南へと逃亡、最終的には南海の孤島にたどり着く。しかしやがて食料が尽き、そのまま死を迎えることになる。彼らの死体のそばには爆弾テロの計画書や逃亡日記が残されており、それによると大＊駅爆破は四人で計画、実行したもので、真の道福音教会からの指示はいっさい出ていなかったと判断され、これにて一件落着だ。死んでしまった人間を裁《さば》くわけにはいかない。個人による犯行なので、真の道福音教会の責任を追及することもできない。

俺が聞かされていた計画はそんなところだ。トカゲのしっぽ切りというコンセプトを出したのが糀谷で、関口がディテールを練《ね》ったようだ。おまえたちを拉致《らち》するように島に連れてきて放置したのでは、教会に裏切られたと勘《かん》づかれかねないので、あくまで教会はあなたたち四人の味方ですよという紳士的な態度を装《よそお》った。糀谷が直々に声をかけて感動させ、海外逃亡という希望も与え、島で待ち続けることが一番なのだと錯覚させた。食料を用意したのも、水の確保に協力したのも、置いてきぼりにされたとの被害者意識をおまえたちに抱かせないためさ。教会を信じきったおまえたちは、ついに食料が尽きても糀谷の言葉を思い出し、明日はきっと迎えがやってくると希望を抱きながら、あわれ餓死《がし》していくという寸法だ。

で、関口は、食料が尽きたころを見計《みはか》らって島に戻ってきて、首尾よく全員が死んでいたら、偽《にせ》の犯行計画書や逃亡日記を置いて島を離れ、屍島に人がいるようですよと海上保安本部に通報し、餓死した四人を発見させる。四人が島に上陸した足として、小型のボートを水蛇の御蔵に放置しておくことにもなっている。

その計画にのっとって、俺も関口の下働きをしたわけよ。暴走信徒の墓場としてこの屍島を推薦《すいせん》したり、本＊港のマリーナで保管の杜撰《ずさん》だったクルーザーを見つけたり、そこに食料を積み込んだりね。食料といえばね、糀谷はおまえらをとっとと始末したくて、数日分のエサを与えて放置すればいいといっていたのだが、俺がそれに待ったをかけた。四人の暴走信徒は覚悟のうえで島に逃げるのだから、食料はそれなりに用意していないとおかしい、ある程度生かしておき、そのはてに力つきたという状況を作ってやらないとリアリティが出ない、といってこれだけたくさんの食料を与えることにしたのさ。だから置き去りにされて二週間が経った今もこうして生きていられる。せいぜい俺に感謝することだな。

ところがなんてことだ、俺も置き去りにされちまった。まあよく考えれば、秘密を守りたいのなら、秘密を共有する人間を一人でも少なくするというのが鉄則だものな。というわけで諸君、裏切られた者どうし、仲良くやろうぜ」

稲村は一同に手を差し出したが、誰も握り返さない。怒りや反論を示す者もいない。稲村はつまらなそうに手を引っ込め、それをズボンのポケットに差し入れた。

「爆破による死者は昨晩現在十二人。いまだに重体の者もいるそうなので、死者はさらに増えると考えられる」

稲村はポケットから四角い箱を取り出した。

「あったのですか?」

森がラジオを指さした。

「ああ。あんたたちに世の中の正しい動きを知られたくないから隠しておいた」

「じゃあ、電波が入らないというのも?」

「半分は本当だ。昼間はまるでだめ。電波状態の良い夜間にかろうじて聞き取れる程度だ。それをイヤホーンで拾っていた。で、ニュースによると、捜査当局は真の道福音教会をマークしはじめたようだ。インターネット上でも、教会の犯行だと決めつける発言が相次いでいるそうだ。それに対して教会は、糀谷自らが会見に臨《のぞ》み、とんだ濡《ぬ》れ衣《ぎぬ》だと怒りまくっているらしい。あのダルマみたいな赤ら顔とちょび髭が目に浮かぶよ。しかしまあ、いずれ教会に捜査のメスが入ることは間違いなさそうで、すると糀谷は今度は、『内部調査の結果、当教会の信徒が犯行に関与していた可能性が出てまいりましたが、それはあくまでその信徒個人の暴走行為であり、当教会はいっさいかかわっておりません。ただ、そういう道をはずれた信徒を作り出してしまったことは深くお詫びいたします』なーんて涙を流しながら会見するんだろうな。

ささて、このように、あんたたち四人が指名手配されるのも時間の問題なわけだ。それを承知で、この島を出ていく勇気があるかい？　そもそも脱出の手段がないわけだが、仮に手段があったとしても出ていけないだろう？　あんたらは十三人の命を奪っている。死者はさらに増えそうだ。極刑はまぬがれないぞ。教会の指図《さしず》で行なったのだと主張し、それが認められたとしても、間違いなく死刑判決が出る」

稲村が口を閉ざすと小屋全体が深く沈黙した。

「嘘よ……。司教に見捨てられただなんて、嘘……」

ずいぶん経ってから、永友が絞り出すようにつぶやいた。

「まったく、嘘であってほしいよ。あの晩、関口が姿を消したのは何かの間違いだと思ったよ。予定では、もう二、三日おまえたちのめんどうをみてやってから一緒に出ていくはずだったんだぜ。なのにやつは一人で姿を消した。とりあえず、暇《ひま》潰しにクルージングに出たのだろうと自分にいい聞かせておいたが、一夜明けても戻ってこない。じゃあアルコールを調達しにちょっくら本土までいったのだろうといい聞かせた。それでも戻ってこなかったら、教会本部から緊急の無線が入って東京に呼び戻されたのだと考えた。だがもうだめだ。いったい何口経過した。二週間だ。関口の野郎はもう戻ってこない。俺も置いてきぼりだ。抹殺《まっさつ》計画に荷担《かたん》した人間が抹殺されようとは、まったくオマヌケだよな」

稲村はふっと口元をほころばせ、やがてゲラゲラ笑い出した。

「ここに来て最初の晩にやったバーベキュー、あれはまさに最後の晩餐だったわけだ。なあ？」

と森の肩に手を回す。森は笑わず、不快も示さない。

「何かいえよ！」

そう揺さぶられても森は表情を変えない。

「どう？　衝撃の事実だった？」

稲村は森を突き放し、宗像の肩に腕を回した。宗像も笑わず、不快も示さない。

「バカにしてんのかよ⁉」

そう揺さぶられても宗像は無表情を貫《つらぬ》く。

「そうか、そんなに俺が憎いか。じゃ、俺を殺す？　ああ、殺せ殺せ！　死んでやる！だがな、俺を殺しても島から出られないぞ」

稲村はわめき散らし、破れかけた壁を、段ボール箱を、靴の裏で蹴りつけた。宗像と森は気圧《けお》されることなく稲村の行動を黙って見つめている。永友とわたしも無言で、狂ったように暴《あば》れる稲村を止めようとはしない。

やがて稲村は動きを止め、肩で息をしはじめた。いつまでも肩が上下していると思ったら、彼は嗚咽《おえつ》していた。

「すまない」

稲村は突然土下座《どげざ》した。顔をくしゃくしゃにし、洟《はな》をすすりながら、すまないすまないと震える声で繰り返した。誰も彼を止めなかった。もういいよともいわず、許さないともいわなかった。


ひと月以上をぼんやりと過ごした。何も考えられず、ほとんど何も口にしなかった。

人生のすべてを捧《ささ》げてきた教会に裏切られた――信じられないというよりも、認識するのを脳が拒《こば》んでいた。わたしは一日二十四時間のうち二十時間以上を寝て過ごした。寝ていれば何も考えずにすみ、何も考えなければ恐怖も絶望も悲しみも感じることはない。ほかの彼や彼女も同じ調子で、島には生きた屍が五体転がっていた。

ふとわれに返って腕時計に目をやると九月に入っていて、そこから徐々に何かを考えるようになった。

人生のすべてを捧げてきた教会に裏切られた――信じられないが、それが事実だった場合、新しい道を切り拓《ひら》かなければならない。そろそろ何か行動を起こさなければならない。

ただ、どうにかしなければならないと思いはじめたものの、どうしていいかわからなかった。

時が満ちたら関口秀樹は海神Ⅳ号を駆《か》って戻ってくると、百パーセント信じていた。迎えの船で本土に到着すると、熱いシャワーと清潔なシーツと調理された料理が待っていて、ひそかに駆けつけてくれた法王からねぎらいの言葉を受け、偽造旅券を渡され、ワインの酔いが醒《さ》めたころ、旧ソ連邦か東南アジア方面に向かって旅立つ——はずだったのだ。だが稲村裕次郎の告白により、その可能性はゼロであると思い知らされた。

姿を消す直前、関口はこういっていた。

「君たちの役目は終わったのだ」

それはまさに本音《ほんね》だったのである。

では教会に見放されたとして、ほかの誰かがわたしたちを迎えにきてくれる可能性はあるだろうか。

屍島に一時身を隠すことを、わたしは誰にもいっていない。親兄弟にも。家族の反対を押し切って栃木の教会施設に入り、その時を境に彼らとは断絶している。今回、最終的には海外に逃亡すると聞かされ、これで親兄弟には一生会えないだろうと覚悟した。しかし彼らに別れを告げることはなかった。わたしにとって肉親とは、遺伝的に近い存在でしかなく、彼らとの心の距離はあまりに遠い。わたしにかぎらず、ほかの四人にしてもおそらく同じだと思われる。

したがって、わたしたち五人の肉親はわたしたちのことを心配しているだろうが、行き先をほのめかしもしなかった人間のことは捜しようがない。待っていても、誰もわたしたちを迎えにきやしないのだ。

みなようやくそのことに気づいたらしく、衝撃の告白からひと月半が経過したその日、今後についての話し合いがはじめて持たれた。

「メシでも食おうか」

友人に声をかけるような感じで宗像達也が誘ってきたのがきっかけだった。衝撃の告白以来、各人はそれぞれの世界でふさぎ込んでいて、食事もそれぞれの腹具合に合わせて勝手に行なっていた。だから久しぶりに一緒に食べないかという提案だった。わたしに異存はなく、ほかの者も二つ返事で賛同した。

食事会には稲村裕次郎も誘われた。稲村はそもそもわたしたちをはめようとした人間であり、彼との同席は感情的に抵抗があったが、今となっては彼もわたしたちと同じ哀れな生け贄である。

食事会といっても食卓を飾るのは栄養調整食品と経腸栄養剤だったが、奮発《ふんぱつ》して三種の味を食べ放題とした。加えて、小さなカニと貝をガソリンコンロで焼いた。宗像と森が水蛇の御蔵にいって獲ってきたのだ。

「待っていても迎えがこないのなら、自分たちのほうから働きかけるしかありませんね」

顎にヤギのような髭を蓄《たくわ》えた森俊彦が、網の上でカニをひっくり返しながら話の口火を切った。島に上陸する前の彼はもっとやさしげな顔をしていたような記憶があるのだが、どうやさしげであったのかは思い出せない。ただ、言葉遣いの丁寧《ていねい》さは以前とまったく変わらない。

「狼煙《のろし》をあげて助けを求める？」

すでに考えていたのか、宗像が素早く反応した。かつてはふっくらしていた頬《ほお》もすっかり削《そ》げてしまい、その部分を縮《ちぢ》れた髭が覆っている。

「ええ。問題は、このあたりを船が通らないということです。この十日ほど注意して海を見ていたのですが、船は一隻《せき》通ったきりです。それもこの島から遠く遠く離れた、ほとんど水平線のあたりを」

「このあたりの海域は航路から大きくはずれているんだよ。海流の関係から漁場としてのうまみも少なく、漁船もやってこない。そうとわかったうえでおまえたちを置き去りにしようとしたのさ。万が一逃げようという気を起こされても逃げられないようにね。それが今、俺の首を絞めている」

稲村が自嘲気味に笑った。

「しかし、毎日毎日根気よく狼煙をあげていれば、いつかは気づいてくれるんじゃないの。よし、ちょっと試してみるか。ああ、もう食べごろだぞ」

宗像は蓋《ふた》がぱっくり開いた貝を一つつまみあげると、中身をすするように口の中に入れ、ハフハフいいながら小屋の中に駆け込んでいった。

わたしも遠慮なくいただくことにした。正体不明の貝ではあったが、煮立った汁の中で乳白色の身がぷるぷる震えていて、見るからにおいしそうだった。そして実際、涙腺《るいせん》がゆるんでしまうほどおいしかった。海水がいいあんばいに調味料となっている。

「貝はまだたくさんあった？」

わたしはくだけた調子で森に尋ねた。宗像と同じようにこれからはラフにいこうと決めた。

「残念ながら、今日見つけられたのはそれだけです。時間が経てば、また見つかるようになると思いますが」

この味を覚えてしまったら、流動食と焼き菓子もどきの食事に戻れるか心配である。

「これ、味がおかしくありません？」

永友仁美が顔をしかめた。

「おかしくないよ。おいしいじゃない」

彼女が手にしている貝はわたしが食べた貝とは種類が違っていた。わたしが食べたのは二枚貝だったが、彼女のは巻き貝である。

「いや、なんか変ですよ」

永友はその場にしゃがみ込むと、ちょうどそこにあった小さな穴の中に口の中のものを吐き捨て、穴の上から土をかけた。

「自分もそっちの貝を食べましたけど、だいじょうぶでしたよ。生焼けだから味がおかしく思えるのではないですか」

森は永友の手からひょいと貝を取りあげ、網に載せようとした。だがそれを稲村が横合いからかっさらった。

「お嬢様のお口には合わないとさ」

彼は皮肉らしくそういって、茶褐色の身をうまいうまいとむさぼった。

宗像が空《から》の段ボール箱を抱えて小屋から出てきた。段ボール箱をびりびり破り裂き、ちぎれ落ちた紙片を拾い集めて山を作る。森がライターをつけ、山に近づける。

「二人とも大切なことを忘れています」

永友がライターを奪い取った。

「わたくしたちは世間一般から見れば犯罪者なのですよ。フッシュアワーの駅を爆破し、大勢の死者と怪我人を出している。だからこの島に逃げてきたのでしょう？　警察に捕まりたくないのでしょう？　なのに一般人と接触したのでは元も子もないじゃないですか。

狼煙を発見した船の人間はどう行動します？　わたくしたちを助けるだけですか？　いいえ、海上保安本部だか警察だかに連絡を入れますよ。するとわたくしたちは港に着くなり事情聴取を受けることになります。そして、真の道福音教会の人間であるとわかれば、まして無人島にいたとなれば、まだ指名手配されていないとしても、きつい取り調べが待っています。逮捕されるのは時間の問題です」

あれからすぐにラジオの電池がなくなり、世情はまったく把握できていなかった。わたしたちはすでに指名手配されているのかもしれない。

「では、港に着く前に乗組員を全員殺し、船を奪います？　奪った船をいったい誰が操縦できるのかという問題もありますが、それ以前に、腕っぷしの強い船乗りにわたしたちが敵《かな》うとはとても思えません」

森と宗像は納得した様子でうなずいた。

「狼煙をあげて、俺だけ助けてもらっちゃおうかなあ。俺はさ、爆弾テロにはいっさいかかわってないから、取り調べを受けようがかまわないんだよね。ああでも、そんな抜け駆けをしようとしたら、船がやってくる前におまえたちに殺されちまうな」

稲村が捨て鉢《ばち》にいったが、誰も笑わず、怒りもしなかった。すると彼はつと立ちあがって栄養調整食品を握り潰し、粉になったそれを関取が塩を撒《ま》くようにあたりにぶちまけた。

「そんなに俺が憎いかよ。しゃべると口が腐るって？　ちくしょう、じゃあメシに誘うなよ。メシったって、結局エサ食ってるだけじゃねえか」

「エサエサって、それを用意したのはあなたじゃない。わたしだって、たまにはスパゲティやサラダを食べたいわよ」

わたしはムッとしていい返した。

「うるせー！　俺は関口の指示にしたがっただけだ。貝はもうないのか？　カニは？　なめんなよ！」

稲村は足下から食品パッケージを拾いあげ、コンロの上に投げ捨てた。コーティングが焼け焦げ、化学物質の嫌な臭いが立ちのぼった。

「おーし、貝をたらふく食うぞ。魚も捕まえてやる。一人で集めて一人で全部食ってやる。洞窟の漁業権は稲村裕次郎のものだ。いま決めた。俺の許可なく漁をしたらぶち殺す」

稲村はそう捨て台詞《ゼリフ》を残して立ち去っていった。

「正体不明のものはむやみやたらと口にしないほうがいいと思いますよ」

永友はそう小声でいって口元に手を当てた。

「まだ口の中がおかしいの？」

わたしは心配して彼女の顔を覗き込んだ。ここで倒れられても医者は呼べない。

「なんとなく気持ち悪いですね。でも、ひと口かじっただけで、そのひと口も飲み込まずに吐き出したから、毒があったとしてもだいじょうぶだと思います」

永友はペットボトルの水を口に運んだ。

「人頼みできないのであれば、自力で脱出するしかないですね。筏《いかだ》を作ります？」

森が話題を戻した。

「この島には丸太にできそうな木が生えていない」

宗像が溜め息をつく。

「集落跡の廃材を使うのです」

「はたして五人も乗れる筏を作るだけの材木があるかな。かなり腐ってたじゃない」

「一人乗りでいいんですよ。代表の一名が助けを呼びにいけば」

「誰に助けを求めるの？」

「あ」

「それに、仮に五人乗りの筏を作れたとしても、途中、誰にも見つからずに本土までたどり着けるでしょうか。本土からここまで、クルーザーでも十二時間かかりました」

永友も否定的だった。

それで意見の交換が途絶《とだ》え、各人がそっぽを向いて黙り込んでしまった。

「各自でもう少し考えてみましょうか」

わたしは水入りを提案し、みなそれを了承した。

無人島に置き去りにされたというのに、こうして結論を出すのを先延ばししていられるのは、水にも食料にも余裕があるからだ。

先に残りの食料をチェックしたところ、このひと月あまり呆然《ぼうぜん》として消費量が減っていたことも手伝って、五人が一日三食食べてもあと二ヵ月は楽に持つ計算だった。食料といっても、例の味気ないクッキーと缶入りの流動食のみなのだが、それがあるのとないのとでは精神の余裕がまるで違う。今日のように魚介と組み合わせれば、さらに長く持つだろう。水はさらに余裕で、たとえペットボトルの水が尽きたとしても、豊富な雨水を濾過《ろか》して使えばいい。

ところでみんなは気づいてくれただろうか。わたしは、狼煙でも筏でもない方法を考えてみましょう、と提案したのではないことを。

実をいうとわたしは、わたしたちは裁きを受ける必要があると思いはじめていた。

わたしたちは無差別に（少なくとも）十三人を殺し、五十九人に怪我を負わせたのだ。はたしてそれで世の中は浄化されたのだろうか。被害者の中には未就学児童も含《ふく》まれていると、電池が切れる前のラジオは伝えていた。稲村の告白を受け入れられるようになるにしたがって、わたしの中で何かが揺らぎはじめていた。真の道福音教会の暗部を白日の下にさらす義務があるようにも思えてきた。けれど、わたしたちは十三人を殺している。糀谷和聖の命令にロボットとしてしたがっただけだという弁護がなされても極刑はまぬがれそうにない。

だからわたしはまだ、裁きを受ける決断がつかない。己の罪を潔《いさぎよ》く認めても極刑に処されるのなら、逃げられるところまで逃げてみたほうがよいように思える。捕まれば極刑だが、運良く一生逃げおおせるかもしれない。

各自で考えてみようとは、つまりこのことなのだ。裁きを受けなくていいのか、教会という組織の後ろ盾を失って逃げ続けることが可能なのだろうか。わたしたちは根本から考え直す必要がある。

根本から考え、心の整理さえつけば、この絶海の孤島から脱出する方法はいくらでもあるように思う。わたしたちをこの島に閉じこめているのは糀谷和聖ではなく、わたしたち自身の心なのである。

一週間が過ぎた。

たったの一週間では心の整理はまだつかない。この間に、脱出についての新しい提案をしてくる者もいなかった。

その日わたしは朝食を終えるとメガネ岩に足を運んだ。メガネ岩というのは西の岬《みさき》にある中央が楕円形《だえんけい》にえぐれた大岩で、わたしが勝手にそう名づけた。中央の空洞部分には寝そべるのにちょうどいいへこみがあり、しかも午前中は、そのへこみに入っていると日射しを完全にシャットアウトすることができる。このごろは、午前中はメガネ岩、昼食を挟《はさ》んで午後は東の岬のカメ岩、というのがわたしの行動パターンになっていた。

九月下旬の穏やかな日だった。青空には鰯雲《いわしぐも》が漂《ただよ》い、海から渡ってくる風も肌にやさしい。だがこの心地《ここち》よさは底知れぬ不安を抱《いだ》かせもする。南国といってもここはカリブ海ではない。冬はそれなりに寒いだろう。防寒の服は用意してきておらず、シュラフも夏用だ（もしここで越冬することになったら、その時は教会がケアしてくれると信じていた）。食料も、まだ余裕はあるとはいえ、五人が越冬できるほどは残っていない。そろそろ何かの決断をしなければならない時期になっていた。

しかし考えようとすると、なぜか睡魔《すいま》に襲われる。わたしの中には、決断を迫る良識派と、決断の先延ばしをはかる現実逃避派、二つの人格が存在していた。そしてどうやら今のところは後者の力が強いようだった。

この日の午前中も結局良識派の出番はなく、わたしは怠惰《たいだ》な気分を満喫しただけで昼食の時間に小屋に戻った。

集落跡を抜けようとした時、大竹さんと声がかかった。振り返ったわたしは、きゃあと声をあげ、その場に尻餅《しりもち》をついた。

「そんなに驚かないでくださいよ」

永友仁美が困ったような笑顔を見せた。

「どうしちゃったの⁉」

わたしは目を見開いて彼女の頭を指さした。ベリーショート、いや、高校球児のような坊主《ぼうず》頭になっていた。今朝《けさ》方見た時は、髪は腰まであったのだ。

「切ってしまいました」

永友は恥ずかしそうに頭頂部をなでた。

「切ったのは見ればわかるよ」

「手入れができないので。シャンプーもトリートメントもなくなるのです。あったとしても、雨水でしか洗えないし、海風は避けられないし、ボロボロになることには変わりありません。それだったらいっそバッサリ切ってしまおうかと」

「しっかし、よく思いきったね。何年もかけて伸ばしたんでしょう」

「何年もかけて信じてきたことだって、たったの一瞬で崩れてしまうんですよ」

わたしはハッとした。彼女は彼女なりに苦しんでいるのだと思った。過去と決別しようともがいている。ことに彼女の場合、関口に体を許し、これで将来の地位が保証されたと有頂天《うちょうてん》になっていただけに、なおさら裏切られたショックが大きいと思われた。髪を切ったから生まれ変われるとはならないが、一歩踏み出すことで新しい何かを摑《つか》もうとしているのだろう。

「わたしも切っちゃおうかな」

わたしは腰近くまで伸びた自分の髪を摑んだ。ごわごわしていて、潮風をたっぷり受けているので、まさに塩蔵《えんぞう》ワカメを思い起こさせる。

「そうしましょうよ。洗髪も、雨の中に立って頭をゴシゴシやるだけですみますよ」

「うーん、でも、そこまで短くする勇気はないな」

紫外線対策のファンデーションもとうに底をついていたので肌もボロボロで、もはや見《み》栄《ば》えにこだわっても仕方ないのだが、坊主頭はさすがにためらわれる。

「頭が軽くなって、肩凝《こ》りがなくなった感じですよ。思いさって短くしましょうよ。わたくしが切ってさしあげますわ」

どういう髪型がいいかと話しながら、わたしたちは小屋に戻っていった。

小屋に入ると、宗像と森がすっとんきょうな声をあげた。宗像は、デミ・ムーアが救出にやってきたのかと思ったと笑った。なるほど、永友は少々えらが張っているので、GIジェーンを思わせせないでもない。

このとき稲村の姿はなかった。彼は夕食の時間にも小屋に現われなかった。誰も気にとめなかった。食事は全員でと決めていたわけではないし、ついこの間までは五人バラバラに食事をしていた。

だが、夜が更《ふ》けても稲村は小屋に戻ってこなかった。朝になっても彼のシュラフは空のままだった。

朝食後、宗像と森が稲村を探しにいくことになった。彼らは「心配だから」としかいわなかったが、その主語が「稲村の生命」でないことはわたしにはわかっていた。「稲村の抜け駆け」が心配なのだ。

稲村が自らいっていたように、彼は爆弾テロに直接かかわっていないので、堂々とSOSを発信できる立場にある。漁船に拾われたあと警察の事情聴取を受けるはめになっても、彼は痛くも痒《かゆ》くもない。せいぜい実行犯の逃亡幇助《ほうじょ》で軽い刑罰がつく程度だ。ところが彼が警察の事情聴取を受けることでテロリストの潜伏先が明らかになり、わたしたちは死刑台に送られる。

だから宗像と森は、稲村が狼煙をあげてはいないか、こっそり筏を作ってはいないかと、それを調べに出ていったのである。

しかしわたしたちの心配は杞憂《きゆう》に終わった。

一時間ほどして小屋に戻ってきた宗像がか細い声で報告した。

「稲村が死んでる」

稲村裕次郎の死体は水蛇の御蔵にあった。わたしと永友が駆けつけた時にはテーブル状の岩の上に仰《あお》向けになっていたが、宗像はそれをその岩の足下で発見していた。そこは浅瀬になっていて、死体はうつぶせ状態で半分水没していたという。それを森と二人で岩の上に引きあげた。

また、わたしが見た稲村の死体は服を着ていたが、それは宗像がわたしと永友を呼びにいっている間に森が着せたもので、もともとは裸だったという。服は、岩の上や周囲に無造作に散らばっていたらしい。

稲村の死体を見た瞬間、わたしは恐怖で卒倒しそうになった。

運命共同体の一人の死はショックであった。長く水につかってぶよぶよにふやけた皮膚は正視に耐えないほど気持ち悪かった。だがそれ以上にわたしに恐怖をもたらしたのは稲村の死に方だった。

稲村は不慮の事故で命を落としたのではなかった。絶望からの自殺でもなかった。彼は殺されていたのである。

稲村の首には傷があった。喉仏《のどぼとけ》の左右に刃物の刺し傷があった。傷はぱっくり割れていて、素人《しろうと》目にも彼はその傷がもとで死んだと判断できた。体のほかの部分に外傷はなかった。

凶器と思われる刃物は死体のすぐ近くで水に沈んでいた。稲村がいつも腰につけていたシースナイフだ。

傷は体の正面で、傷を作った道具は被害者の所持品。となると自殺の可能性を残したくなるのだが、残念ながらありそうにない。まず、自分の首にナイフを突き立てて死のうとする人間がいるだろうか。そういう壮絶な自殺が絶対にないとはいいきれないが、切腹よりも現実味が薄いように思われる。また、仮にそうやって死のうとした場合、一ヵ所を刺した段階で意識を失ってしまうのではないだろうか。ところが傷は二ヵ所にある。

したがって稲村の首にナイフを突き立てたのは稲村以外の人間である。裸であったことから、稲村は魚や貝を獲っていたと考えられる。シースナイフも体からはずし、岩の上に放置していた。犯人はそのナイフを奪い、稲村を襲ったのだ。

わたしはそこまで考え、それ以上は恐ろしくて考えられなくなった。

稲村の死体は洞窟の一隅に埋葬した。縦穴から地上まで運びあげるのは難《むずか》しそうだったので、潮が満ちても浸水しない位置に空いていた横穴の中に突っ込み、岩や石で蓋をした。電池が切れてもなお彼が肌身離さず持ち歩いていたラジオを副葬品とした。

小屋に戻ったわたしたちは、てんでんばらばらの方を向いて、それぞれの思いに耽《ふけ》っていた。何かを話さなければという切迫感がわたしにはあったが、何も切り出せないまま日暮れを迎えた。食事にしようという声もかからず、勝手に食べはじめる者もなく、誰からともなく横になりはじめた。

シュラフに入ってしばらく経ってから、「まだ起きてますか？」と森の声がした。起きていると三人が順繰りに答えると、しばらくしてほの明るい火が灯《とも》った。

「こういう問題は早めに話し合っておいたほうがいいかと思いまして」

森は抽象的な表現をしたが、三人にはそれで充分通じた。わたしたちはガソリンランタンの周りに車座《くるまざ》になった。

「稲村さんは殺されたのだと自分は思うのですが、違う意見の方はいらっしゃいますか？」

異を唱《とな》える者はいなかった。

「他殺だとすると、二十五パーセントの確率で、犯人はあなたです」

森は正面に指を突きつけた。永友はそうですねと穏やかにうなずいたのち、隣に座るわたしの手を取って、

「二十五パーセントの確率で、大竹さんが犯人です」

と微笑《ほほえ》んだ。

「あなたが犯人である可能性も二十五パーセント」

わたしもせいぜい強がって、正面の宗像を顎でしゃくった。

「こいつが犯人である可能性も二十五パーセント」

宗像が森の肩を叩く。

「つまり犯人はわれわれ四人の中にいることになります。これは絶対です。この島にはこの四人しか存在しないのですから」

わたしが恐ろしくて直視できなかった事実を、森は淡々といった。宗像も他人事《ひとごと》のよう

にいう。

「しかもその四人のいずれもが稲村裕次郎を殺す動機を持っている。稲村は俺たちの抹殺計画に一枚嚙《か》んでいた。結局やつも教会に裏切られたわけだが、しかし俺たちを平気で殺そうとしていたという事実は消せない。そんなやつが憎くないわけがない。それに加えて俺たちは、やつの抜け駆けを恐れていた。先手を打って殺してしまえば、不用意に助けを呼ばれずにすむ」

「正面から首にナイフを突き立てるなんて、女には不可能な仕事だわ。そんなことしようとしたら突き飛ばされちゃう。少なくとも稲村さんと同等の力がないことには、正面から切りつけてそれを成功させることは無理ね」

わたしは自己弁護に走った。

「すると、女二人を除外したら、俺が犯人である確率は一気に五十パーセントまで跳《は》ねあがっちゃうね。まいったね、こりゃ。でも俺はやっちゃいないよ。きのうはこの小屋を一歩も出なかった」

宗像は不敵に笑った。

「それ、アリバイを主張しているつもり?」

わたしも笑った。

「すると自分が犯人ですか。しかし自分も水蛇の御蔵に足を運んだ記憶がないのですがね。自分の中に住むもう一人の自分が勝手に行動したのでしょうか」

森は首をすくめた。

「てことは、誰も稲村を殺してないんじゃん。いやあ、よかったよかった」

宗像はおどけた調子で左右の人間の肩を叩き、背中に腕を回して揺すったが、やがて動きを止めると表情を硬くして、

「稲村が殺されたのが事実なら、この島に存在する人間は四人だけであるというのも事実。さあ誰だ、嘘をついているのは？」

返事はない。

「俺はな、女だからといっておみそ扱いしてやるつもりは毛頭《もうとう》ないぞ。たとえ非力でも、ナイフを振り出すタイミングによっては喉笛をかっ切ることができる。結果オーライ、運良く殺せたわけだ」

「午前中は西の岬にいました。午後は東の岬」

わたしはすかさずいった。

「それ、アリバイを主張しているつもり？」

さっきの仕返しのつもりだろうか。

「わたくし、どなたが犯人であっても、責めるつもりはありません」

永友がつぶやくようにいった。

「正直申しまして、海中からあげられた稲村さんの死体を見てわたくし、涙も出ませんでしたし、かわいそうだとも思いませんでした。さっき宗像さんがおっしゃったように、彼はわたくしたちを島に置き去りにして殺そうとしていた。その事実を知らされわたくしは、なんてひどい人なのだろうと思いました。恨《うら》みも憎しみも抱きました。そんな人が死んだのです。ざまあみろと思わなかったといえば嘘になります。ある意味、犯人はわたくしに代わって刃《やいば》を抜いてくれたともいえるのです。それをどうして責めることができるでしょう」

冷酷な言葉だったが、わたしの気持ちも彼女に近い。

「まさにそうだよ。罪を問おうというのではないんだよ。だから犯人さんよ、正直に名乗り出てくれ」

「いえ、わたくしはそう申しているのではないのです。逆です。犯人を責めるつもりがないのであれば、誰が犯人でもよいではありませんか。つまり、犯人探しはもうやめませんかと、わたくしはそう申しているのです」

「誰がやったのかはっきりさせないと気持ち悪いだろ」

「犯人探しを続けて四人の関係がぎくしゃくするほうが、よっぽどいたたまれません」

宗像はひと声うなり、沈黙した。

「もしかすると、本当に誰も殺していないのかもしれませんね」

森がヤギ髭に指先を突っ込んだ。

「おいおい、自殺だというのかよ」

「自殺ではありません。他殺です」

「おまえな、他殺の意味がわかってるのか？　誰も殺していなくて他殺があるかい」

「この四人の誰も殺していないけれど、その他の人物が殺したのです。五番目の人物による犯行です」

「はあ？」

「この島には、われわれのほかにも人が存在するのです。稲村さんはその人物に殺されたのです」

「頭、だいじょうぶか？」

「ケモノですよ」

「は？」

「ここに上陸した次の日に永友さんが目撃したケモノです」

「実は人間だった⁉」

わたしは電撃に貫かれたように伸びあがった。

「比較的大きなものが岩の間で動いたということでしたよね？」

森が尋ねると、永友ははあと曖昧《あいまい》にうなずいた。

「色は黒っぽかった」

「そういう気はしましたが……」

「けれど、四つ足だったのか、毛並みがどうだったのかはわからない」

「記憶にありません」

「だったら、それがケモノではなく、人間でもいいわけですよね。黒く汚れた服を着た、肌がこんがり日に焼けた人間。永友さんの脳は、ここが無人島であることから、人間であろうはずがないと決めつけ、では大型の動物だろうと結論づけたのではないでしょうか」

「永友はしばし首をひねっていたが、

「そうですね……。先入観が作用したのかもしれませんね。人間……、そうですね、そんな気もしてきました。人間だったのですね」

紅潮した顔をあげながら徐々に言葉を強めていった。

だが宗像が話の腰を折った。

「バカか。何者だよ、そいつ。俺たちがやってくる前からこの島に住んでたのかよ。その昔、みんなと一緒に島を捨てず、四十年間も一人で島を守ってきたのかよ」

「難破船から流れ着いたというのはどうです?」

森がいう。

「だったら、そいつは困ってるわけだ。なのにどうして、食べ物を分けてください、そちらの船に乗せてくださいと声をかけてこなかった」

「そう、腹ぺこだったのです。だからわれわれが持ち込んだ食料をちょうだいしようとした。ところが永友さんに目撃されてしまったため、退散したのです」

「どうして盗む必要がある。堂々と、くださいといえばそれですむじゃないか。そいつは指名手配されていて、俺たちに顔を見られたくなかったのか？」

「違います。犯罪者は自分からです。われわれの会話から、こいつらは重罪を犯して逃亡してきたのだと察知し、かかわりになると殺されると思い、接触を避けているのです」

「どうして稲村を殺した？」

「姿を見られてしまったからです。仲間を呼ばれたら何をされるかわからない。殺される前に殺せ、というやつですね」

「で、そいつは島のどこで寝起きしてんだよ。メシはどうしてんだよ。火をおこした跡も、魚の骨や貝殻《かいがら》が捨てられているのも、俺は一度として見てないぞ」

するとは、まったくそうなのですとうなずき、ヤギ髭を掻き回して、

「ケモノを人間と解釈するには無理があるとして、ではほかの誰が第五の人物になりうるでしょうか」

「誰もなりえないよ」

「ごく最近、誰かが島にやってきたとは考えられませんか！　やってきてすぐに去ったの

で、火や食事の跡も残っていない」

「おまえな、ここは絶海の孤島だぞ。どうやってやってくるんだよ」

「もちろん船を使って」

「いつ船が来たよ。誰が見たんだよ」

「夜中、ひそかにやってきたのです。水蛇の御蔵に」

「関口⁉」

わたしはハッとした。

「はい。その可能性はあるかと思います」

「どうして関口なんだよ。あいつは俺たちをこの島に捨てたんだろう。戻ってくるなんて——あ？　俺たちの生死を確認しにきた⁉」

宗像は指を鳴らした。

「ええ。そこで稲村さんと出くわしてしまい、殺したと」

「なるほど。いや、でも、なんか変だな……。うん、関口が俺たちを島に閉じこめた理由は、逃亡のはてに力つきたというストーリーを演出したかったからだろう？　ただ殺すだけでいいのなら、東京でズドンと一発撃《う》ち込めばよかった。けれどそれではスケープゴートに仕立てあげることができず、教会による口封じだと思われかねないので、わざわざこの島まで連れてきたわけだ。なのに、明らかに殺人だとわかるやり方で稲村をやっちまったのでは意味ないじゃん。稲村を含めて俺たちは自然死でなければならないんだ。そうでなければ力つきたというストーリーが成り立たない。もし、洞窟で出くわした稲村が騒ぎ出したのでやむなく殺さなければならなくなったのだとしても、自然死に見える方法で殺さなければならない。たとえば頭を水中に沈めるというふうにね」

稲村は裸で漁をしていたようなので、そう殺せば不慮の事故に見せかけることができる。むしろナイフで喉元を刺すほうが困難な作業のように思える。

「それに、稲村を殺したなら、その足で俺たちも殺さないと。でないと警戒される。実際、こうやって疑いをかけているじゃないか。疑われる前に全員殺して、ストーリーを変更するんじゃないかな。逃亡のはてに力つきた、というストーリーは中止して、逃亡のはてに内輪もめで殺し合った、というふうにね」

「おっしゃるとおりです。自分もその点に矛盾《むじゅん》を覚えていたので、宗像さんも同じように思っているとなると、この説も捨てたほうがいいですね」

森はしきりにうなずき、そして溜《た》め息をついて、

「ケモノはだめ、関口もだめでは、第五の人物を登場させるのは無理ですね。すると結論として、今ここにいる四人の中に犯人が存在することになります」

「だな。なのにそいつは、誰が犯人なのだろうかとすっとぼけた顔をしている」

宗像は眉《まゆ》をひそめて一同を見渡した。

「自分としては、誰が犯人であってもかまいません。正体にはそう興味はない。けれど動機は知りたい。動機がわからないことには不安でたまりません」

「動機？　動機は、だまし討《う》ちに荷担した恨みか、あるいは抜け駆けの防止だろうが」

「単純にそうであるのなら自分は何も心配しません。稲村さんは絶命し、犯人の目的は達成されています。けれど、動機が別のところにあったらどうしましょう」

「借金を踏み倒そうと思ったのかな」

宗像が笑った。しかし彼の表情は直後に凍《こお》りつく。

「われわれは疲れています。生命を維持するだけの味気ない食事、教会に裏切られたことによる精神的ダメージ、変化も刺激もない生活、明日の見えない毎日。島を脱出したいが出ていくと警察に捕まる――このジレンマも大きなストレスとなっています。犯人は、そうやって蓄積したストレスを稲村さんにぶつけたとは考えられませんか？　稲村裕次郎という人間に何か含むところがあって殺したのではなく、たまたま殺しやすい状況にいた人間が稲村裕次郎だった。彼は人気《ひとけ》のない場所にいて、しかも魚でも獲ろうと裸になっていた。実に無防備で、まさに殺すにはうってつけだったのです。そう、犯人は誰を殺してもよかった。そして動機がストレスの発散であるのなら、この先またストレスがたまった時、たまたま殺しやすい状況にいる誰かに向けて爆発させるのではありませんか？　そう、稲村さんの死は今後の悲劇のプロローグにすぎず、次に殺されるのは自分かもしれないのです」

翌日、わたしたちは島を一周した。縦横にも歩いた。島を徹底的に調べ、第五の人物を捜し求めた。しかし人の姿はもちろんのこと、人の存在をほのめかすものも見つけることはできなかった。

足跡一つでもいい、マッチの燃えさしでもいい、人の痕跡《こんせき》を発見できたらどれだけ助かったことか。第五の人物を追い求めることを当面の行動目標とすることができた。四人が手に手を取り合ってその者からの襲撃に備えることができた。

だが第五の人物など存在しなかった。

殺人犯はわたしたちの中にいた。けれど、自分ですと手を挙《あ》げる者はいない。そう告白できないのは、森がいったように、第一第三の殺人を思い描いているからではないのか。

わたしは誰を信じればよいのだろう。三人のうち二人は信じていいのだが、その二人が誰なのかわからない以上、三人すべてが信じられない。誰かと二人きりになることなどできやしない。四人で枕を並べるのはかまわない。三人で食事するのも平気だ。けれど二人で水汲みにいくのは恐ろしい。永友仁美と二人で洗濯をする、宗像達也と二人で小屋の掃除をする、森俊彦と二人で水蛇の御蔵に貝を獲りにいく——すべてが恐ろしく、できそうにない。

すみやかに島を脱出しなければならないと思った。一日、また一日と経過すれば、犯人のストレスはそれだけ蓄積し、犯人のストレスがピークに達したら、次の殺人が発生する。そのとき殺されるのは自分であるかもしれないのだ。

しかし、島を脱出しても、待っているのは死である。誰にも見つからずに本土までたどり着けないかぎり、国家権力がわたしを極刑に処す。

行くも地獄、とどまるも地獄、どうしていいかわからない。

どうしていいかわからない時、人は現状にとどまるしかない。わたしは、そして残りの三人も、以前と同じようにぼんやりと時間を潰した。

だが、ぼんやりというのはわたしの主観にすぎなかったようで、森俊彦は一週間をかけて一つの決断をくだしていた。

「狼煙をあげましょう」

三人を前にそういった彼の目は澄みきっていて、反対されても実行するぞという決意に満ちていた。

「ここでただ待っていても死を避けることはできません。今日明日には死にませんよ。食料はまだあります。皮肉なことに、稲村さんが死んだことで一人あたりの配分が増えました。あとふた月は楽に持つでしょう。ですがよく考えてください、ふた月も持つのでしょうか、それとも、ふた月しか持たないのでしょうか。洞窟の魚介類もたいした量は獲れそうにありません。加えて、そろそろ寒さが厳しくなります。飢えて体力が落ちたところに寒風が吹きつけ、いったいどれほど耐えられるでしょう。

とはいえ、狼煙をあげて呼んだ船に漫然と揺られていたのでは、それもまた死に結びつきます。港には船から連絡を受けた警察が待ちかまえていますですから、港に着く前に手を打つ必要がある。船を乗っ取って針路を変えさせるか、夜陰にまぎれて救命用のボートで脱出するか。はたしてそのような活劇まがいのことができるのかわかりません。正直、自信はないですね。しかしここはギャンブルに出る時だと思います。

この島でじっと待つことで神の救いの手が差し伸べられるのであれば、半年でも一年でも待ちましょう。雑草をかじり、海水をすすって、その時を待ちます。けれど神が救ってくれる可能性はゼロです。この島で救いを待つことはすなわち、死を待つことを意味します。一方、積極的に島を離れた場合は、捕まる可能性は高いけれど、助かる可能性はゼロではありません。狼煙に導かれてやってきたのが海上保安本部の巡視船だったとしても、正体がばれ、警察に引き渡されるまでの間に逃げるチャンスがあるかもしれません。

だったら賭《か》けてみましょうよ。同じ死ぬのであれば、この島で黙って死を待つよりも、チャレンジして死にたいと自分は思います。バットを振らなければ見逃しの三振、振れば空振りの三振、ただし振った場合は運良く百五十キロのボールを打ち返せるかもしれないのです」

森の熱弁に異を唱える者はいなかった。

狼煙と呼べるだけのものをあげられるようになるまでに数日を要した。

段ボールに火を点《つ》けても、勢いよく燃えるが煙はあまりたたず、火勢が強すぎてすぐに燃えつきてしまう。廃材を燃やした場合も同じである。何度も失敗を繰り返すうちに、ある程度の湿気が必要なのだとわかった。生乾《なまがわ》きの雑草に火を放つと、段ボールや廃材を燃やした時より煙の出が多いのだ。

それから試行錯誤を続け、最終的には、おこした火の上に湿気のある雑草をドーム状にかぶせるのがいいとわかった。ドームの中が蒸《む》し焼きのようになって煙が充満し、ころあいを見計らって雑草の蓋をはずしてやると、たまった煙が糸を引くように空にのぼっていった。

人間はこうやって賢《かしこ》くなっていくのだと実感した。子供のころに秘密基地を作って遊んだこともない都市生活者が、ナバホ族の長老に教わったような立派な狼煙をあげられるようになったのだ。しかしこんな学習は嬉《うれ》しくはないし、将来この学習が役立つ機会が訪れてもらっても困る。

それに、技術を磨《みが》いても越えられない壁があった。いくらナバホ族顔負けの狼煙をあげられるようになっても、船が通らなければはじまらない。屍島の周辺には見事なほど船が通らないのである。ここは絶海の孤島なのだとあらためて思い知らされ、かつて流人《るにん》の島であったことも大いにうなずけた。

　十日間がむなしく過ぎ、森が新たな決断をくだした。

「筏で脱出します」

「筏による脱出は今が最後のチャンスではないかと思います。十月も半ばになりました。朝晩に肌寒さをおぼえるようにもなりました。この先、海水が冷たくなったら筏での航海はきわめて危険です。その時には体力も今より低下しているでしょうから、長い漂流にはとうてい耐えられません。いつ通るともわからぬ船を待ち続けるより、この最後のチャンスに勝負を賭けたいと思います」

「筏を作りたくても材料がない」

　宗像がかぶりを振った。狼煙をあげ続けたことで、集落跡の廃材はかなり減ってしまっていた。

「一人乗りならどうにかなると思います。最悪、ボディーボード程度でもいい」

「一人乗り？　あんた一人が脱出するのか⁉」

　宗像が血相を変えた。森は、当然といった表情でうなずいた。

「ひどいわ。あとの三人は見殺しってことじゃない」

　わたしも狼狽《ろうばい》して詰め寄った。

「見殺しではありません。かならず迎えにきます」

「どうやってよ」

「船に拾われたら、仲間がいるといって、この島に向かってもらいます。四人揃《そろ》ったところで、力を合わせて船を乗っ取るなり救命ボートを盗むなりして本土を目指しましょう」

「そんなの信じられるか。船に拾われたらホッとして、ここに戻ってくるのがめんどうになるんじゃないの」

宗像が鼻を鳴らした。

「かならず戻ってきます。信じてください」

「たとえその言葉を信じたとしても、船に拾われる前に死んじまうかもしれない。筏が転《てん》覆《ぷく》したり、サメに襲われたり」

「そうです。自分も命がけで筏に乗り込むのです。自分だけおいしい思いをしようだなんてさらさら思っていません」

「今は何とでもいえるさ。もし無事に船に拾われたら、命をかけた自分と命をかけなかった三人が同じように助かるのが納得いかなくなるさ」

「じゃあ、こうしましょう。自分は島に残ります。その代わりにどなたかが筏に乗ってください。自分はその方を信じて待つことにします。さあ、どなたか立候補してください。命をかけて漕《こ》ぎ出そうという方はいらっしゃいませんか?」

宗像は顔をしかめて沈黙した。森さんが考えたのだから、森さんが実行すればよいと思います」

それまで静観に徹していた永友が口を開いた。

「わたくしたちは互いに束縛《そくばく》する関係にありません。それぞれが独立した個人であり、誰に遠慮して行動することもないのです。わたくしは森さんを止めませんし、止める権利も持っておりません。わたくしは、森さんが、船を連れて戻ってくるとおっしゃるのなら、それを信じて待ちますが、そんな口約束は信じられないと思われる方は信じなければいい。森さんも、この場での口約束に縛られる必要はありません。海に漕ぎ出したあとで気が変わったら、どうぞお好きなように。すべて自由なのです」

かつてわたしたちは同志だった。わたしたちは信仰により結ばれていた。しかし教会に裏切られたと認識した時点でわたしたちをつなぐ絆《きずな》は消滅し、運命を共有する理由もなくなった。一緒に島に取り残されたのは事実であるが、だからといって生きるも死ぬも一緒というのは大きな勘違いだ。生き抜きたいのなら生き抜くための努力を自分ですべきであり、他人が差し出す救いの手を期待してはいけないのだ。客観に基《もと》づいて考えるとそういうことである。

宗像は、勝手にしろといい残してその場を立ち去った。わたしも、完全に納得がいったわけではなかったが、もう何もいわなかった。

森は早速筏作りに着手した。水蛇の御蔵に廃材を運び、梱包《こんぽう》用のロープを使って組み立てていった。永友は彼を手伝っていたようだったが、わたしと宗像はいっさい協力しなかった。森に乞《こ》われれば手を貸したかもしれないが、何もいってこないので放っておいた。といってただふてくされているだけでは子供なので、わたしはわたしなりに生き抜くための努力をした。雨水を飲み水として使えるよう、濾過《ろか》装置を作ったのだ。

装置といっても、ペットボトルに枯れ草と砂利《じゃり》と炭と小石を詰め込み、カットした底から雨水を注ぎ込み、口の部分から抽出《ちゅうしゅつ》するという原始的な代物だ。確かな知識を基に作ったのではない。水道の蛇口につける浄水キャップの中に大小さまざまな粒子が詰まっていたことを思い出し、要するに何かで不純物を吸着させてやればよいのだろうと、そのへんにあったものを適当に詰め込んでみただけだ。炭は、狼煙をあげた時にできた焚《た》き火の炭を砕《くだ》いて使った。

濾過がうまくいったかどうかを試薬で確かめるわけにはいかないので、いきなり人体実験した。抽出した雨水を空のペットボトルに詰めて宗像に渡すと、彼はミネラルウォーターだと信じきってごくごくやった。味の違いに気づいた様子はなかった。丸一日経過してもピンピンしていた。燃料が逼迫《ひっぱく》していたので煮沸《しゃふつ》はしなかったが、何ら問題はないようである。濾過装置はここに完成をみた。

そして濾過装置の完成と同時に森が姿を消した。彼はさよならもいってくれなかった。

ある朝目覚めると、永友が小屋の破れた窓に上半身をあずけて外をぼんやりと眺めていた。

「おはよう」

わたしが挨拶すると、彼女は振り返らずに、後ろ手に紙を差し出してきた。ノートを破ったもので、「かならず迎えにきます　森」とだけあった。

「出発したの？」

驚いて尋ねた。

「みたいですね。明け方目が覚めたら森さんのシュラフが空っぽで、もしやと思って洞窟に行ってみたら、この書き置きが。筏も消えていました。食料も数日分なくなっています」

「黙って出ていくなんて、水くさいわ」

「筏を作りながら、森さん、ぽつりと漏らしていました。面と向かって別れを告げたら決意が鈍《にぶ》るかもしれないなと」

面と向かって行ってらっしゃいと声をかけ、決意を鈍らせるべきだったのかもしれない。

森俊彦は二度とわたしたちの前に姿を現わさなかった。

裏切ったのか、海の藻屑《もくず》と消えたのか、理由はさだかではないが、三日経っても一週間が過ぎても、迎えの船はやってこなかった。

「泥棒猫はどっちだ⁉」

宗像達也がそう怒鳴ったのは、森が姿を消して十日後の夕刻である。わたしと永友がぽかんとしていると宗像は、栄養調整食品が詰まった段ボール箱を取りあげて、

「食っただろう？」

と永友に詰め寄った。

「夕食はこれからですが」

「昼間だよ」

「意味がわかりませんが」

「とぼけんな。約束を破って昼間食っただろう」

約束とは、一日三食だったのを朝夕の二食に減らそうという取り決めのことだ。食料が底をつくのを先延ばしするための方策だ。

「何をおっしゃいます」

「じゃあ、おまえか？　四箱もくすねるとは、たいした度胸だな」

今度はわたしに詰め寄ってくる。

「食べてないわよ」

「おまえな、嘘ついてもこっちはお見通しなんだぞ。朝食が終わった時点で、この中には十九箱のエサがあった。ところが今数えたら十五箱しかない。ドリンクのほうも四缶減っている」

「数えてるの？」

「二食と決めたのにどうも減りが速い気がしてたんだ。それで数をチェックしてみたら、案の定、おまえらが食ってやがった」

「いいがかりはよして。わたしは盗んでいません」

「わたくしも朝食べたきりです。だからもうおなかがぺこぺこです」

永友もあらためて潔白を訴えた。

「いくら口先でいい逃れようとしても無駄《むだ》無駄。数字は正直だからな。昨日は二箱、今日は四箱。明日は六箱か？　それとも倍倍で八箱か？　なんていやしい女だ」

「昨日もなくなっていたのですか？」

「ああ。昨日だけなら大目に見てやろうと思ったが、二日連続では見逃せない。この先ずっとつまみ食いされちゃたまらないからな。で、泥棒猫はどっちだ？　それとも共犯か？」

「違うといってるでしょう。実はあなたが盗み食いしたんじゃないの？」

腹立たしくなり、いってやった。

「なんだと？」

「盗み食いがバレる前に、人のせいにしようとひと芝居《しばい》打った」

「ふざけるな！」

宗像が拳《こぶし》を握りしめた。わたしはひるまず睨み返してやった。宗像は舌打ちをくれて、

「そういう口をきいていたら、善処してやらないぞ」

「善処ってなによ。政治家みたいな口きいて」

「この場で正直に名乗り出たらペナルティはなしにしてやる。さあ、犯人はどっちだ？」

「なによ、ペナルティって」

「決まってるだろう、盗んだ数だけ食事抜きだ。十個盗んでいたら十回抜き」

「勝手に決めないで」

「俺はリーダーだ」

宗像は胸を張る。

「それは昔のことでしょう」

「男は俺しかいないだろう」

「じゃあリーダーらしく、わたしたちを導《みちび》いてよ」

「ああ。数のチェックを徹底し、今後は俺が食料を配給する」

「そういう在庫管理は下っ端《したっぱ》の仕事でしょ」

「なんだと？」

「リーダーというのはね、もっと強烈な発想と統率力と決断力を持っていて、窮地《きゅうち》に陥《おちい》った隊を勝利に導いてくれる人をいうの。さあリーダー、わたしをこの島から連れ出してちょうだい。安全、確実に。さあ、今すぐ！」

「うるさいうるさい！」

宗像が耳を塞《ふさ》ぐ。

「二人とも落ち着いてください。話を整理しましょう」

永友が泣きそうな顔で訴えた。

「宗像さん、食料の数が合わないのはたしかなのですね？」

「ああ。昨日は二箱と二缶、今日は四箱と四缶なくなった。それ以前は数えていなかったが、雰囲気としてはどちらも二十個はなくなっている」

「それで宗像さん、正直に答えてください」

「なんだよ」

「宗像さんによる自作自演ではないのですね？」

「おまえまでそんなことというのか！」

「違うのですね？　いま正直に告白していただけたら許してさしあげます」

「俺がもしつまみ食いするとしたら、回りくどい演技なんてしないね。知らん顔しとくさ。そういう永友こそ真実を語れよな。今ならまだ許してやる」

「わたくしは潔白です。大竹さんは?」

「真っ白よ、真っ白。神に誓って盗んでいないわ」

「おい、俺たちに誓う神はもういねえだろ」

宗像が顔をしかめた。「そうね」とわたしは首をすくめ、この点では彼と意見の一致をみた。

「さて、三人とも嘘をついていないとすると、この事態をいったいどう説明づければよいのでしょう」

永友がいう。

「嘘っていうんじゃなくて、勘違いじゃないの? 実は食料はなくなっていない。数を数え間違えただけ」

わたしがいうと、宗像がまた血相を変えた。

「おまえな!」

「誰も嘘をついていない、勘違いもしていない——としても、一つだけ解釈のしようがあります」

永友はいったん言葉を切り、そしてとんでもないことを口にした。

「この三人以外の誰かが食料を盗んだのです」

「おいおい、この間の探索で、この島には俺たち以外誰もいないとなっただろうが」

すかさず宗像が反論した。

「はい。たしかにあの時にはいませんでした。けれどあの時と今とでは状況が変化しています」

「どういうことだ」

「あの時の『俺たち』と今の『俺たち』には違いがあるということです」

「はあ？」

「あの時の『俺たち』は、宗像さん、大竹さん、わたくし永友、そして森さんの四人でした。けれど今の『俺たち』は、宗像さん、大竹さん、永友の三人です。あのとき探しても見つからなかった『俺たち』以外の人間が、今なら存在する可能性があります」

「森さん⁉　森さんが島にいるというの⁉」

わたしはハッとした。

「はい。もしここにいる三人以外の誰かが食料を盗んだのだとしたら、その誰かとは森さんをおいて考えられません。四引く三は一です。筏で出ていかず、島に残っていたのです」

「じゃあ、あの書き置きは」

「出ていったと思わせるためのトリックです」

「なるほど、臆病《おくびょう》風に吹かれたわけだ」

宗像が手を叩き合わせた。

「はい。外洋を筏で航海するのは非常に危険です。船に発見される前に転覆してしまうかもしれません。いえ、むしろ命を落としてしまうことのほうが多そうではありませんか。けれど森さんは、筏で出ていって船を連れてくるとわたくしたちに啖呵《たんか》を切ってしまった手前、やっぱりよすというわけにはいかず、けれど筏に乗り込むのはためらわれ、苦肉の策として、筏だけを海に流し、出発したふりをすることにしたのです」

「ポーズだから、出ていくところを見られるわけにいかず、別れがつらいから書き置きを残して出ていったというストーリーで姿を消した。で、島のどこかに隠れ住み、食料をくすねながら生きてるってわけか」

「あくまで想像です。ただ、ここにいる三人は誰一人として嘘をついていない、誰も盗み食いしていないとすると、第四の人物、すなわち森さんに登場願わないことには説明がつけられません」

永友はふうと息を吐いた。

「でも……、信じられない……」

わたしも溜め息をつきながらかぶりを振った。

「おーい、森のおっさん！　出てこい！　森ぃ！」

破れた窓から身を乗り出し、宗像が声をあげた。返事はなかった。外はすっかり暮れていて、誰がいるのかいないのか、様子を窺《うかが》い知ることはできない。

「捜すのは明日にしましょう」

懐中電灯の電池もそろそろ危なそうなのだ。

「ああ。それに、わざわざ捜すまでもないさ。日中ここを空にしておけば、食料をくすねに向こうからやってくる。本当に森が島に隠れ住んでいるのならね」

翌日、わたしたちは昼前に小屋を出ると、近場の岩陰に分かれて待機して、三方から小屋を見張った。

森俊彦は現われなかった。その翌日も同じように見張ったが、森は姿を現わさず、食料の数も減らなかった。

しかし三日目の晩、異変が発生した。四日目の朝目覚めてみると、小屋の中の様子が明らかにおかしかった。北東の角に積み重ねてあった段ボール箱が一つ残らずなくなっていたのだ。栄養調整食品と経腸栄養剤の段ボール箱が。

消えていたのは食料だけではなかった。

宗像のシュラフが蛻《もぬけ》の殻だった。

宗像はリーダー風を吹かせているのだろうと、最初はそう思おうとした。

食料の保管場所を独断で移し、こそ泥からの被害を抑えようとしている。新しい保管場所は永友やわたしにも教えない。なぜなら森が島に隠れ住んでいるというのは妄想《もうそう》にすぎず、実は永友か大竹が食料をくすねていると彼は思っているからだ。

だが、移動作業にしては時間がかかりすぎていた。日が高くなっても宗像は戻ってこなかった。

消えた食料と宗像の行方《ゆくえ》不明をどうとらえればよいのだろうか。秘密裏に製作していた第二の筏にありったけの食料を積み込み、大海原へ漕ぎ出ていったのだろうか。それとも、段ボール箱ごと持ち去ろうとしていた森を追いかけていき、格闘が発生したのだろうか。

永友とわたしは宗像を探しに出た。

そして死体となった宗像を発見した。

集落跡のはずれに壊れた祠《ほこら》がある。高さ一メートルほどの石でできた小さな祠で、屋根の半分が崩れ落ち、中の地蔵尊《じぞうそん》も頭と左腕が欠けている。

宗像はその祠の裏手に倒れていた。荒れ地の上に敷かれた段ボール箱の上で大の字になっていた。段ボール箱は、食料が入っていたものだ。中身は見あたらない。

宗像の絶命は素人目にも明らかだった。稲村と同様、喉仏の両脇にぱっくりと割れた刺し傷があった。骨が見えている。傷口から流れ出た血は鎖骨《さこつ》にたまり、煮こごりのようになっていた。Tシャツの胸もその下の肌も赤黒く染まっている。ズボンの腿の部分にも多量の血がはねている。

ショックのあまり、その後一日は何もしなかった。死体はそのままに小屋に逃げ帰り、部屋の隅でエビのように丸まった。何も見なかったことにしてしまいたかった。

丸一日経ってようやく現実を受け入れられるようになり、死体はその場にシャベルで穴を掘って埋葬することにした。

穴掘りはその日のうちに終わらなかった。永友と交代で作業したのだが、夜の休憩を挟んで翌日の昼までかかり、男手がないとこうも大変なのかと泣きたくなった。

物理的な力の問題にとどまらない。思い起こせば、リーダー失格と決めつけた宗像でさえ、稲村の死体を発見した直後からてきぱきと埋葬作業を行なったものである。

やっとの思いで宗像の埋葬をすませ、廃材で作った墓標に向かって頭《こうべ》を垂《た》れた。何をしてくれなくても存在しているだけで心を支えてくれる人間がいるのだと、わたしははじめて思い知った。

永友が突然絶叫した。

「森さーん！　いるのなら出ていらしてくださーい！」

体の角度を少しずらして、彼女はもう一度叫んだ。

「森さーん！　食料はそのまま全部さしあげます！　ですから出ていらしてくださーい！」

わたしも叫んだ。

「かくれんぼはもういい！　話し合いましょう！　島を脱出する方法を一緒に考えましょうよ！」

わたしたちはかわるがわる、島の三百六十度に向かって声をかけた。

だが森は姿を現わさなかった。今後わたしたちは女二人でどう生き抜いていけばよいのか。女の力だけでこの島から脱出することができるのか。

いや、その前に、わたしたちも殺されてしまうのか？

宗像はなぜ殺されたのだろう。犯人の目的は食料を奪うことにあったのだろうか。食料がすっかり消えていることから、そうであるように思われる。そうだとしたら、目的を達した今、次の殺人は発生しない。食料の残りは一人あたり二ヵ月分程度あった（森が出ていったことで一人あたりの割り当てがまた増えていた）ので、それを独《ひと》り占めするとなると半年は持つ計算だ。それに、わたしたちを殺したところで米粒一つ出てこない。

しかし、宗像は本当に食料のために殺されたのだろうか。

それにはまず、誰が宗像を殺したのか考える必要がある。森が犯人であるのなら、目的は食料の強奪《ごうだつ》で間違いない。しかしこの島に森俊彦など存在しないとしたら？

真の道福音教会——わたしはどうしてもこの団体の影を感じてならなかった。

関口秀樹がやってきたとは考えられないだろうか。わたしたちの生死の確認にやってきたのだ。するとまだ三名が生存していて、しかも意外と食料が残っていたので、食料を回収して死期を早めようとした。その作業に宗像が気づき、あとを追いかけてきたので、祠のところで殺害した。

わたしは世の中の動きを把握していない。大＊駅爆破事件がどう捜査され、真の道福音教会がどういう態度を示しているのか。もしかすると教会への疑いが濃くかかっていて、教会としては一日も早くスケープゴートを献上する必要に迫られているのかもしれない。するとわたしたちの死を悠長《ゆうちょう》に待っていられないわけで、食料をなくし、一気にカタをつけようともくろんでいるのかもしれないのだ。

わたしと永友はあと何日生きていられるのだろうか。

この問題については永友と話し合いをすべきなのかもしれないが、わたしは話を切り出さなかったし、彼女も宗像の死について語ろうとしなかった。

冷静に考えてみると、誰が犯人だとか宗像はなぜ殺されたとかを論議することには暇潰し以上の意味はないのだ。誰が犯人であれ、どんな理由で宗像を（さかのぼって稲村も？）殺したのであれ、そいつがこの島の中に隠れている、あるいはこの島に出入り自由な状態にあることに変わりはなく、この島から出る術《すべ》のないわたしたち二人は目に見えぬ殺人鬼の思うがままなのである。犯人や動機を探ることで島を脱出できやしないのだ。

その後の二日間はただ絶望と恐怖にさいなまれ、小屋の中で身を硬くしていた。

三日目は、二日間何も発生しなかったことで恐怖が少しやわらいでいた。恐怖が薄れてくると空腹も感じるようになる。そして持ち込んだ食料がすべてなくなってしまったことを思い出し、新たな絶望に襲われた。しかしこの絶望は空腹を忘れさせてくれなかった。

食料がないのなら調達するしかない。水蛇の御蔵で貝を拾ってこよう。そう思って永友を誘ったところ、

「わたくしは結構です」

彼女はシュラフの中で弱々しくつぶやいた。

「結構って、食べないと死んじゃうよ。もう三日も水だけなのよ、わたしたち」

「もういいのです。死にます」

「何いってるの。だめよ、生きなきゃ」

しかし永友はシュラフから出ようとしなかった。

わたしは彼女を説得するのをやめ、一人で漁に向かった。リーダーを求めるのではなく、自分がリーダーになる時が来た。

いつだったか森がいっていたように、水蛇の御蔵では潮干《しおひ》狩りのように貝がザクザク獲れるわけではなかった。水中や岩の裏を一時間ほど根気よく探ってようやく、バケツの底を隠すだけの貝を集めることができた。貝は、残り少ないガソリンを使ってコンロで焼き、いらないといい張る永友に無理やり食べさせた。わたしも三日の空腹を癒《いや》すべく、こ

れでもかとおなかに詰め込んだ。

　翌日以降もわたしは漁に出た。永友は動こうとしなかったが、わたしはかまわず水蛇の御蔵に足を運び、そして戦果は彼女にも平等に分け与えた。こうやってとりあえず生き延びているだけで何の未来があるのかわからなかったが、とりあえず生き延びていれば今日と違う明日がやってくるかもしれない。漁から帰ったら狼煙をあげた。死刑の心配よりもまず脱出することが先決だった。この島にとどまっていたのでは殺人鬼に処刑される。

　だがわたしは確実に追い詰められていた。

　あとどれだけ浅瀬に足を浸《ひた》して獲物を探ることができるだろう。日に日に水が冷たくなってゆくのだ。思えばもう十一月である。地球温暖化プラス南国というアドバンテージがあっても、Ｔシャツ一枚での生活は厳しくなりつつあった。

　ガソリンがなくなり、コンロを使えなくなった。その後は焚き火の中に貝やカニを放り込んで蒸し焼きにしているが、実はライターのガスの残りも心もとなかった。

　そして一番の心配が獲物を獲りつくしつつあるということだった。もともと少ない獲物を毎日あさっているのだ。そうそう新しい生命は芽生えないし、潮の干満によって新たな獲物が迷い込んでくることもそう期待できない。わたしの行動範囲は着実に広がり、それは終わりの時が着実に近づきつつあるということでもあった。

　森俊彦と再会したのはそんな折である。

わたしは獲物を求めて洞窟の終端近くまで足を伸ばしていた。終端とは、島で暮らす人間から見た相対的な表現だ。一般的な表現をすれば、洞窟の一番外海寄りの部分、つまり出入口の部分になる。そこまで足を伸ばさないと獲物が見つからない状態に陥っていた。しかも、干潮を待ち、普段は深く水没している部分を探る必要があった。

鳥肌を立てながら腿までつかり、ようやく一つの二枚貝を見つけて水からあがった時だった。岩の上で激しく足踏みをして寒さを吹き飛ばしていると、赤くて細いものが視界の片隅をよぎった。体の動きを止めてそちらを注視すると、対岸の岩に赤い紐《ひも》がからまっているように見えた。

本土から流れ着いたごみだろうかと思ったが、わたしの記憶の中にも赤い紐が存在していた。記憶の中の赤い紐はきわめて重要な場面に登場してくる。わたしは現物の正体を確かめないことには気がすまなくなった。

対岸との距離は三十メートルほどだが、間は海水で満たされている。干潮時でも足が届かない水路だ。この冷たい水に全身を浸したくないし、そもそもわたしは金槌《かなづち》なので泳いで向こう岸まで達せない。

わたしはいったん洞窟の深部まで戻った。水のないところを渡って対岸に移り、そちらの岸を洞窟の入口に向かって歩いた。そうやってわざわざ到達した先にははたして、赤い紐が細長い岩にからみついていた。引っかかっていたのではなく、人為的に結びつけてあった。紐は岩陰の方に長く伸びていて、もう一端には木製の巨大な簀《す》の子《こ》のようなものが結びつけてあった。潮に持っていかれないよう岩に結びつけてあるのだ。そして簀の子を構成する板と板をつないでいるのも赤い紐で、これはわたしたちが持ち込んだ梱包用のロープである。

筏だった。森俊彦が組んだ筏に違いなかった。森はこんなところに筏を隠して島を出ていったふりを装ったのだ。森は今なお島内にいる。宗像を襲って食料を奪ったのは森だったのだ。

わたしは息を呑《の》み、そしてハッとして周囲に目を配った。人の気配は感じられなかった。

ハッとしたのは森の影に怯《おび》えたからではない。とんでもないことが閃《ひらめ》いたからだ。

筏を奪う？

この筏を奪うのに暴力はいらない。駆け引きもいらない。必要なのは勇気だけだ。大海に漕ぎ出す勇気、世間と向き合う勇気、判決に耳を傾ける勇気。勇気さえあれば島を脱出できるのだ。

興奮し、目の奥が熱くなった。痛いほど胸が高鳴った。しかしわたしは即断する勇気を持ち合わせておらず、筏はとりあえずそのままにして水蛇の御蔵をあとにした。

小屋に戻ると、火をおこして貝を焼き、今日は収穫が少なくてごめんと永友に分け与えた。筏についてはいっさい語らなかった。あの筏は一人乗りである。そう、筏を奪うには、永友仁美を置き去りにする勇気も必要だった。

翌日、わたしは水蛇の御蔵に足を運んだ。日課の漁のためにだ。筏を奪う決断はまだついていなかった。わたしは泳げない。転覆したら、その瞬間にアウトである。

平らな岩に腰を降ろしてぼんやりしていると、足下を小さなカニが横切った。このカニは身が少なく、貝に較《くら》べるとかなり味が落ちるので、あまりありがたくない獲物ではあったが、もはやそのような贅沢《ぜいたく》はいってられない。

カニを捕まえてバケツの中に放り入れ、顔をあげると、少し先にも紅色の甲羅《こうら》が見えた。わたしはそちらに寄っていって二匹目の獲物をつまみあげた。そこで顔をあげると、また少し先の方に一匹のカニが見えた。そちらに寄っていってカニを捕まえ、顔をあげると——を何度か繰り返すうちに、ずっとずっと先の方にカニが群れていることに気づいた。

洞窟の壁の前だ。今は壁になっているが、かつては大きな横穴が空いていた箇所だ。穴は、稲村の死体を入れて石で塞いだ。埋葬後は、気味が悪いので、こちら方面に足を運ぶのは避けていた。

その墓の前にカニが集まっている。まるで死体を食べに寄ってきたかのようにうじゃうじゃ群れている。

回れ右をして戻るつもりだったのに、わたしはなぜかそちらに吸い寄せられてしまった。足音を感じたのか、カニがささっと四方に散っていく。

灰色がかった茶色の岩壁、足下には大小の角張った石。カニが好みそうなものは何も見あたらなかった。

だが、目を凝らすと、壁の間に同系色の異物が挟まっているのが見て取れた。何やら紐状のものが植物の髭根のように弱々しく垂れさがっている。靴紐のようだ。茶色い靴紐の先端から十センチほどが、横穴を塞いだ石の間から覗いていた。

稲村が履《は》いていた靴の紐――ではない。彼のスニーカーはベルクロでとめるようになっていた。茶色の靴紐――森が履いていたトレッキングシューズの紐が茶色だったような気がする。

そうと気づいた時点でわたしは悲鳴をあげていた。頭の中は真っ白になっていた。けれど体が勝手に動いていた。穴を塞いだ石を掻き出していた。

穴の中にはなかば白骨化した稲村の死体があった。

それと抱き合うような格好で森俊彦が腐敗していた。

法王死す

十九日午後、宗教法人真の道福音教会粃谷和聖代表（40）が、都内のホテルの駐車場で右翼団体の男に日本刀で切りつけられ、救急車で病院に運ばれたが、出血多量により間もなく死亡した。

粃谷代表を切りつけたのは、右翼団体旭＊社の本橋一蔵《もとはしいちぞう》構成員（25）で、その場で現行犯逮捕された。本橋容疑者は「義のため」と供述しており、真の道福音教会の関与が取りざたされている大＊駅爆破事件に憤《いきどお》って凶行に及んだものと思われる。

なお粃谷代表の死により、大＊駅爆破事件の捜査に少なからず影響が出るものとみられる。

ここまで書くのにどれだけ時間を要しただろう。第三者が読んで理解のいく文章を書けているだろうか。

おなかがすいた。もう五日、いや一週間、水だけしか口にしていない。

ついに水蛇の御蔵の資源が涸《か》れた。口の中でじんわりとろけるあの貝の味が懐《なつ》かしい。カニも見かけなくなった。いがらっぽいだの、甲羅が歯に挾まるだの、文句はもういわないから、もう一度姿を現わしてほしい。

厳密には、生物はまだ棲息《せいそく》している。潮だまりにはイソギンチャクが張りついている。岩場のあちこちをフナムシが走り回っている。地上の草むらでバッタやトカゲを見かけることも。しかしそれらをどうして食べることができるだろう。飢えたら何でも口にできるなんて大嘘だ。ライターのガスがなくなり、火ももうおこせないのだ。いったん点けた火を絶やさないようにすればよかったのだが、気が回らなかった。生《なま》でイソギンチャクを？フナムシを？　バッタを？　トカゲを？　少なくとも都会で生まれ育ったわたしには、そんなことはできない。

よくわかった。わたしはブロイラーだ。この世に生まれ落ちてはじめて口にしたのが粉ミルクなら、以後わたしの体を作ってきたのも工場で作られた加工食品だ。そうだ、わたしはブロイラーだ。永友もきっとそうだろう。稲村がいうところの「配合飼料」こそ、わたしたちに最も適した食料だったのだ。しかし「配合飼料」はすでになく、生きた餌《えさ》を口にすることもかなわない。

空腹は限界だ。この先どうしていいのか何も考えられないし、時々、ふっと意識が軽くなって、気づいたら太陽の位置がすっかり変わっていることもある。旧日本軍の訓練された兵士でさえ、ガダルカナル島でバタバタ餓死《がし》していったのだ。管理された環境で育てられたブロイラーが生き延びられるはずがない。

だが、極限的な飢餓《きが》の中にあって、時々、妙に頭が冴《さ》える瞬間がある。

森は筏で脱出したふりをして島内に潜伏、食料を奪うために宗像を殺したというのがこれまで最も有力な考えだった。しかし実は森もすでに死んでいた。腐敗した死体の左胸の部分がことさら崩れていたので、おそらく心臓を刺されたものと思われる。森も殺されたのだ。

するともう一人の有力な犯人候補、関口秀樹が浮上してくるのか。森を殺し、宗像を殺し、食料を奪い、永友とわたしの命も絶とうとしている。さかのぼって、稲村を殺したのも関口ということか。

だが、関口を犯人とするには大きな障害がある。空腹の激しい波が凪《な》いだその一瞬に、わたしは一つの閃きを得た。

関口には森を殺せても森を埋葬することができない。

つまりこういうことだ。森の死体があったのは、稲村を埋葬した洞窟の横穴である。けれど関口は、稲村がそこに埋葬されたとは知らない。埋葬作業を隠れて見ていたということはありえない。なぜなら稲村を埋葬した時、水蛇の御蔵に船はなかった。

稲村の埋葬場所を知らない関口が、どうして森を同じ場所に埋められるのだ。宗像を地上に埋めた時と違い、稲村を埋めたところには墓標を立てなかった。埋葬作業を見ていないかぎり、そこに死体があるとはわからないはずである。適当に掘ったら偶然稲村の死体が出てきたので、じゃあ一緒に埋めてやろうと思ったのだろうか。それもありそうな話ではない。稲村の死体は洞窟の壁に空いていた横穴に入れたのだ。地面に埋めたのであれば、適当に掘って見つけることもあろうが、壁を掘ってみようとは普通思わないだろう。

したがって、森を埋めたのは関口ではないのだ。これはひるがえって、森を殺したのは関口ではないと語っているのではないか。いったい、森を殺した人物と埋葬した人物が別ということがあるだろうか。稲村と同じ場所に森を埋葬した裏には、森の死体を永久に隠したいという願望が込められているのではないのか。すでに死体が埋められている場所に新たな死体が隠されることはないという先入観を利用して。そしてそのように死体を隠したいと強く願うのは、その人物が殺したからにほかならないのではないか。森を殺した人物と埋葬した人物はイコールなのだ。

関口は犯人ではないとわたしは確信した。

同時に、もっと重大なことに気づいた。

森を殺した人物と埋葬した人物がイコールであるなら、森を埋葬した人物を指摘することで殺人犯はおのずと知れる。

稲村の埋葬に立ち会った者だけが、森の死体をそこに埋めることができる。

稲村の埋葬に立ち会ったのは四人である。

うち、一人は森本人である。

宗像はその後殺された。

残るはわたしと永友で、わたしはわたし自身が犯人でないことを知っている。

犯人は永友仁美をおいてほかにいない。

ベンツ強盗、船強盗も？

一都三県で高級乗用車を盗み、海外に持ち出していたとして十七日に逮捕された中国人グループのうち、王展明、李文彬両容疑者が、昨年七月に九州でクルーザーを強奪し、日本人男性を殺害したと供述していることが三十日までにわかった。

両容疑者によると、二人は昨年七月、中国福建《ふっけん》省より漁船を使っての集団密入国をはかったが、東シナ海を航行中、折からの台風により船が転覆、無人島に漂着した。漁船には乗務員を含めて二十人ほど乗っていたが、島に漂着したのは両容疑者だけだったという。

漂着二日後の七月二十一日、日本人のグループが島にやってきた。しかし密入国者である二人は日本人グループに助けを求めるわけにいかず、クルーザーを奪って島から脱出しようと計画、ただし二人とも船の操縦ができないため、翌二十二日の夕方、日本人グループの一人の男性が単身クルーザーの船内に入ったのを見計らって襲撃、暴力で脅《おど》して船を出させ、九州本土に向かわせた。そして港に着いたところで日本人男性を殺害、海中に沈めたという。

両容疑者の供述から、日本人男性が沈められたのは鹿児島県南部の本＊港であるとの見方が強く、すでに鹿児島県警の潜水チームが捜索活動をはじめている。また、両容疑者が漂着した島は、昭和三十三年に無人島化した屍島と思われるが、同島に渡って船とともに消息を絶った日本人男性について捜索願いが出されていないことから、日本人グループの残りのメンバーが同島に取り残されている公算が大きく、同県警は第十管区海上保安本部と海上自衛隊の協力を得て、一両日中にも同島の捜索を行なう模様だ。

「わたくしが三人を殺したと、そうおっしゃるのですね。男性三人を、このわたくしが一人で」

永友仁美はそれだけいって口を閉ざした。殺害の事実に対しての肯否《こうひ》は表わさなかった。

「女だからこそ男を殺せるのよ。セックスの最中にね」

いきなり核心を突いたが永友は表情を動かさなかった。空っぽの腹を刺激せぬよう、わたしは小声で続けた。

「順を追って説明しましょう。まずは稲村殺し。あなたが稲村を殺したのは、死体が発見された日の前日、午前中のことだった。洞窟にいた稲村に近づき、セックスを誘いかけ、行為の最中に殺した。稲村が裸で死んでいたのはそのためよ。魚を獲っているところを襲われたのではないの。行為の最中、男は無防備よ。彼の体の上にまたがるのも、ナイフを奪うのも、それを首筋に突き立てるのも、あなたの思いのまま。力なんて必要ない」

稲村の愛撫《あいぶ》の最中にわたしは彼を突き飛ばし、彼はあっけなくバランスを崩した。

「ただ、一つだけ誤算があった。あの時のあなたは髪を腰まで伸ばしていた。それで稲村の上にまたがり、腰を振りながら彼の首にナイフを振りおろすと、髪が自分の体の前面に垂れ下がることになるわよね。その状態でナイフを抜いたらどうなる？　彼の傷口から血が噴き出し、あなたの長い髪を汚すことになる。だからあなたは自慢の髪の毛をバッサリ切り落とさなければならなくなったのよ。手入れがめんどうだからではなく、返り血を浴びたと知られないためにね」

永友の口元がふっとゆるんだような気がした。

「次は森さんね。森さんも洞窟で殺したのよね。夜中に誘い出して、やはりセックスに持ち込んで。その前に書き置きを書かせたっけ。彼が筏作りの最中、面と向かって別れを告げたら決意が鈍るかもしれないなと漏らしたのは本当なのでしょう。だったら書き置きを残して旅立てばと提案し、書かせたわけ。書き置きを書かせたのも、殺害後死体を隠したのも、彼が島を出ていったと見せかけるためね。死体を放置しておいたら、誰が殺したのか動機は何かという話が起きてしまうので、島を出ていったと思わせることで、そういっためんどうな話が発生するのを防いだわけよ」

永友はまだ肯否を明らかにしない。

「宗像さんを殺したのも性行為の最中。彼の上にまたがって腰を振りながらチャンスを窺い、彼の首をナイフで刺した。彼が脱ぎ捨てたズボンを盾にして返り血を防いだのではないかしら。傷は首なのに、ズボンがやけに血で汚れていたもの。稲村の場合は、殺害後、服をわざわざ着せたのは、裸のままだとセックスを連想されかねないから。裸で転がしておいても、漁の最中に襲われたという解釈が成り立ったけれど、宗像さんの現場は地上だったからね」

永友はわたしに正対していたが、彼女の目はわたしを突き抜け、もっと遠くを見ているように感じられた。やがて彼女はおもむろに口を開いた。

「大竹さんの説明は理解できました。たしかにわたくしにも殺すのが可能だとわかりました。けれど、『殺せる』と『殺した』は、まったく別次元の話です」

「いいえ、事実として『殺した』のよ。稲村の死体が見つかったあとあなたは、『海中からあげられた稲村さんの死体を見てわたくし、涙も出ませんでした』といったわ。でも宗像さんによると死体は浅瀬にあったの。浅瀬も海には違いないけど、『海中』という表現は普通使わないと思う。ではなぜあなたが『海中』といったかというと、あなたの記憶の中ではあそこは浅瀬ではなく深みだったから。そう、あなたは満潮時に稲村を殺し、死体を横の深みに捨てたのね」

「言葉の綾《あや》ですわ」

「髪を切ったのも言葉の綾？」

「血で汚れた髪の毛を持ってきていただかないことには証拠になりませんわね」

「じゃあ決定的な証拠を見せてあげる」

わたしは永友に指を突きつけた。永友はきょとんとして、自分の胸から腹、腕や脚へと視線を動かした。

「証拠は、今そこに存在するあなた自身、あなたの体すべてよ」

あらためて指を突きつける。

「わたし、怖くて自分の顔を鏡に映せない。目は落ち窪み、頬はこけ、唇や歯茎《はぐき》が割れている。腕や脚は木切れのようで、胸もぺっちゃんこ。まるで骸骨《がいこつ》だわ。見た目だけでなく、体力もなくなっていて、今にも気を失いそう――」

そこまでしゃべって本当に貧血を起こしそうになった。

「――ところが永友さん、あなた、なんて血色がいいの？　体つきも、そりゃ上陸前に較べると肉は落ちてるけど、充分普通レベルだわ。わたし、いったい何日食べてないかしら。五日？　一週間？　それまではわたしが獲ってきた貝やカニを食べて飢えをしのいでいたのよね。わたしもあなたも。それが獲れなくなってからは、わたしは水しか口にしていない。あなたも当然そうだと思っていた。でも実は違ったの。あなたとわたしのこの違いは何？　あなたはちっとも痩せていない。それはつまり、永友さん、あなたはちゃんと栄養を摂《と》っているからにほかならない。いったい何を食べているの？　ううん、いわなくていい。わかってる。缶入りの栄養剤と固形の栄養調整食品ね。あなたが男三人を殺したのは、その食料を確保するため、自分が生き延びるための口減らしだったのよ」

屍の島、奇跡の生還。五名の死者はテロリストか

鹿児島県警、海上自衛隊、第十管区海上保安本部の合同捜索隊は三日、東シナ海の屍島において男性一名を救出した。衰弱は激しいが生命には別状ない模様で、自衛隊のヘリコプターで鹿児島県内の病院に搬送された。その一方、男性三人、女性二人を遺体で収容した。

島内に残された物品から、遺体で発見された五人は真の道福音教会の信徒だとの見方が有力である。また、昨年七月の大＊駅爆破事件への関与をほのめかす筆記も発見されており、同事件の捜査本部は早速確認作業に入った。ただし、同教会の糀谷和聖代表は、昨年八月、右翼団体構成員に刺殺されており、爆破事件とのかかわりが最も取りざたされていた関口秀樹青年部長は今月一日に鹿児島本＊港の海底から遺体で発見されているため、事実確認は難航するとの見方も強い。

「五人のメンバーが百の食料を分け合うとすると、一人あたりの割り当ては二十。ところがここで一人殺してメンバーを四人とすると、一人あたりの割り当ては二十五に増える。もう一人殺して三人で分けると、一人の取り分は三十三。ついでにもう一人殺せば五十、さらにもう一人殺して一人きりになったら、百すべてを独占することができる。あなたの狙いはまさにそれね。食料の全体数は増やすことができないので、口減らしをすることで個人の取り分を増加させ、そうして誰よりも長く生き延びようとはかった。長く生き延びていれば、島のすぐ横を船が通るという幸運が舞い込んでくるかもしれないからね。島にとどまり続けるのは、消極的ではあるけれど、これも立派なサバイバル戦略だわ」

お手並み拝見とでも思っているのだろうか、永友の瞳はかすかな笑みをたたえている。わたしは声を絞り出して続ける。

「あなたの反論が聞こえるわ。じゃあ最初からわたくし以外の人間をすべて殺せばよかったではありませんか、そうすれば最初から百の食料を確保できましたのに、とね。ううん、それは間違った考えよ。生き延びるためには仲間がいたほうがいいに決まってる。一人より二人、二人より三人のほうが、知恵は出るし力も出せる。ところが仲間が多いと必然として食料の消費量も増えてしまう。だから、食料の残りを計算しながら、一人ずつ口減らししていった。

それぞれの殺人には、たんなる口減らしにプラスした意味もあった。たとえば稲村の場合。だ・れ・に・し・よ・う・か・な、と順番に指をさしていったら稲村で止まったので彼を最初に殺した——のではないわ。最初に稲村を殺したのにはれっきとした理由がある。彼は島にやってきた当初から、まずいまずいといって食料を粗末に扱っていた。島に放置され、食料はもうこれきりで追加支援はないとなってからも、平気で食べ物を捨てていた。そういう人間を残していたら、どれだけの食料が無駄になってしまうだろうかと懸念したのね。だから後顧《こうこ》の憂《うれ》いをなくそうと、真っ先に稲村を殺《や》った。

二番目のターゲットを森さんとしたのは、彼が島を出ていこうとしたから。森さんがみんなの前で筏で出ていくと宣言した時あなたは、彼が船を連れて戻ってくるというのならその言葉を信じる、そんな口約束は信じられないと思う人は勝手に信じなければいい、といったわ。わたしはその毅然《きぜん》とした態度に感動したものよ。けれど実は違ったの。あなたこそが、そんな口約束は信じられないと思っていたのよ。出ていったきり戻ってこないってね。海の藻屑と消えるか、運良く船に拾われてもわざわざ戻ってくるものかってね。それであなたは、戻ってこない人間に何日分もの食料を持たせるのは無駄だと思った。筏に使われた木材も無駄になると思った。たったら焚き火に使ったほうがましだとね。だからあなたは森さんを殺すことにした。資源の無駄遣いを止め、かつ口減らしにもなる。一石二鳥ね。

森さんを殺したあとあなたは、隙《すき》を見て食料をちょろまかしていた。いや、たぶん、もっと前から盗んでいたのだと思う。ストックするためにね。ただ、以前は、食料の絶対数が多かったので、少々ちょろまかしても気づかれなかった。それが、絶対数が減ったことで宗像さんに気づかれてしまったのね。で、彼は残りの食料を管理すると宣言した。こうなると食料のストックができなくなる。だからあなたは宗像さんを殺した。そして、ここで森さんに登場願い、彼は島に残っているというストーリーのもと、宗像さん殺しの罪を森さんに着せようとした。食料も全部いただきよ。以前からのストック分と合わせると、いったいどれほどの量を確保しているのかしら。数ヵ月は楽々生き延びられるんじゃないの？　どこに隠しているのかしら。わたしは床下だと睨んでいるのだけど、どう？」

言葉を止め、胃を押さえる。錐《きり》で突かれ、穴が空いてしまったような感覚がある。

「残念ながら、大竹さんの想像は当たっておりません」

永友がゆるくかぶりを振った。

「この期《ご》に及んでごまかすのはやめようよ。もう、あなたとわたし、二人しかいないんだしさ、正直になろうよ」

わたしはあえぐようにいった。

「ごまかしておりません。大竹さんの想像は、ある部分正しくありますが、肝腎《かんじん》な部分が間違っています」

「そういうもったいぶったいい方がごまかしなのよ」

「たとえば、いま大竹さんは『二人しかいない』とおっしゃいましたが、この島にいる人間は、あなたとわたくし、二人だけではありませんよ。もう一人おります」

「関口が？」

その名前を口にしたのも周囲を窺ったのも反射的な行動だった。

「いいえ。けれどまったく違うともいいきれません」

屍の島、奇跡の生誕

鹿児島甲＊大学病院集中治療チームの田野村能一《たのむらよしかず》教授によると、東シナ海の屍島で三日に救出された男児の回復ぶりは順調で、感染症の疑いもなく、今週中にも集中治療室を出て新生児室に移される見込みだ。また、男児は同病院に搬送された段階では呼吸が一時停止状態にあったことが明かされ、捜索隊による発見がもう一時間遅ければ生命はなかったものと思われる。

なお男児を出産した女性の死体は現在解剖《かいぼう》中だが、出産時の多量の出血、あるいは産《さん》褥《じょく》熱で死亡したとの見方が強い。

「子供がおりますの」

永友の口調があまりに何気《なにげ》なかったからなのか、それとも空腹で頭が回らなかったからなのか、わたしは、ああそうなのと、いたって素直にうなずいた。

「もう何ヵ月になるでしょう。島にやってきたその日に授《さず》かったわけですから」

「妊娠？」

告白の重要性にやっと気づき、わたしは驚いて尋ねた。

「はい。すくすく育っているようです」

と永友はおなかに手を当てる。まだ四ヵ月なので、中に子供がいるようには見えない。

「関口の子供？」

「はい。そうと気づいたのは、稲村さんの告白のあとはじめてみんなで食事した時です。憶《おぼ》えていらっしゃいませんか、わたくし、貝をひと口食べて、味がおかしいと吐き出したでしょう」

「つわり……」

「はい。あの時点ではすでに生理は止まっていましたが、しかしそれはストレスが招いた生理不順だと思っていました。生活環境の急激な変化に加えて、稲村さんの告白によるショックがありましたから」

「そうね。わたしも調子がおかしいもの」

「でも、自分の味覚が変化しているとわかり、これは妊娠しているのだと思うようになりました。二、三日様子を見ましたが、やはり胸のむかつきなどつわりの症状が続き、わたくしは妊娠を確信しました」

「どうして……」

「黙っていたのかとおっしゃりたいのですね？　妊娠はわたくし一人だけの問題だからです」

「でも一言《ひとこと》いってくれたら……」

「わたくしにとってプラスになるようなことが起きたでしょうか。わたくしはそうは思いません。通常の生活の中で妊娠したのなら、みなさん、わたくしに対していろいろ気をつかい、助けてくださることでしょうけど、わたくしたちはサバイバル生活を送っていたのです。妊娠していると打ち明けたらきっと邪魔者扱いされると恐れました。子供の分まで余計に食べるのだろうと白い目で見られたり、何かにつけて足手まといにされたり。そういうつらい思いをしたくなかったから黙っていたのです。つらさがつのったら、耐えきれず自殺してしまうかもしれないと思いました。けれどわたくしは自殺してはいけないのです。わたくしが死ねばおなかの中の子も死んでしまいます。それはいけません。わたくしは何が何でも生き抜かなければならないのです」

永友はカッと目を見開いている。

「生き抜くためには食料が必要で、だから……」

「その点に関してはおっしゃるとおりです。全員が生き残れればそれに越したことはありませんが、どう考えてもそれは難しそうでした。甘美な理想を追った結果全員のたれ死んでしまうのなら、理想という罪な希望など最初から持たないほうがいい。誰か一人でもいいから生き残れる道を探るのが、人間という種にとっての正しい選択肢《し》ではないでしょうか。その誰か一人として、わたくしは自分自身を選んだのです。わたくしの場合、正確には二人になりますが。エゴですか？　しかし大竹さん、よく考えてみてください。タイタニック号が氷山と衝突し、救命ボートの空きがあと一名分しかなかった場合、あなたは自分は死んでもかまわないからと、生き残る権利を他人に譲渡《じょうと》しますか？　わたくしは人を押しのけてでも乗り込みます。それが人間だと思います」

永友は明らかにむきになっていた。冷酷な言葉の裏には後ろめたい気持ちが隠されているのだろう。わたしは少しホッとした。

「最初に稲村さんを殺した理由も、殺害の方法も、髪を切った理由も、大竹さんのおっしゃるとおりです。宗像さんに関しても当たっています。ただし、森さんを殺した理由はまったく異《こと》なります。大竹さんは、彼が戻ってくる率が非常に低いと判断し、食料や資材の無駄遣いを食い止めるために殺したとおっしゃいましたが、わたくしは、彼が船を連れて戻ってくる可能性はある程度見込めると判断し、だから戻ってこさせないよう、出発もさせないことにしたのです」

「え?」

どうして船を連れて戻ってきたらいけないのか。

「一般の船を連れて戻ってくることはすなわち、警察や海上保安本部も一緒に連れてくることを意味します。本土に到着したら事情聴取が待っています」

「それは承知のうえじゃない。だから、入港前に船を乗っ取るなり救命ボートで脱出するなりしようといっていた」

「はい。しかしそれは賭《か》けですよね。船を乗っ取れるか、救命ボートを盗めるか、やってみないことにはわからない。連れてくる船の種類、乗組員の人数や質によっては、まるで歯が立たないかもしれません。そんな勝算のわからない賭けに手を出すよりも、確実に勝ちが見込めるレースに出場したほうがいいに決まっていると思いました」

「確実に勝ちが見込めるレース?」

「この島でじっと耐えていれば、近い将来かならず一艘《そう》の船がやってきます。その船に乗って島を出れば、本土に着いた際、警察の事情聴取を受けずにすみます」

「かならずやってくる? 船が? 狼煙をあげて呼び寄せるということ?」

「違います。狼煙をあげて呼んだ船だって関係機関に通報しますよ」

わたしは首をかしげた。永友はいう。

「海神Ⅳ号ですよ」

「え？」

「関口秀樹がわたくしたちの生死を確認するためにやってきます。偽の犯行計画書や逃亡日記を置く必要もありますし」

「え、なに、それで、関口を殺して船を奪おうと？」

前三例と同じくセックスに持ち込めば殺害は可能だが、しかし関口はおなかの子の父親である。

「違います。船を奪ったところでわたくしには操縦は無理です。自動車の運転もできないのですよ。水蛇の御蔵から出る前に船を壊してしまいますわ」

「じゃああなた、関口に命乞いをするっていうの？　それこそ甘美な理想だわ」

「大竹さんが命乞いをしても、逆に殺されるのが落ちです。けれどわたくしは助けてもらえます」

「は？」

「わたくしも、島に上陸した時のわたくしだったらだめです。現在のわたくしだから命乞いが通じるのです。なぜなら現在のわたくしは彼の子を宿《やど》しておりますから」

「あ？」

「自分の子を身ごもっていると知れば、彼はわたくしを殺しはしないでしょう。糀谷和聖に取り入って、スケープゴートのリストから永友仁美だけははずさせるでしょう。

稲村さんに教会の汚いやり口を聞かされ、愕然《がくぜん》としました。教えを信じる気持ちがなくなったのはもちろん、糀谷や関口の顔や声を思い出すだけで、今も悔《くや》しくて涙がにじみます。けれど、子供と二人生き延びるためなら教会も関口も利用してやろうと、わたくしはそう決意いたしました。わたくしにかぎっていえば、関口が現われるのをここでじっと待っていることが、最も安全確実なサバイバル術なのです」


背後から規則正しい呼吸音が届いてくる。何一つ悩みがないような、実に安らかな寝息だ。

わたしは永友に背を向けてシュラフにくるまり、十六夜《いざよい》の月明かりを借りてこの文章を書いている。シュラフは宗像のを重ねて使っているので寒くはない。

相変わらず、この島の夜空は作りもののように美しい。けれどその美しさがわたしを苦しめる。汚い夜空が恋しい。星など一つもいらないから、月がかすむほど汚れていてかまわないから、東京の空を拝《おが》みたい。

しかしそれは叶《かな》わぬ夢だ。

わたしは死ぬ。たぶん、ではなく、絶対に、死ぬ。放っておけば数日中に餓死だ。いや、その前に永友が楽にしてくれる。真相を知ってしまった人間は生かしておかないだろう。今晩殺さなかったのは、三十二年間の人生を走馬灯《そうまとう》のように振り返る時間を与えてくれたのだ。

なんて残酷な。振り返ってしまったら生への執着心ができてしまうではないか。

わたしは泣いた。泣くと体力を消耗するとわかっていたが、気持ちを制御することができなかった。

背後から規則正しい呼吸音が届いてくる。おそらく永友はわたしの泣き声に気づいている。なのに寝たふりをして他人の苦しみを楽しんでいる。世にも残酷な女だ。

泣くうちに胸がムカムカして生唾《なまつば》が湧いてきた。永友への怒りからではない。空腹で胃が収斂《しゅうれん》しているのでもない。これまでに感じたことのない奇妙な気持ち悪さだ。

つわり!?

そう思った瞬間、わたしは悪魔に魅入《みい》られた。

背後でかすかな寝息が聞こえる。永友仁美は眠っている。狸《たぬき》寝入りだとしても無防備であることには変わりない。

今ここで彼女を殺せば、彼女が隠した食料はそっくりそのままわたしの手に移る。わたしとおなかの子、二人だけのものに。そしてわたしは生き延び、関口秀樹がやってくるのを待つ。

わたしが命乞いをしても無駄だと永友はいった。そのとおりだ。わたしが関口に、あなたの子を身ごもったといったところで相手にされやしない。彼とセックスしたのは永友仁美であって大竹三春ではない。この子の父親は稲村裕次郎。

しかし、関口に、大竹三春を永友仁美だと思わせられれば——。

永友もわたしも、服はボロボロ、肌もボロボロで、外見上の違いがわかりにくくなっている。

永友は腰まであった髪をバッサリ切り落としてしまったため、現在の彼女は関口の記憶にある永友仁美とはまったく違った印象である。一方わたしの髪はまだ腰まであり、関口の記憶の中の永友に近い印象である。

永友は非常に特徴的なしゃべり方をする。裏を返せばまねやすい。わたしたち二人の声質は似ている。

しかし——そうやすやすとひっかかってくれるだろうか。関口は栄養のある食事をきちんととっているので注意力もあるだろう。

しかし——何もしなくても死んでしまうのだ。どうせ死ぬのなら、一か八《ばち》か挑戦してみる価値はある。関口を永遠にだます必要はないのだ。港に着いたらドロンと姿を消せばよいので、それまでの半日間だけ彼の目を欺《あざむ》ければよい。最低、生きたまま船に乗せてくれさえすればいいのだ。そう考えると、筏で海に乗り出すよりは簡単で勝算のある挑戦のように思える。

背後でかすかな寝息が聞こえる。わたしは唾を飲み込んだ。彼女の寝息をかき消すほど大きな音が耳の奥にこだました。

心臓がドクドクと音を立て、それもまた耳の奥に痛いほどこだまする。搏動が一つまた一つと重なるにつれ、永友仁美を殺したいという気持ちが高まっていく。

わたしはこのあと最後の力をふりしぼるのだろうか。本当に彼女を殺せるのだろうか。

奇跡の子、新しい人生へ

東シナ海の屍島で救出された男児は十六日、出産した女性の両親に連れられて鹿児島甲

＊大学病院を退院した。今後は二人の子として育てていくとのことで、すでに法的な手続きを取っているという。なお男児は産みの母親の名前から一文字を取って春仁《はるひと》と命名された。

館《やかた》という名の楽園で

館主より挨拶《あいさつ》

「従兄弟《いとこ》の良二《りょうじ》君は、幼稚園当時にバットとボールで遊ぶことを覚《おぼ》え、小学三年生の時に地域の少年野球チームに入り、小学校の卒業文集に将来の夢はプロ野球選手であると書き、中学では当然野球部で、高校は他県の野球強豪校に留学し、甲子園出場は惜《お》しくも逃したものの、野球のために大学に進学し、社会人チームからの誘いもかかりました。ノンプロ一年目に酒と女を覚えてしまったため、結局良二君はプロの世界に入ることなく、バットを置くことになるのですが、しかし人生のある時期においては、ジャイアンツのユニフォームに袖を通した己の姿を真剣に思い描いていた。ただの夢物語ではなく、将来の目標です。これは良二君に限ったことではない。野球少年は誰しも、程度の差はあれ、長嶋《ながしま》と自分を重ね合わせて考えたことがあるはずです。

隣家の中沢《なかざわ》さんの下の息子さん、大志《たいし》君は、中学二年生の時に音楽に目覚め、翌年の文化祭ではギターを持ってステージに立ち、高校の三年間を軽音楽部で過ごし、卒業後はコンビニでアルバイトをしながら駅前で演奏する毎日で、昨年インディーズからCDを出し、いずれはメジャー・デビューをとストリートで修行を続ける現在であります。音楽でメシを食っていくことが大志君の夢であり、それは音楽をやっている者すべての夢でもある。おそらく九十九パーセントの者が夢破れ、長じて彼らは若気の至りに赤面することになるのでしょうが、しかし夢を追いかけていた時点においては、夢は決して夢想ではなく、実現可能な目標だったはずです。

では、探偵小説愛好家である私は、いかなる夢を追いかければよいのでしょう。

古今東西の作品を読みあさり、星五つでランク付けしたり、トリックをデータベース化したりしましょうか。松柏館《しょうはくかん》書店版『ドグラ・マグラ』の初版本や『本陣殺人事件』の第一回原稿が掲載された『宝石《ほうせき》』創刊号を書棚に鎮座させればよいのでしょうか。それとも、ロンドンはチャリング・クロス・ロードの古書店でカーの未発表原稿を発掘し、本邦での翻訳出版に尽力いたしましょうか。あるいは、江戸川乱歩《えどがわらんぽ》賞を夢見て、勉強や仕事の暇々に原稿用紙に向かうのが正しいありようなのでしょうか。

そういう夢も、たしかにあるでしょう。しかし私は、乱歩風に申すなら、『救いがたき猟奇の徒』でありました。

私が探偵小説を愛好した理由は、素人《しろうと》探偵の華麗なる活躍に胸ときめいたからであり、精緻《せいち》な密室トリックに息を呑《の》んだからであり、前代未聞の殺害動機に戦慄《せんりつ》したからであり、しかしそれ以上に、館《やかた》というものが存在していたからであります。

『プレーグ・コートの殺人』を読んだあの秋の昼下がり、『黒死館殺人事件』を読んだあの雪の晩。本を閉じ、頰杖《ほおづえ》を突き、遠くを見つめ、館の中に佇《たたず》む我が姿を想像しては長い溜《た》め息を漏らしたものです。そしていつの日かきっと館に住んでやると心に誓った。ツーバイフォー建築のマイホームではありません。館です、マイ館。時計塔のある、西洋の甲冑《かっちゅう》が飾られた、マントルピースの上に銀の燭台《しょくだい》が載《の》った、降霊会が催《もよお》されるような、突然の嵐に外界と隔絶されるような、首なし死体が発見されるような、館。

二十世紀、私にとって館は夢でした。二十一世紀、私にとって館は現実です。私はとうとう、こうして館の主《あるじ》として君臨することになったのです。あらためて申しましょう。ようこそ、我が城、三星館《さんせいかん》へ」

冬木統一郎《ふゆきとういちろう》は唇を結び、左を見、右を見、そして中央に顔を戻すと、ゆっくりと頭を下げた。

惜しみない拍手が彼を包み込む。

招待状

拝啓　寒露の候、皆様におかれましては、益々ご健勝のこととお慶《よろこ》び申しあげます。

さてこのたび、年初より取り組んでおりました私邸の建設が一段落を迎えました。つきましては、完成に先立ち、十月九日と十日の両日、格別探偵小説を愛されております皆様に邸内をご披露申しあげ、かつまた長年の感謝の意を込めて、記念の小宴を催したいと存じます。

ご多用中のところ恐縮でございますが、私の微意をお汲《く》み取りのうえ、ご来臨賜《たま》わりますよう心からお願い申しあげます。

敬具

冬木統一郎

館への道

改札を出て駅頭に立った小田切丈史《おだぎりたけし》はぶるっと肩を竦《すく》め、ブルゾンのファスナーを首まで上げた。北関東の中でも北に位置するS市である。東京に較《くら》べて風が冷たい。

小田切は車を探した。駅前のロータリーには客待ちのタクシーが並んでいる。その他にも自家用車がちらほら停《と》まっている。自分が乗るべき車はどれだろうかと、小田切は煙草《たばこ》を銜《くわ》えつつ視線を動かした。すると背後で彼の名を呼ぶ声がした。

中年の男が二人、こちらに向かって歩いてくる。一人はグレーの三つ揃《ぞろ》いにガーメントバッグ、もう一人は紺の上下にボストンバッグと、いずれも出張中のサラリーマンといった風情《ふぜい》だ。

きらぼうな言葉しか出てこなかった。


「ご無沙汰《ぶさた》」

小田切は二人に向かって軽く手を挙《あ》げた。気持ちは懐《なつ》かしさで一杯なのに、そんなぶっきらぼうな言葉しか出てこなかった。


「ずいぶん身軽だな」

グレーの背広の男、岩井信《いわいまこと》が小田切を指さした。隣の平塚孝和《ひらつかたかかず》も笑っている。小田切はブルゾンにチノパンという普段着で、バッグはデイパックである。

「失礼かなあ。パーティーといっても内々の集まりだというから」

そう小田切が頭を掻《か》いていると、また彼を呼ぶ声がした。出荷前の豚のように肥《こ》え太った男が、小ぶりのスーツケースを引きずりながら、体を左右に揺《ゆ》らして走ってくる。水城《みずき》比呂志《ひろし》だ。

「なんだ、全員、今の新幹線だったのか。だったら冬木も気を利《き》かせて、近くの席を取ってくれればいいものを」

岩井はぶつくさ言って煙草を銜え、水城を横目に捉《とら》えて、

「いったい何を始める気だ?」

麻のジャケットに白い靴、ストローハットに籐《とう》のステッキ、というのが水城の出《い》で立ちだった。季節外れもはなはだしい。いや、季節が合っていてもまるで似合っていない。

「冬木が、館、館と言うものだから、探偵小説らしい格好をしていったほうがいいかな

と」

水城は肩で息をしながら、ずり落らかけた眼鏡《めがね》を直す。

「だからって、その格好は何だ」

「『Yの悲劇』でのドルリー・レーン」

「ふざけるな」

ドルリー・レーンはエラリー・クイーンの小説に出てくる名探偵である。齢《よわい》六十にして長身で筋肉質、顔には皺《しわ》一つなく、髪はふさふさ——水城比呂志とは似ても似つかぬキャラクターである。

「お前がコスプレするならヘンリー・メリヴェールだろう。イニシャルも一緒だし」

平塚が言い、四人は顔を見合わせて笑った。ヘンリー・メリヴェール、通称H・M卿《きょう》は、カーター・ディクスンの小説に出てくる禿頭《とくとう》に肥満体の探偵である。

笑いが収まるのを待っていたかのようにクラクションが鳴った。タクシーの列の後ろに黒塗りのリムジンが停まっている。通行人は足を止め、タクシーの運転手は窓から身を乗り出し、異形《いぎょう》の車を見つめている。

運転席のドアが開き、黒服の男が出てきた。見事な銀髪を後ろに撫《な》でつけ、鼻の下には髭《ひげ》を蓄《たくわ》え、腰にはカマーバンドを巻いている。男は言った。

「N大学探偵小説研究会OBの皆様でございますね?」

視線は小田切たちの方を向いている。

「冬木の？」

ぽかんとした表情で平塚が尋《たず》ね返した。

「さようでございます。どうぞ、こちらへ」

男は運転席の後ろのドアを開ける。さらに、その後ろのドアも開ける。車の側面にはドアが三つもあるのだ。

四人は呆気《あっけ》にとられながらもリムジンに乗り込んだ。車は音も揺れもなく発進する。

「冬木のやつ、いったいどんな屋敷を建てたんだ？」

岩井が囁《ささや》いた。

「詳《くわ》しいことは聞かされていない」

小田切は首を横に振った。平塚と水城も知らないという。この車は正真正銘のリムジンで、運転席と後部座席が仕切られているため、運転手にあれこれ尋ねることもできない。

冬木統一郎は小田切丈史の学生時代の友人である。

大学二年の春だった。キャンパス内の池のほとりでうつらうつらしていると、枕《まくら》代わりにしていた「僧正殺人事件」の文庫本を不意に取りあげられた。

「ファイロ・バンスの長広舌《ちょうこうぜつ》が子守歌になったのかい？」

見ると、背中まで髪を伸ばした細身の男が立っていた。それが冬木統一郎だった。

二人はそれから、互いの探偵小説遍歴を語り、お気に入りの作品の感想を交《か》わし、神保《じんぼう》町で見つけた稀覯《きこう》本を自慢し合った。二人の交流はいつしか他の学生、岩井信、平塚孝和、水城比呂志たちをも巻き込み、N大学探偵小説研究会なるものが発足した。研究会といっても、トリックの分類や創作をするわけではなく、月に二冊課題図書を決めて感想を言い合うだけの、あとは居酒屋でくだを巻く仲良しグループである。

卒業後も会の活動は続き、年に二度は集まって最近の読書状況を報告し合っていたのだが、数年の後に会は自然消滅、メンバーたちは年賀状だけの関係になった。小田切は毎年年賀状に、「久々に一杯やりたいですね」と書き添えていたが、一度として会おうと努力したことはない。仕事が忙しくなり、家族もでき、探偵小説への興味を失ううちに、小田切は五十の声を聞いた。

会が消滅したあと、一度だけメンバーが顔を揃《そろ》えたことがある。冬木の細君が入院した時だ。小田切は、岩井、平塚、水城と誘い合わせて見舞いに行った。

それが二十年ぶりの再会で、次に会うのは誰の葬式の席でだろうかと冗談を飛ばしていたら、思いがけず四年で再会の場が与えられた。

冬木統一郎から手紙が届いた。年賀状ではない。洋形の封筒である。ご丁寧《ていねい》にも臙脂《えんじ》色の封蠟《ふうろう》がされており、中身はというと、いやに堅苦しい筆致の招待状であった。

新居の案内のようであった。しかし「格別探偵小説を愛」していることが新居のお披露《ひろ》目《め》とどう関係するのだろう。小田切がそう妙に思っていると、招待状が届いた数日の後、冬木から直接電話がかかってきた。

　二人はしばし相手を懐かしみ、近況を聞き合い、そして冬木が、今度のパーティーには来てくれるだろうなと切り出したところで、小田切は尋ねた。

「九日と十日の両日とあるけど、どちらの日に行ってもいいのかい?」

「九日に来て、泊まっていってくれ。週末だからだいじょうぶだろう? 岩井も平塚も水城も泊まっていく」

「おいおい、四人も五人も泊まれるほどの豪邸なのかい」

　小田切は笑った。

「ベッドルームは二十ある」

「え?」

「ゲストのベッドルームが二十。なんなら家族を連れてきてもいいぞ」

「ビルでも建てたのか?」

「館」

「館ぁ?」

「そう、館。館に来たからには宿泊しなくてどうする。泊まったその晩に事件が起きると相場が決まっている」

「はあ?」

「あとは来てのお楽しみ。とにかく、スケジュールを空《あ》けておいてくれよ」

それからしばらくして小田切は、冬木からの郵便を受け取った。中には、新幹線の切符と、S駅に迎えの車をよこすとのメモが入っていた。

そして小田切は今、リンカーン・リムジンの座席に体を埋めている。

着けば解《わか》るのだからと、四人はあれこれ詮索《せんさく》するのをやめ、近況を尋ね合った。

平塚孝和は大手家電メーカーで部長職にあり、家族は妻と高校生の息子。

岩井信は商社を何社か渡り歩いた後、コンサルタント会社を興《おこ》した。先年十二指腸潰瘍《かいよう》を患《わずら》ってからは酒量を控えている。

水城比呂志は家業の雑貨屋の跡を継ぎ、コンビニエンスストアに衣替《ころもが》えさせた。家族は妻と娘三人で、目下の最大の悩みは跡継ぎ問題。

小田切丈史は結婚と離婚を二度経験し、現在は賃貸のマンション住まい、求職中。

学生当時と較べると、皺《しわ》や染《し》みが目についたり、頭髪が寂《さび》しくなったり、腹が出ていたりと、皆すっかり衰えてしまっていたが、目元口元の様子や声の調子は昔の面影を濃く残している。

四人が笑ったり怒ったり嘆《なげ》いたりするうちに、車は市街地を離れ、田園地帯を過ぎ、山道を登る。最後は、リムジンでも揺れるような未舗装道路に分け入った。

やがて車は停《と》まった。黒服の運転手が素早《すばや》い身のこなしで車を降り、白い手袋を嵌《は》めた手で後方の二つのドアを開ける。小田切は車から降り、そして息を呑《の》んだ。

秋の空はすでに暮れかかっていた。紫がかった空を背景に、背の高い常緑樹の木立が屛風《びょうぶ》のように左右に広がっている。その中央部がぽっかりと割れ、白亜の柱が屹立《きつりつ》しているのが見える。丸く、太く、縦に筋の入った、ギリシア神殿を思わせる柱だ。その四本の円柱の上には、やはりギリシア神殿のような、なだらかな三角屋根が載っている。屋根の側面には、花や草や雲や天使が浮き彫りにされている。

神殿風の屋根の奥、もっと高い位置にも三角形の屋根が見える。こちらの三角屋根は角度がきつく、側面にローマ数字と長短の針がついている。時計塔だ。

「マジで館じゃん」

水城が若者のように感嘆《かんたん》した。

「どうぞ、こちらへ」

運転手が神殿の方に歩いていく。四人は呆然《ぼうぜん》とした表情で後に従う。

柱の手前に短い階段があり、大理石製と思《おぼ》しきそれを五段昇ると、奥に両開きの扉が見えた。艶《つや》のない焦《こ》げ茶色の木でできた、いかにも重そうな扉だ。外周に沿って、くすんだ金の鋲《びょう》が等間隔で埋め込まれ、中央寄りには、引き手となる環《わ》が下がっている。右の扉の上部には、獅子《しし》の顔を模したドアノッカーが設《しつら》えられている。

運転手は扉のすぐ前まで歩むと、左右の手に金色の環を摑《つか》み、強く手前に引いた。低く軋《きし》るような音を曳《ひ》きながら、二つの扉がゆっくりとこちら側に開いた。

誰からともなく、おおと感嘆の声があがった。

三星館を巡《めぐ》る旅

通されたのは玄関脇の小部屋である。小部屋といっても、小田切が借りている2ＬＤＫのマンションよりはるかに広い。暖炉《だんろ》があり、ブロンズの胸像があり、中国調の屛風があり、金糸銀糸を惜しげもなく使ったソファーが五脚並び、高い天井からは巨大な燭台《しょくだい》のようなシャンデリアが二つ下がっている。小田切は、コンビニに行くような格好で来てしまった我が身を恥じた。

部屋の中央に突っ立ったまま四人がきょろきょろ首を動かしていると、朗々としたバリトンとともに主役が登場した。

「ようこそ、我が城、三星館へ」

冬木統一郎はタキシードに身を包んでいた。イブニングドレスの細君を横に従えている。

小田切は少々戸惑《とまど》った。冬木の細君が車椅子《いす》に座っていたからだ。先年の大病で脚が悪くなったとは聞いていたが、車椅子が必要なほどであったとは、今初めて知った。

冬木は暖炉の前まで歩むと、ゲストの方に向き直り、深々と一礼をし、こほんと咳《せき》払いをくれて、

「本日はご多忙の折、遠路はるばるご足労いただき、まことにありがとうございます」

「他人行儀な挨拶《あいさつ》はやめろよ」

平塚が笑った。

「いや、こういう会は様式が大切なのさ」

冬木はくだけた調子でウインクを返すと、すぐにかしこまった調子に戻って、

「さて皆様、皆様の夢は何でしょう。暮れのボーナスが満額支給されることですか？　我が子が志望校に合格することですか？　それとも孫の顔を見ること？

そういう現実的な願いも、たしかに夢と申せましょう。しかしそういった類《たぐい》の夢は、長年暖《あたた》めていたわけではないはずです。小学生だった貴方《あなた》が、娘の花嫁衣装を夢見ていたとは、まさかそんなことはありますまい。

幼かったあの日、誰もが、幼稚園の卒園アルバムに、小学校の作文に、夢を書かされたことと思います。大きくなったら何をしたいのか、どんな仕事に就《つ》きたいのか。あの時皆様は何と書きましたか？

従兄弟の良二君は、幼稚園当時にバットとボールで遊ぶことを覚え、小学三年生の時に

地域の少年野球チームに入り――」

　まるで政治家の演説のように、冬木は全身を使って言葉を連ねる。皆が見る影もなく太ってしまった中、彼だけが学生時代と変わらず骨張った体型をしている。タキシードもY体のままだ。

　いや、もう一人、痩身《そうしん》を維持している者がいる。冬木の細君だ。黒のイブニングドレスから覗《のぞ》いた腕や胸元は、ガラス細工のように細く、薄い。冬木聡美《さとみ》、旧姓繁田《しげた》聡美もN大学探偵小説研究会の一員だった。

　卒業後数年で会が消滅してしまった理由は、冬木統一郎と繁田聡美の結婚にあった。会の紅一点である聡美には手を出さないことが男のメンバーの中での不文律《ふぶんりつ》となっていたのに、ひそかに二人は関係を持っていて、卒業して四年目の会合の席で高らかに結婚宣言を行なった。それで仲間の絆《きずな》が切れた。誰かが、じゃあそろそろ解散するかと言い出したわけでなく、自然な形で集まらなくなった。冬木も空気を察してか、披露宴に仲間を呼ぶようなことはしなかった。

　二人が結婚すると聞かされた時、小田切はひどく憤《いきどお》り、人間不信に陥《おちい》りもしたものだが、あれから二十年以上が経過した。苦《にが》い思い出も、今は甘く、ただ懐《なつ》かしい。

　そうやって小田切が青春時代に思いを馳《は》せるうちに冬木の熱弁が終わった。聴衆は席を立って惜しみない拍手を送る。聡美夫人も眩《まぶ》しそうな表情で夫を見つめている。

「では、これから館内を案内するといたしましょう。荷物はここに置いておいて結構です」

冬木は入口まで歩み、ドア横の壁に埋め込まれたボタンを押した。すると程なくして、見慣れた初老の男が姿を現わした。リムジンの運転手だ。

「執事の吉川《よしかわ》でございます。ご用がございましたら、何なりとお申しつけください」

男は体の両脇に両腕をぴたりとつけ、機械仕掛けの人形のように腰を四十五度折った。

「しつ、じ……?」

小田切と平塚が顔を見合わせていると、もう一人姿を現わした。ゆったりとした黒のロングワンピースを着た少女である。さらさらの黒髪には白いレースのカチューシャをはめ、胸元を真っ赤なリボンで飾り、腰にはフリルのついた小ぶりのエプロンをつけている。

「メイドの如月《きさらぎ》」

冬木が紹介し、少女がエプロンの前で手を重ねてお辞儀をする。

「お荷物は皆様のお部屋までお運びいたします」

ぽかんとした客を後目《しりめ》に、執事とメイドが室内に入ってくる。各人の鞄《かばん》をひょいひょいと両手に提《さ》げ、相変わらず棒立ちの四人に背を向けて部屋を出ていく。

「さあ、私たちもまいりましょう」

冬木が車椅子を押しながら部屋を出る。四人の客は夢の中を漂《ただよ》うような足取りで後に続く。

部屋の外は玄関ホールである。二階までの吹き抜けとなっており、天井は一面、聖母マリアの受胎《じゅたい》告知をモチーフとしたフレスコ画になっている。絵は二階部分の壁にまで及び、まるでシスティーナ礼拝堂を見るようだ。一階部分の壁には紋章を記《しる》した旗が飾られている。床には、ブロンズや石膏《せっこう》による逞《たくま》しい青年の像、銀器に飾られた花、そして西洋の甲冑が立ち並んでいる。このホールだけで、ゆうに家族四人が生活できそうだ。

「わたくしはお茶の用意を」

聡美夫人は玄関ホールの奥へ車椅子を向ける。小田切はその背中に声を掛けようとしたが、うまく言葉が出てこない。体の具合を尋ね、いたわらねばと思うのだが、日常的に障碍者《しょうがい》と接していないため、適切な言葉が思い浮かばない。ぐずぐずするうちに夫人の背中は小さくなり、冬木が階段を昇り始めた。

「二階からまいりましょう」

階段はホールの中央からはじまり、一つの踊り場を経《へ》て二階に達している。足下は緋色《ひいろ》の絨毯《じゅうたん》、焦《こ》げ茶色の欄干《らんかん》は胡桃《くるみ》かマホガニーか。

「ええと、冬木君、いくつか質問があるのだが」

額《ひたい》の汗をぬぐいながら水城が言った。何でしょうかと、冬木が足を止めて振り返る。

「ここは君の家?」

「はい」

「本当に君の家なの?」

「他人の家に勝手に入り込んでいるように見えます?」

「いや、そういうわけじゃないんだけど、あまりに現実離れしてるから」

「ですから先程の挨拶で申しましたように、こういう館を持つことが昔からの夢だったのです」

「夢だったというのは解るけど……」

たしかに学生だった冬木は、酔っぱらっては、「館に住んでやる」と息巻いていた。

「スーパーカーに憧《あこが》れて育った者が、長じてランボルギーニ・カウンタックのオーナーになるようなものです」

「車と家ではスケールが違う」

「同じですよ。夢に賭《か》ける気持ちは何ら変わりありません。晴れてカウンタックのオーナーになった方がそうであるように、私も館の主となるために、二十年、三十年と、昼夜兼行で働いてきました。旅行も外食も我慢して」

「だとしても、別荘にここまで金をかけるかね」

平塚が溜め息をついた。

「別荘ではありませんよ」

「ここに住んでいるのか？」

「ええ」

「埼玉の家は？」

「実家は売却しました。両親も亡《な》くなりましたし」

「仕事は？　ここから東京まで通っているのか？」

「仕事はリタイアしました」

「隠居？　五十で？」

岩井が目を剝《む》いた。

「コツコツ貯《た》めたものに加えて、さるところからまとまった金が入ったので、この際思い切って」

「子供は？　お前のところは、まだ中学生か高校生だろう。転校させたのか？　それとも独《ひと》り暮らしさせているのか？　それは親のエゴと――」

「息子は一昨年事故で亡くなった」

冬木は苦しげに顔を伏せた。はじめて聞く不幸に小田切は驚いた。年賀欠礼の通知も受け取っていない。

「それは残念なことだったな。お悔《く》やみ申しあげるよ。交通事故か？」

岩井が声の調子を落とした。

「そういう話はやめよう。今日は楽しい会なんだ」

冬木は顔をあげ、弱々しく笑った。

二階から執事とメイドが降りてきた。すれ違いざま、

「皆様のお荷物はクローゼットの中にお入れしました」

と言い、きびきびした足取りで階段を降りきり、ホールの奥に消えていく。

「ええと、それで、なんだ、今の二人も住み込みで雇っているわけ?」

取り繕《つくろ》うように平塚が尋ねる。

「彼らは今日明日だけの雇い人です」

「は?」

「おいおい話しますよ」

冬木は思わせぶりに微笑《ほほえ》んで階段を昇る。

二階は、廊下の左右が部屋になっていた。いずれもゲスト用のベッドルームで、その数、十。蒲鉾《かまぼこ》形に湾曲した天井は柔らかな黄色や緑に彩色された漆喰《しっくい》で仕上げられ、壁には貴婦人の肖像画や、田園風景を描いた油彩が飾られている。

客室の割り当ては、階段から見て廊下の左側の列の、一番手前から、岩井、平塚、水城、小田切となっていた。

廊下の突き当たりの部屋は図書室になっており、天井まである書棚には、内外の探偵小説はもとより、布や革で装丁されたものものしい洋書が隙間《すきま》なく並べられていて、一同の溜め息を大いに誘った。

図書室を出ると、次は一階部分の案内である。応接間である先の小部屋の他には、家族のベッドルームが三つあり、撞球室《どうきゅうしつ》があり、食堂があり、浴室があった。中でも家族のベッドルームは圧巻で、ある部屋の天井には十二宮が描かれ、その隣の部屋は中国調の壁紙と、それぞれに意匠を凝《こ》らしていた。ベッドも天蓋《てんがい》付きで、ゲスト用のベッドルームが安っぽく感じられるほどであった。

食堂と撞球室の間には地下へ降りる螺旋《らせん》階段があった。地下は、厨房《ちゅうぼう》、ワイン倉、洗濯室、そして先の執事とメイドが控える使用人部屋となっていた。厨房には温かで濃厚な空気が満ちており、恰幅《かっぷく》のよい料理人が忙《いそが》しそうに立ち働いていた。

一階に戻ってきたところで小田切は、ふとした疑問を口にした。

「妙な構造だね」

「ほう。妙とは？」

冬木が嬉《うれ》しそうに応じた。

「玄関の位置だよ。こういった西洋館は通常、建物の中央部分に玄関が設《もう》けられているのではないか？　建物を平面図でとらえたとして、寸法の長い辺を便宜《べんぎ》的に横、短い辺を縦とすると、普通は、横辺の中央に玄関があるものだろう？　真ん中が玄関で、その両翼に部屋が広がっている」

「そうだよ、俺もなんか変な気がしていた」

水城がぽんと手を打った。

「この家は、建物の端が玄関になっている。縦辺の部分に入口がある。だから、玄関を入って、奥へ奥へと、部屋が直線上につながっている。デザイン的に美しくないし、使い勝手も悪そうだ」

「よいことに気づきましたね」

冬木は顎《あご》を撫でさすりながら頷《うなず》いて、

「造りが通常でないからこそ、何かが起きるというものです」

「何か？」

「奇妙な殺人事件は奇妙な構造の館で起きる――定説です」

冬木は含み笑いを残し、一階の奥に進んでいく。

廊下の最奥には両開きの扉があり、その向こうは広間になっていた。今まで案内されたどの部屋よりも広く、どの部屋よりも変わった形、円形をしていた。

床は市松模様、ドーム形の天井と周囲の壁はアラベスクに彩《いろど》られている。ただ模様が描かれているだけでなく、漆喰による細密な装飾が施《ほどこ》されている。意外なことに、調度品や美術品の類《たぐい》はほとんど見あたらない。物を置いていないのは、ここで舞踏会などを催すからかもしれないと小田切は思った。そのため、部屋がよりいっそう広く感じられる。

唯一ともいえる調度品が、中央にある巨大な丸テーブルである。取り囲んでいる椅子を数えてみると、実に二十もあった。

「お茶が入りましたよ」

テーブルには聡美大人がいた。

「本当なら、スコーンやサンドイッチも用意してアフタヌーンティーといきたいところなのですが、夕食の時間が迫っていますので、今日はお茶だけにしておきました。さあ、冷めないうちに」

冬木は四人の客を室内に押しやり、自分も中に入って扉を閉めた。

三星館の三兄弟

「ヴィクトリア朝の中期といいますから十九世紀の半ば過《なか》ぎですね、ロンドン南東部のアシュフォードにスコット・フィッシュボーンという貴族が住んでいました」

丸テーブルで冬木は語り始める。

「病《やまい》に倒れ、余命いくばくもないと悟ったスコットは、枕元に三人の息子を呼びます。『息子たちよ、父亡き後は、三人で力を合わせて領地を治めるのだぞ。お前たちはまだ歳《とし》若く、誰が跡を継いでもこの地は枯れ果ててしまう。しかし半人前の三人でも力を合わせれば、一人では一にも満たない力が一になり、二にも三にも、時には十にもなる』――まるで毛利元就《もうりもとなり》のようですが、人の考えることは万国共通なのでしょう。

スコットの死後、三兄弟は父親の遺言どおり、一致協力して領地を治めることにし、三《さん》位《み》一体の象徴として新しい館を建てました。三兄弟とそれぞれの家族が一緒に住める大きな館です。そして三兄弟はその館をスリースター・ハウスと命名しました。スリースター、すなわち三つ星。そう、この三星館は、今でこそ極東の山の中にひっそり佇《たたず》んでいますが、そもそもはヴィクトリア朝のイングランドの丘の上にあり、二千エーカーの領地を睥睨《へいげい》していたのです」

「この建物はイギリスから移築したのかよ」

水城が眼鏡の奥で目を剝《む》いた。

「そういうことにしておいてくれよ」

冬木が素《す》に戻って頭を搔いた。

「この館は日本の北関東に新築されたものなのだが、それでは風格に欠けるので、かつてはイギリス貴族の居城であったという架空の歴史を考えたと」

小田切は察して口を挟んだ。

「なんだ、ごっこか。一瞬、本当のことかと思ったよ」

平塚が脱力するように背中を丸めた。

「くだらん」

岩井が吐き捨てる。冬木はもう一度頭を掻いてから、

「皆さん、お茶はもう飲まれましたか？　では、館の残りの部分をご案内するとしましょう」

席を立ち、大股で両開きのドアの方に歩いていく。

「フィッシュボーン三兄弟は、上から、ウィリアム、エドワード、マシューといいました。ここをご覧ください」

右の扉の中央部に二十センチ四方の陶板が付いている。陶板には、葡萄《ぶどう》の蔓《つる》が絡《から》み合ったような図柄が紺色で描かれている。近くまで寄って見るとそれは「W」を象《かたど》った装飾文字であった。

「ウィリアムの頭文字です。ここから先、つまり先程ご案内した一階、二階、地下は、全部引っくるめて長男ウィリアムの居館となっていました」

冬木は扉を背に右手に歩んでいく。そちらにも両開きの扉がある。冬木は早足でそこまで達すると、右の扉の真ん中を押さえて、

「ここから先は次男エドワードの居館」

装飾文字による「E」の陶板が付いていた。

冬木はさらに右手に進む。そちらにも両開きのドアがある。冬木はその前に立ち、

「ここから先は三男マシューの居館」

右の扉に付いている「M」の陶板を手で叩《たた》いて示した後、そのドアを押し開け、大広間から廊下に出た。聡美夫人を残し、四人の客も彼に続いた。

一階の部屋を巡り、地下に降りる。最初に案内された〈ウィリアム館〉と同じように、一階に三つの家族用ベッドルーム、撞球室、食堂、浴室、地下に厨房、ワイン倉、洗濯室、使用人部屋、と構成されている。玄関ホールが吹き抜けで、赤絨毯の主階段が二階に延びているのも同じだ。応接室もある。

「メルセデス・ベンツのマークを何と呼ぶかご存じですか?」

階段を昇りながら冬木が言った。

「スリースター」

平塚が答えた。

「そうです。円の中にある放射状の三本の線、あれは星の輝きなのですね」

「なんだ、手裏剣《しゅりけん》じゃないのか」

水城の発言は受けを狙《ねら》ってのものか。しかし小田切にしても、あれは自動車のハンドル

を図案化したものだと思っていた。

「四でも五でも六でもなく、三という数であるのは、陸海空の三域を征《せい》する、それほどの大企業になるという理念が込められているからなのですけど、今は形だけに注目してください。

この館を上空から見ると、まさにベンツのマークです。大広間を中心に、三つの棟が等角度で放射状に延びている。最初にご案内した〈ウィリアム館〉とこの〈マシュー館〉は百二十度をなし、〈マシュー館〉と〈エドワード館〉も百二十度、〈エドワード館〉と〈ウィリアム館〉も百二十度と、完全なバランスをもって配置されています。スリースター・ハウスと命名された理由はここにあります。

父スコットは、三人が力を合わせよと、息子たちに言い遺《のこ》しました。力を合わせるには三人が近くに住む必要があると息子たちは考えました。といって、一つの屋敷で暮らしたのでは息が詰まり、かえって仲が悪くなるかもしれない。そこで考え出されたのが、スリースター・ハウスという三世帯住宅なのです。それぞれの棟に、玄関も厨房も食堂も浴室も独立して設ける。使用人も別々に雇う。基本は独立した館なのです。そして独立の中にも調和を求めるという精神が、三つの棟を繋《つな》ぐ円形の大広間であります。普段は思い思いの生活を送り、時々この共用スペースで話し合いを持ち、家族ぐるみの食事会を催すわけです。また、建物を均等な放射構造としたのは、三人のうち誰も突出せず、誰をも軽んじないという、均等な力関係の象徴でもありました」

「そんな話をでっちあげて楽しいわけ?」

鼻白《はなじろ》んだ様子で岩井が吐き捨てた。冬木の眉《まゆ》がぴくりと動いた。

「なるほど、放射構造の三世帯住宅か。だから建物の端が玄関という設計になっているんだ」

執《と》り成すように小田切が割って入った。

「すると、全体としてはこんな感じ?」

水城が手帳を広げ、さらさらとペンを走らせる。

「ここと、ここ、それからここには、ヒバの木が植わっています」

冬木はペンを取りあげ、線を描き加えた。〈ウィリアム館〉と〈エドワード館〉、〈エドワード館〉と〈マシュー館〉、〈マシュー館〉と〈ウィリアム館〉の間は樹林帯になっている。

「ヒバもイギリスから移植したのか?」

岩井が皮肉らしく唇の端で笑った。

「ともかく、館の中を全部見せてもらおうよ」

小田切はまた執り成す。

この棟の二階の造りも〈ウィリアム館〉と同じだった。廊下の左右にゲスト用のベッド

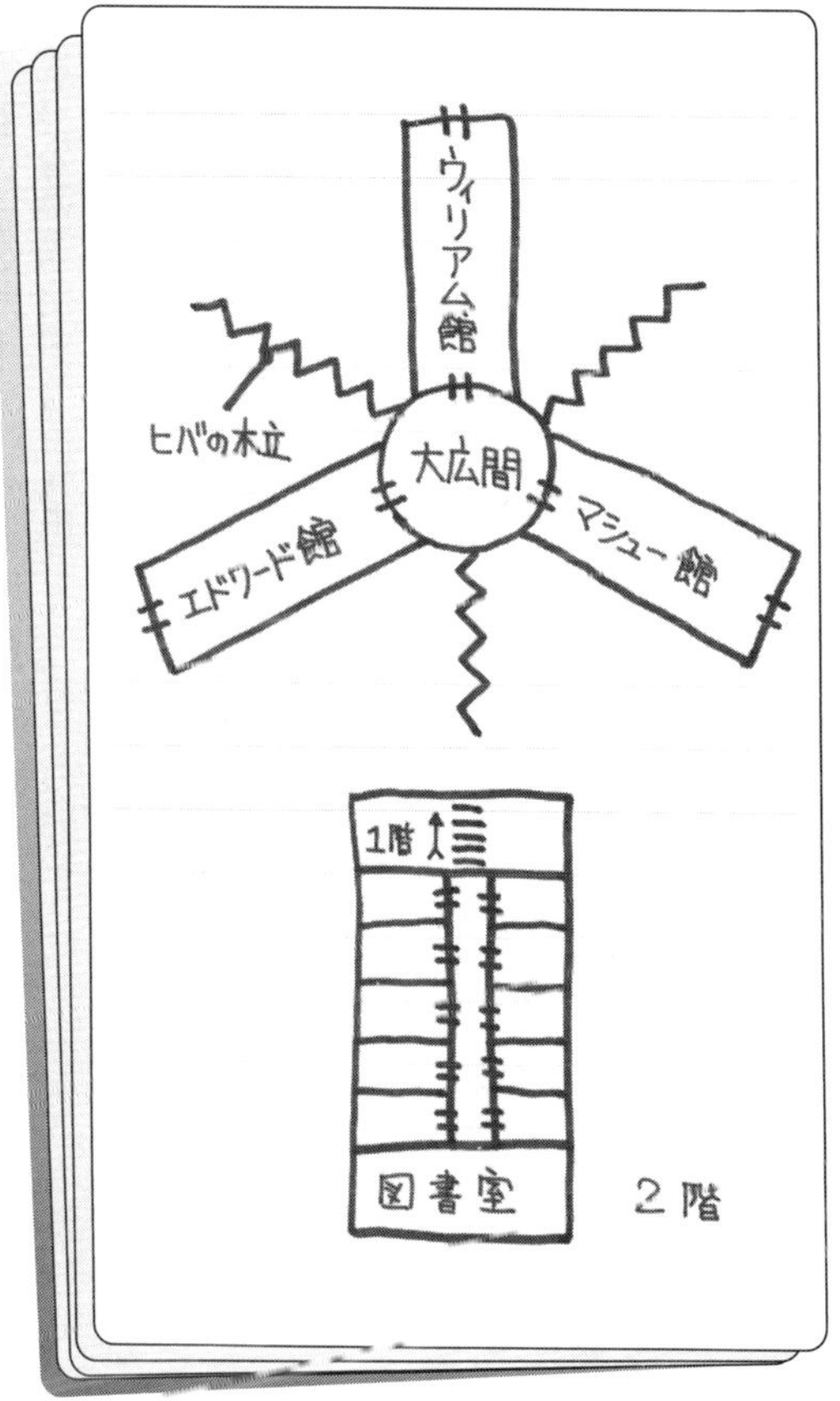
ウィリアム館
ヒバの木立
大広間
エドワード館
マシュー館
1階
図書室
2階

ルームが五つずつあり、突き当たりが図書室。

「では最後に〈エドワード館〉にまいりましょう」

冬木は階段を降り、大広間を経由して、「E」の扉に入る。

一階、地下、二階――ここも前二つと同じ造りだった。ただ、代わり映《ば》えはしないが、豪華さの程度も変わらない。最初の〈ウィリアム館〉だけでも現代の日本の標準を遥《はる》かに超えていたというのに、同じものがあと二つもある。それプラス円形の大広間である。

二階から玄関ホールに降りてきたところで、小田切の気持ちを平塚が代弁した。

「ええと、冬木君、あらためて尋ねるが」

「何でしょう」

「失礼を言うようですまないが、ここは本当に君の持ち物なのかね?」

「そうです」

「しかし冬木君、君は一介《いっかい》のサラリーマンだったわけで、血を吐くような思いで働いたとしても、聡美さんがどれだけやりくり上手だったとしても、これほどの屋敷を新しく建てるのは不可能だと思う」

平塚はそして、同意を求めるような表情を招待客たちに向ける。

「皆さんが想像しているほど金はかかっていませんよ」

冬木は顔の前で手を振った。そう聞かされても平塚は納得がいかない様子である。冬木は言う。

「謙遜《けんそん》しているわけではありません。ちょっとしたからくりがあるのです。種明かしをすると白けてしまうので明かしたくはないのですが……、いいでしょう、一つヒントをさしあげましょう。正直申しまして、建設資金は不足していました。以上」

「なんだよ、それ。金が足りなくて、サラ金回りしたってこと？」

水城が突っ込んだ。

「もう一度申します。建設資金は不足していました。ネタバレになってしまうので、これ以上は申せません」

「ネタバレ？」

「申し遅れましたが、本日の宴は、ただの食事会ではありません。館にふさわしい余興を準備しております。今宵《こよい》、この館で一つの惨劇が発生します」

「え⁉」

四人の招待客は一様に目を剝いた。

「もちろん本当の惨劇ではありません。推理劇、探偵もののお芝居を催すことになっております」

「ミステリーツアーみたいなものかい？　旅先で推理問題が出され、ツアー参加者が答える」

小田切は言った。

「そのように考えていただいて結構です」

「また、ごっこかよ」

岩井が顔を顰《しか》めた。

「先程申したことは、その推理劇を解くうえでのヒントです。それから、館の中を隈《くま》なく案内さしあげているのも、推理劇のためなのです。ありがちな部屋ばかり見せられ、飾られた美術品や建築技法についての説明もなく、さぞ退屈だったことでしょう。しかし何事にも手続きは必要です。特に探偵小説においては。これから事件が起きるとして、その前にすべてをお見せしておかないとフェアじゃないでしょう?」

そして満面笑顔で手を打ち合わせる。

「さあ、そろそろ晩餐《ばんさん》の時間です。惨劇が先だと、食欲がなくなるかもしれませんからね」

彷徨《さまよ》う鎧《よろい》武者

「イギリスの文豪サマセット・モームは、『イングランドで充実した食事を摂《と》ろうと思うのなら、朝食を三度摂ればいい』との言葉を残しています。朝食以外は食べるに値《あたい》しない、イギリスの食べ物はそれほどまずい、というわけです。けれどそれはあまりに自虐《じぎゃく》的すぎる。作る人が作ればこのとおりです」

冬木は西洋山葵《ホース・ラディッシュ》の付いたローストビーフを口に運ぶ。

「豊村《とよむら》にはフランス料理の心得もありますからね。彼のグレイビーソースは何度食べてもうっとりさせられます」

聡美夫人がナプキンの端で口元を拭《ぬぐ》う。豊村というのはこの館の料理人で、先程自ら移動配膳台《トローリー》を押してやってきて、銀盆の上でローストビーフを切り分けた。

晩餐会《ばんさん》は大広間で行なわれている。照明は暗く、それが時代がかった雰囲気を醸《かも》し出している。

テーブルを飾るのは伝統的なイギリス料理である。館のルーツ（実は冬木が作った話であるのだが）を考えてそうしたのだろう。シェリー酒にはじまり、とろけるようなランカシャー・チーズ、豚の脂肪と血で作ったブラック・プディング、牛の腎臓を使ったキドニー・パイ、ドーバー・ソウルことシタビラメのムニエル、ヨークシャー・プディングの添えられたローストビーフ。癖《くせ》のある素材も少なくないが、冬木夫妻が言うように、味のほうは確かである。

黒服の執事がデザートの皿を並べる。映画から抜け出てきたようなメイドがコーヒーカップを配る。

「イギリス料理にコーヒーはないだろう。寿司屋のアガリが烏龍茶《ウーロン》だったら嫌だぞ、俺は」

カップを口に運びながら平塚が笑った。

「イギリス人が紅茶しか飲まないというのは大いなる誤解ですよ」

冬木は微笑み、ところで、とナプキンを置く。

「この三星館には一つの言い伝えがありまして、鎧《よろい》武者の亡霊が現われるというのです」

「亡霊？」

水城がコーヒーを吹き出した。

「鎧武者といっても、日本の戦国武将ではなく、西洋の甲冑を着た騎士です」

「それで？　騎士の亡霊って？」

「館の中を彷徨《さまよ》うのです。親友に裏切られた無念が凝《こ》り固まり、成仏できずにいるのです」

「イギリスなのに成仏はないだろう」

小田切はツッコミを入れる。

「館のどこに出るんだ？　いつ出るんだ？　人を襲うのか？」

水城が身を乗り出す。

「馬鹿。何を真剣になってるんだ。それもこいつの作り話なんだろうが」

岩井が眉を寄せた。もちろん創作ですが、と冬木は平静な表情で前置きして、

「間もなく起きる惨劇と関係する伝説でもあるのです。ですからぜひとも皆様の耳に入れておかねばと思いましてね」

「惨劇と関係？　するとやはり、剣を振り回して人を襲うのか？」

水城はさらに身を乗り出す。

「一年の歳月を経て完成したスリースター・ハウスで、フィッシュボーン三兄弟の新しい生活が始まりました。三人は亡き父の言葉を守り、力を合わせて領地を治めます。大きなトラブルもなく、領民からの信頼も得られ、つつがなく五年の月日が流れました。そんなある日のこと」

冬木はそこで言葉を止め、マッチを擦《す》って海泡石《メシヤム》のパイプに火を点《つ》けた。紫煙をうまそうにくゆらせ、そして彷徨う鎧武者について語り始める。


ある春の日のこと。

スリースター・ハウスに一人の訪問者があった。ゴードン・フィッシュボーン、三兄弟にとっては叔父《おじ》にあたる人である。

このゴードンという叔父は、一族の中でも変わり者として通っていた。与えられた領地をほったらかし、風の向くまま気の向くまま、馬に跨《またが》ってイングランド全土を放浪して

いるのだ。旅に飽《あ》きると、近くの親族の居館を訪ね、新たな旅心が湧《わ》くまで怠惰《たいだ》な時間を過ごす。スリースター・ハウスへも何の前触れもなくやってきた。身分は高いというのに従者もつけず、着の身着のままであった。

ゴードンは、変わり者であるだけでなく、嫌われ者としても通っていた。彼は二百五十ポンドもの巨漢で、人の三倍も四倍も飯を食らい、一日にワインを半ダースも開けてしまう。いや、単に飲み食いするだけなら、まだいい。厄介《やっかい》なのは、酔っぱらっては、俺が若かった頃はと説教を垂れ、俺が若かった頃にと自慢話を繰り返すことだった。

その春のスリースター・ハウス滞在時もそうだった。ゴードンは食べて飲んでくだを巻き、三兄弟はほとほと手を焼いていた。三日、四日は我慢できても、一週間、十日ともなると、鬱陶《うっとう》しさに耐えきれなくなる。叔父の相手をさせられることで仕事にも支障をきたす。常にストレスが溜まっている状態なので、些細《ささい》なことで兄弟同士の諍《いさか》いが起きてしまう。

とはいえ、目上の人間なので、帰れとはっきり言って追い出すことはできない。旅をするにはいい季節ですねと誘い水を向けても、まるで感じてくれない。ゴードン叔父の居《い》候《そうろう》は続く。夜更けまで酒を飲み、日が高くなるまで寝ている。

怪異が発生したのは、ゴードン叔父滞在中のある日のことだった。

ギシギシという不快な音でゴードンは目覚めた。ベッドから体を起こすと、窓の外はすでに明るくなっていた。

ギシギシと、また音がした。金属をこすり合わせるような音だ。ゴードンは眠たい目をこすりながら音の方に首を動かした。

ドアの前に甲冑があった。なんだ甲冑かとゴードンは思った。しかしなんで玄関ホールに飾ってあった甲冑がここにあるのだろう。そうぼんやり思った時であった。

ギシギシと音がした。そしてその音につれて、甲冑の右手が動いているではないか。右手には長剣が握られている。ギシギシ、ギシギシと音がして、少しずつ、少しずつ、剣が持ち上がっていく。

音が鳴り止んだ。剣は冑《かぶと》の横まで持ち上がり、静止している。しかし次の瞬間、ビュンと一閃《いっせん》、空気が切り裂かれた。ゴードンはギャッと声をあげてベッドを飛び降りた。まだ夢の中にいるのだろうか。

ギシギシ、ギシギシ、甲冑はぎくしゃくした足取りで部屋の奥に歩いてくる。つと立ち止まり、右手を顔の横まで持ち上げる。ビュンと剣を振り下ろす。甲冑はギシギシ音を立てて歩き、立ち止まり、右手を持ち上げ、それを繰り返す。

ゴードンはベッドの脇で腰を抜かしていた。人を呼ぼうとするが、喉《のど》の粘膜がくっついて剝《は》がれない。そうこうするうちに鎧武者はすぐそこまで迫ってきた。

とにもかくにもゴードンは体を動かした。四つん這《ば》いで鎧武者から逃げた。相手の動きが緩慢なのが幸いし、廊下に逃げ出すことができた。壁を手掛かりにして立ち上がり、誰か来てくれと助けを求める。声はまだ満足に出てくれない。足を縺《もつ》れさせながら廊下を進み、欄干に凭《もた》れかかって階段を降りる。誰か誰かと声をかけるが、誰も出てきてくれない。

大広間までやってきて、ゴードンはようやく人を見つけることができた。ウィリアムとエドワードだ。中央の丸テーブルでチェスを指していた。

「やあ叔父さん、おはようございます。本日のお目覚めの気分は？」

ウィリアムがにこやかに言った。

「来てくれ。変なのがいる。暴れてる。来てくれ」

ゴードンは喘《あえ》ぐように訴えた。兄弟はきょとんと顔を見合わせた。

「鎧武者だ。剣を振りかざして襲ってきた」

兄弟は揃って吹き出した。

「本当だ。部屋に鎧武者が入ってきたのだ。儂《わし》に斬《き》りかかってきたのだ」

「まあまあ、落ち着いてください」

ウィリアムが椅子を勧《すす》めてくる。ゴードンはテーブルの上の水差しを引っ摑《つか》み、ゴクゴクとラッパ飲みしてから、目覚めてからの怪異を説明した。

「叔父さん、解りましたよ。昨夜の酒がまだ残っているのです」

聞き終え、エドワードが笑った。

「馬鹿者！　儂は素面《しらふ》だ」

「どうして叔父さんが騎士に襲われなければならないのです。そもそも甲冑姿の騎士なんて、いつの時代の話です。そいつはいったい何のために叔父さんの部屋に現われたのです。泥棒ですか？　泥棒がどうしてそんな格好をしなければならないのです。変装ですか？　甲冑なんか着たら逃げ足が遅くなるだけでしょうに」

「うるさい！　訊《き》きたいのは儂だ。訳《わけ》が解らんから、ぶったまげておるのだ」

「ここでやいのやいの言っても始まらない。この目で確かめればはっきりすることだ」

長男らしく落ち着いた様子でウィリアムが割って入った。

「よし。武器を用意しろ」

ゴードンが立ち上がる。

「いりませんよ。何もいやしませんって」

エドワードが手を振りながらテーブルを離れる。

「どうしました？　騒がしいようですけど」

「M」のドアが開き、末弟のマシューが顔を覗かせた。

「アーサー王の命によりランスロットが現われたらしい」

「え？」

「お前はここで留守番だ。万が一俺と兄さんが斬り殺されたら、フィッシュボーン家を頼んだぞ」

エドワードは笑いながら大広間を出ていく。ウィリアムが続き、ゴードンも少し離れて後を追う。

ゴードンが滞在していたのは〈ウィリアム館〉の二階、階段から見て廊下の左側の列の手前から二番目の部屋である。

「気をつけろ。静かに開けろ」

ゴードンが囁《ささや》き声で注意するが、エドワードはまるで聞こえなかった様子で勢いよくドアを開けた。そして、我こそはエドワード・フィッシュボーンなりと室内に躍《おど》り込んだ。

ギャッと悲鳴が上がった。

「どうした!?」

ウィリアムが血相を変えて飛び込んでいく。どうした、だいじょうぶか、と声がする。ドアの鏡板に抱きつくような格好で、ゴードンはおそるおそる中を覗き込んだ。

乱れたベッドの上でエドワードが大の字になっている。それをウィリアムが心配そうに揺すっている。鎧武者は見当たらない。

「どうした、エドワード。やつはどこだ?」

ゴードンは遠くから声をかけた。するとエドワードがぴょこんと起き上がった。

「冗談、冗談」

「馬鹿者！」

「ふざけるな。叔父さんは真剣なんだぞ」

ウィリアムが弟の頭を叩いた。ゴードンはあらためて室内を窺《うかが》った。鎧武者は影も形もない。

「逃げやがったか」

ゴードンは歯噛《が》みした。

「夢の世界にですか？」

エドワードがニヤニヤしながらベッドを離れる。ゴードンは彼の肩を掴んで命ずる。

「他の部屋を調べろ」

ウィリアムとエドワードが残りのベッドルームを覗く。異常なしと彼らが報告すると、ゴードンも覗いてみた。どの部屋にも鎧武者の姿はなかった。図書室も空っぽだった。それでもゴードンは納得できなかった。見た記憶が確かにある。

「下だ。下を捜せ」

と甥《おい》たちの背中を押し、自分も後ろについて階段を降りる。

玄関ホールには甲冑が何体か立っている。まったく恐れるふうもなく、エドワードが甲冑の一つに近づき、両手で冑を外す。顔は現われない。二体目も、三体目、四体目も、ただの鎧だった。

応接室、ベッドルーム、食堂と覗いていくが、甲冑は暴れていない。地下室にもいない。使用人を摑まえて尋ねるが、そのようなものは見ていないと異口同音に答える。

「外に逃げおったか」

ゴードンは唸《うな》った。しかしエドワードに言下に否定された。玄関の扉に閂《かんぬき》が掛かっていたからだ。建物の内側からしか操作できない閂である。加えて、昨今この領地内に強盗団が出没していることから、頑丈な鍵も掛かっていた。

「では窓から逃げたのだ」

しかしこれも即座に否定された。館の部屋の窓は、一階、二階を問わず嵌《は》め殺しとなっていた。部屋によっては天井近くに換気用の穴が穿《うが》たれているが、大人の拳《こぶし》も通らない。

それでもゴードンは納得できない。剣を振り回す鎧武者を確かに見たのだ。夢でなければ、過ぎた酒による幻覚でもない。外に逃げることが不可能であるなら、必ず館のどこかに留《とど》まっているはずだ。

「別の棟に逃げ込んだのだ。〈エドワード館〉か〈マシュー館〉に」

「それはないですよ。僕やマシューの居館に行くには大広間を通る必要がある。けれど大広間には僕たちがいました。鎧武者なんて通りませんでしたよ。いくらチェスに熱中していたとはいえ、そんなものが現われたら気づいたはずです」

「違う。儂が貴様たちを連れて〈ウィリアム館〉に戻った後だ。彼奴《きやっ》はその時すでに儂の部屋を出ていた。たとえば、二階の一番手前の部屋に身を隠していたのだ。そして儂らが儂の部屋に入ったのを見計らい、手前の部屋を出て階段を降り、大広間を経由して〈エドワード館〉か〈マシュー館〉に逃げ込んだ」

「だめですって。その時大広間にはマシューがいました」

「あ」

「そういう可能性もあろうかと、マシューを待機させておいたのです」

エドワードは誇らしげに言って大広間に入っていく。

「ねえ、いったい何の騒ぎなの」

テーブルに着いて待っていたマシューが不安そうに尋ねてきた。ウィリアムが掻《か》い摘《つま》んで説明する。それを聞くうちに、マシューの表情がいっそう強張《こわば》った。

「あの話は本当だったのか……」

「あの話？」

「うちに奉公に来ているモラン爺《じい》さんに聞いた話です。この辺りがまだ戦《いくさ》に明け暮れていた頃のこと、カイルとロバートという二人の若者が住んでいました」

カイルとロバートは幼馴染《なじ》みで、駆《か》けっこをするにも、馬の手綱《たづな》を操《あやつ》るにも、剣や弓の腕を磨くにも、常に互いを意識し、競《きそ》い合い、やがて二人は揃って立派な騎士になった。

騎士としての腕前は、剣にしても馬にしても、戦術の呑み込みも、カイルの方が勝っていた。挙《あ》げた首級《しゅきゅう》の数も倍違う。けれどカイルは一つだけロバートに敵《かな》わないものがあった。そのたった一つの事柄のせいで、自分は人間としてロバートに劣《おと》っていると思い悩むほどであった。

騎士団長の末娘にマーガレットという少女がいた。普段は、ズボンを穿《は》き、髪を縛《しば》り、男の子に混じって野山を駆け回っているお転婆《てんば》娘であったが、祝い事の席で髪を下ろし、ドレスに身を包むと、息を呑むような乙女に変貌《へんぼう》した。

カイルは彼女に恋をした。だが、六フィートの大男にも真っ向から斬りかかるカイルも、こと女性に関してはまったくの奥手であり、マーガレットを前にすると、たとえ彼女が泥塗《どろまみ》れであったとしても、その目を見て話すことができなければ、季節の花を手渡すこともできない。

そのマーガレットがロバートと婚約した。

カイルは消沈した。後ろから斬りつけられたような心地だった。壁に額《ひたい》を打ちつけ、愛《いと》しい人の名を繰り返し呟《つぶや》いた。それでいてロバートを前にしては、笑顔で祝福の言葉をかけている。そんな自分が嫌になり、酒に溺《おぼ》れるありさまだった。

刻々と婚礼が迫り来るある日のこと。カイルはロバートと二人で斥候《せっこう》に出かけた。道々、ロバートの頬は緩《ゆる》みっぱなしで、口も軽く、新生活への甘い夢を語っていた。カイルはそれに笑顔で相槌《あいづち》を打ち、心の中では憎悪の炎を燃やしていた。

丘を二つ越えて峠の頂《いただき》にさしかかった時である。前夜の雨で路肩《ろかた》が弱くなっていたからだろう、ロバートの馬がバランスを崩し、悲鳴にも似た嘶《いなな》きとともに二本の前脚を大きく持ち上げた。

その時カイルは悪魔に魅入《みい》られた。

カイルはロバートの斜め後方にいた。脇に抱えた槍《やり》を伸ばせば、ロバートの馬の後脚に届くと思われた。

カイルは槍を強く突いた。ロバートの馬の右後脚が奇妙な角度に捩《ね》じ曲がった。

馬は左の後脚一本で体重を支える。もちろん何秒も支えきれず、横様《ざま》に倒れる。倒れた側は崖《がけ》である。馬は四肢で宙を掻きながら眼下六十五フィートに落ちていく。ロバートを乗せたまま。

カイルは思いを遂《と》げた。悲しみに暮れるマーガレットの心の隙間《すきま》に忍び込み、彼女を我が手中に収めた。

「ロバートは死にました。しかし、許嫁《いいなずけ》と一緒になれなかった無念、親友に裏切られた衝撃が凝り固まり、彼の魂は天国の門を叩くことなく、亡霊となって地上に留まることになりました。今なお彷徨っているのです」

マシューは徐々に声を落とし、一同に目を配りながら口を結んだ。一瞬、大広間がしんとなった。

「馬鹿言ってるんじゃないよ。この世に亡霊なんているものか」

ウィリアムが大きな声で窘《たしな》めた。

「ともかく〈エドワード館〉と〈マシュー館〉を調べよう」

ゴードンが低く呟《つぶや》いた。心なし顔が蒼《あお》ざめているように見える。

「でも、ここにはマシューが詰めていたのですよ。もし僕やマシューの館に鎧武者とやらがいたら、それこそ亡霊になってしまいます。マシューの横を透明になって通過したわけですから」

「いいから調べろ!」

三兄弟の先導で、残り二つの館の捜索が行なわれた。だが鎧武者は見つからなかった。それぞれの館の使用人たちも、何も見ていない聞いていないと断言する。玄関の戸締まりも万全であった。

「夢ですよ、夢。今日からは、少し酒を控えられたほうがいいですよ」

エドワードに諫《いさ》められ、不愉快極まりないゴードンであったが、夢と解釈するしかないと、ひとまず引き下がった。納得はいかないけれど、ロバート某《なにがし》の亡霊と考えるよりは、まだ受け入れられる。

　ところがその翌日。

　ギシギシという不快な音でゴードンは目覚めた。ベッドから体を起こすと、窓の外はすでに明るくなっていた。

　眠い目をこすりながら、何だろうとゴードンは首を傾《かし》げた。似たような感覚を覚えたことがある。それもごく最近。

　ハッとして、ゴードンは振り返った。ドアを背に鎧武者が立っていた。剣を振り上げ、振り下ろし、ベッドに向かって歩いてくる。

　ゴードンは前日と同じように四つん這いで部屋を出、転げるように階段を降り、大広間に飛び込んだ。そして甥っ子たちに部屋を調べさせたのだが、前日同様鎧武者は影も形もなかった。

　その翌日も、さらに翌日も、ゴードンは鎧武者の登場で目覚め、しかし助けを求めて戻ってみると消えているという怪異に襲われた。

　そして五日目のことである。

　またも鎧武者が出現し、ゴードンは部屋を脱出した。ただ、前日までとは違い、玄関ホールでウィリアムと鉢合わせした。ゴードンはウィリアムの腕を摑み、二階に引っ張り、自分の部屋の前に立たせた。

ウィリアムはドアを細めに開け、隙間に目を押しつける。ゴードンも並んで目を凝らす。鎧武者がいる。剣を振りながら、ゆっくりとこちらに向かってくる。

「な、そうだろう。だから夢ではないと——」

ウィリアムが唇に人差し指を立て、そっとドアを閉めた。

「相手は剣を持っています。このまま飛び込んだのでは危ない」

「な、そう思うだろう。だから儂は武器を用意しろと——」

ゴードンはウィリアムに腕を引かれた。隣の部屋に連れて行かれる。

「とりあえず、やつを閉じ込めましょう」

ベッドを二人がかりで運び出し、ゴードンの部屋の前に置いた。ベッドの上にはテーブルや椅子も積んだ。

ウィリアムが階段に向かう。ゴードンも後に続く。二人は階段を駆け降り、大広間に飛び込んだ。中央のテーブルでマシューが新聞を読んでいた。

「武器だ。武器を出せ。叔父さんはここで待っていて」

ウィリアムはゴードンを椅子に座らせ、呆気《あっけ》にとられるマシューの腕を引いて広間を出ていく。

ゴードンが水を飲んで気を落ち着けていると、剣に盾《たて》、戦斧《せんぷ》や槍を持って二人が戻ってきた。ウィリアムを先頭に、三人は勇躍大広間から出撃した。

二階の廊下には防塞《ぼうさい》が築かれている。ドアに密着しており、動かされた様子はない。三人は音を立てないよう注意して、ベッドの上からテーブルと椅子を降ろし、しかる後にベッドをドアの前から除《の》けた。

ウィリアムとマシューが目配せする。一、二の三で呼吸を計《はか》り、マシューがドアを開け、ウィリアムが鬨《とき》の声を上げて室内に躍り込む。

だが——そこに鎧武者の姿はなかった。入口は封鎖されていたというのに、忽然《こつぜん》と消えてしまった。窓が破られていることもない。

ただ——武者の痕跡《こんせき》は残っていた。ベッドの中央に鈍色《にびいろ》に輝く長剣が突き立っていたのだ。

「ロバートの亡霊だ。空気となって出ていったんだ。亡霊だ、亡霊……」

マシューが譫言《うわごと》のように繰り返した。今度はウィリアムも否定しなかった。長剣の柄に手を添え、わなわなと唇を震わせている。

その日、ゴードンは馬に飛び乗ってスリースター・ハウスを後にした。

もう一つの伝説が語られる

「鎧武者の正体は三兄弟の誰かだ」

冬木が話を終えると、待ってましたとばかりに水城が言った。

「厄介者の叔父を追い出すために脅かしたのさ。カイルとロバートの逸話も、もちろんでっちあげ。最後のエピソードにおいて、ウィリアムとマシューは出てくるが、エドワードが出てこない。エドワードが鎧を着て暴れていたのだ」

「すると最初のエピソードではマシューが演じていたんだな。彼は遅れて大広間に現われている。ゴードンが部屋を逃げ出した後、鎧を脱ぎ捨て、すっとぼけた顔で大広間にやってきた」

平塚が顎《あご》に手を当てて頷《うなず》く。

「しかしマシューは自分の住まいの方から大広間に現われたんだぞ。〈マシュー館〉から。一方、鎧武者が出たのは〈ウィリアム館〉だ」

小田切が疑問を呈した。〈ウィリアム館〉で鎧を脱ぎ捨てたマシューが〈マシュー館〉から大広間に現われるには、館の外を回ってくる必要がある。〈ウィリアム館〉の玄関から外に出、〈マシュー館〉の玄関から中に入る。ところがいずれの玄関の扉にも閂と鍵が掛かっていた。マシューがあらかじめ鍵を用意しておけば〈ウィリアム館〉の玄関から外に出ることはできるが、しかし〈マシュー館〉の玄関から中に入ることはできない。鍵は開けられても閂が掛かっている。閂は外からは決して操作できない。

「簡単な話じゃないか。〈マシュー館〉の玄関の閂はそもそも外れていたんだ。マシューが中に入った後、彼が自分で閂と鍵を掛けた」

　水城が即座に答えた。

「いや、だめだ。〈マシュー館〉の玄関はそれでいいとして、〈ウィリアム館〉の方は？　マシューが外に出た後、閂は外れた状態になっている。それを外からどうやって掛ける。不可能だ」

「君には昼間の月が見えていない。その姿を中天に堂々と曝《さら》しているというのに、昼間に月が出ているわけがないと思い込んでいる」

　水城は芝居がかった調子で人差し指を立てて、

「〈ウィリアム館〉の方の閂を掛けたのは召使いだ」

「ずいぶん都合《つごう》のいいこともあるもので。マシューが出ていった後、たまたま玄関を通りかかるとはな」

「ああ、君はまだ滑稽《こっけい》な論理的陥穽《かんせい》に嵌《はま》っているね。たまたまではない。召使いもぐるなのだよ」

「何だと？」

「召使いたちにとってもゴードンは厄介者だったのだろうから、喜んで協力したさ」

「うん、そうだ。使用人が協力したと考えないことには説明のつかないことが他にもある」

平塚が言う。

「ベッドルームに閉じ込めた鎧武者が消えたのは何故《なぜ》だ？　入口はバリケードで封鎖されていた、窓は嵌め殺し。この密室から脱出するには絶対に第三者の力が必要だ。しかしウィリアムとマシューはゴードンと行動をともにしていたから協力できない。となると、答はこれしかない。ウィリアムとゴードンが武器を取りに行っている間に使用人がバリケード封鎖を解き、鎧武者に扮《ふん》したエドワードを部屋から出し、しかる後、バリケードを元に戻しておいた」

と自分の言葉に頷き、なあそうだろうと冬木の顔を窺う。

「使用人は無関係です」

冬木は凜《りん》とした声で言った。

「は？　当てられて悔しいからといって嘘《うそ》を――」

「使用人は誰一人関係していません。ヴァン・ダインも厳しく戒《いまし》めています。使用人を犯人として選んではならないと」

「それは探偵小説の作法であって、現実には使用人も中国人も罪を犯す」

水城が言った。冬木が白い歯を零《こぼ》す。

「これも探偵小説です。私が創作した」

「いやまあ、それはそうだけど……、しかし使用人を犯人としてはならないというのは、一時代も二時代も前の探偵小説のルールだ」

「古典的な館で起きた古典的な事件です。古典的なルールに則《のっと》って話を組み立てています」

「じゃあ、使用人が絡《から》んでいないとして、正解は何なんだよ」

水城は怒ったように言う。

「隠し扉でもあったんだろうよ」

平塚も不貞腐《ふてくさ》れ気味だ。

「そういうエレガントさに欠けるトリックは使っていません」

「おい、どうなってると思う」

水城が岩井に振った。しかし岩井は、知るかとばかりにあらぬ方に目をやって煙草を銜《くわ》えた。

「真相の説明は後に譲《ゆず》ります。今は、過去にこの館でそういう出来事があったということだけ頭に入れておいてください」

冬木は掌《てのひら》の中でパイプを転がして、

「さて、この館にはもう一つ不思議な話が伝わっておりまして、これも今晩の事件といささか関わりを持ってくることなので、皆様のお耳に入れておかねばなりますまい。先程の幽霊譚《たん》に較べれば、ごく短いエピソードです。

その前に、フィッシュボーン家のその後について簡単に触れておきましょう。マシューは三十を前に命を落としました。妻と三人の子供を伴《ともな》ってロンドンに観劇に出かけた際、劇場裏の通りで家族ともどもメッタ突きにされてしまったのです。犯人はアヘン中毒の狂人で、当時ロンドンを震撼《しんかん》させていた切り裂きジャック事件に勝るとも劣らない凶悪な犯罪でした。

ウィリアムとエドワードは悲しみのあまり、抜け殻《がら》のような日々を送ります。いつになっても悲しみが癒《い》えることはなく、荒療治として、マシューの思い出の品をことごとく処分します。マシューという弟は最初からこの世に存在しなかったのだと思い込もうとします。しかしどんなに努力したところで思い出を消すことは不可能です。

そしてマシューがいなくなったことで、三本の矢が二本になってしまいました。三であったからこそ保たれていた強度は失われ、バランスも崩れ、フィッシュボーン家の没落は時間の問題でした。事実、その後間もなくして、ウィリアムとエドワードは領主の座を追われることになりました。スリースター・ハウスも人手に渡り、二人は何処《いずこ》とも知れず落ち延びていきました。

閑話《かんわ》休題、時代は一九四五年の夏に飛びます」

この年の五月、ナチスドイツの無条件降伏により、五年八ヵ月にも及んだヨーロッパ戦線は終結、イングランドの大地にも平和が戻ってきた。もうメッサーシュミットの編隊やV2ロケットを恐れなくてよいのだ。

　八月のある日、スリースター・ハウスにかわいらしい訪問者があった。デイビッド・スミスという十歳の少年である。

　デイビッドがスリースター・ハウスを訪ねたのは、当館にまつわるある噂《うわさ》を確かめるためであった。ある噂とは、スリースター・ハウスに鎧武者の亡霊が出るというものである。かつてスリースター・ハウスで怪異を体験したゴードン・フィッシュボーンの口から広まった噂なのだろう。

　デイビッド・スミスはまだプライマリー・スクールの五年生でしかなかったが、しかしその歳《とし》にしてはなかなか狡賢《ずるがしこ》かった。幽霊を見に来ましたと正直に言ったのでは門前払いされるであろうと考え、道に迷ったふりをして館のドアを叩いた。しかも、到着を暗くなってからとし、帰るに帰れないことをアピールするというしたたかさであった。

　計算はまんまと当たり、デイビッドは一晩スリースター・ハウスに泊めてもらえることになった。あてがわれた部屋は〈ウィリアム館〉二階の一室である。しかし期待に反して、その晩デイビッドの前に鎧武者の亡霊は現われなかった。翌朝目覚めても部屋に鎧武者の姿はない。

　朝食をご馳走《ちそう》になった後デイビッドは、そろそろ帰りなさいと促《うなが》されるが、彼はここでも悪知恵を働かせ、腹の具合が悪くなったと出任《でまか》せを言って滞在を延長した。そして休んでいるふりをしてベッドルームを抜け出し、〈ウィリアム館〉の他の部屋を覗いてみた。そこで鎧武者を見つけられなかったら、次に大広間を経由して〈エドワード館〉も探索した。しかし〈エドワード館〉でも鎧武者との遭遇は叶わなかった。

デイビッドは落胆して大広間に戻り、残るもう一つの「M」のドアに近づいていった。近づくにつれ、彼の落胆は期待に変わった。その両開きの扉の取っ手には鉄の鎖が幾重にも巻きつき、箱形の大きな錠前が下りている。

この奥に亡霊がいるとデイビッドは直感した。扉の向こうに閉じ込め、厳重に封印してあるのだ。とはいえ、鍵が掛かっていては扉を開けることはできない。

デイビッドが虚《むな》しく鎖をガチャガチャやっていると、〈ウイリアム館〉に通じる「W」のドアが開き、一人の老人が現われた。スリースター・ハウスの現当主ジョン・パーカーである。

「腹の具合はもう良いのかな?」

パーカー老はたわわな頬を揺らして笑った。狡猾《こうかつ》なデイビッドは、この場をごまかすのは得策ではないと判断し、訪問の目的を正直に明かし、嘘をついてごめんなさいと繰り返した。

「亡霊などおりゃせんよ。まったく、あらぬ噂が立って困りものだわい」

そう言われてもデイビッドは納得できない。出てきて暴れ回らないよう、この扉の奥に閉じ込めているのだろうと詰め寄った。すると老人はやれやれと首を振って、待っていなさいと大広間を出ていった。

パーカー老は鍵束を持って戻ってきた。鎖に下がった錠を外し、取っ手を縛《いまし》めていた鎖を解く。

「さあ、鎧武者が出るか、ゴブリンが出るか、その目でしかと確かめるがよい」

デイビッドは頷き、生唾《なまつば》を飲み込みながらドアを開け、封印されていた世界に足を踏み出した。そして彼は見た。

「えっ⁉」

驚愕《きょうがく》の光景に、デイビッドはただ立ち尽《つ》くすしかなかった。

死ぬのは貴様だ

「デイビッド少年を驚かせしめたものは何だったのでしょう。剣を振り回す鎧武者でしょうか、血に染まった天井でしょうか。それとも？　いやいや、この場で答えていただかなくて結構です。今はただ、過去にかような出来事があったということだけを憶《おぼ》えておいてくだされば と思います。長い前置きにお付き合いくださり、まことにありがとうございました」

冬木は講談師のような調子で話を結ぶと、

「さていよいよお待ちかね、本編となる殺人劇の始まりであります。お手数ですが、まずは私の近くにお集まりください」

聡美夫人を除いた四人が緩慢に席を立ち、冬木のそばに寄っていく。

冬木は一組のトランプを取り出し、その中から何枚かを選別してテーブルの上に並べた。クラブの10、J、Q、K、Aの五枚である。冬木はその五枚を裏返すと、両手で隠すようにして丹念に掻き混ぜ、さあどうぞと一同を促した。一枚引けということらしい。小田切は一番左の一枚に手を出した。続いて、水城、平塚、岩井とカードを選んでいき、最後に残った一枚を冬木が手元に引き寄せた。

「表を向けてください」

小田切のカードはKだった。水城は10、平塚はJ、岩井はA、冬木はQである。

冬木はタキシードの内ポケットから封筒を取り出した。五通あり、それぞれの表には、10、J、Q、K、Aと記されている。小田切にはKの封筒が渡され、残りの封筒もカードと対応して配られた。

「中の紙を読んでください。ただし、声に出してはいけません。他の人に見せても」

「待てよ。いいかげん、どういうことか説明しろよ」

岩井が憮然《ぶぜん》と言った。

「役決めです」

「役？」

「殺人劇の配役です」

「おい、まさか、劇というのは、俺たち自身がやるのか？」

岩井が目を剝いた。冬木はにっこり微笑んで、

「人の演技を見せられるよりも、自分が舞台に立ったほうがわくわくするでしょう？　封筒の中には各役ごとのシナリオが入っています。そのシナリオに沿って惨劇が発生し、その後推理合戦が繰り広げられるわけです」

「馬鹿馬鹿しい。この歳になって、そんな学芸会みたいなことができるか」

「大学時代、犯人当てクイズを出しっこしたじゃないですか。これはその実演版です」

「じゃあ、どっかの学生を集めてやることだな」

「当時に立ち返って考えてみてください。もしあの頃資金があったなら、こういうリアル犯人当てクイズをやったと思いませんか？　今その夢を実現するのです」

「だから、俺たちはもう学生じゃない。いい大人だ。大人も大人、爺《じい》さん扱いされても文句の言えない歳だ。探偵ごっこなんて子供じみた遊びができるか。孫の相手をしているんじゃないんだぞ」

「とんでもない。本物の館を舞台とした推理劇——子供にこんな遊びはとうてい無理です。財力のある大人だからこそ実現可能な贅沢《ぜいたく》な遊びです」

「屁《へ》理屈はたくさんだ。規模がどうあれ、ごっこはごっこ。俺は遠慮する」

岩井は封筒をテーブルの上に叩きつけた。すると冬木は突如として立ち上がり、かっと目を見開いて、

「いい歳した大人のたしなみは俳句ですか？　囲碁ですか？　ゴルフですか？　トローリングですか？　いい大人になってから、邸宅の一室を鉄道模型のジオラマで埋め尽くすお金持ちがいますが、あれも子供じみた行為だと非難しますか？　キングサーモンのトローリングとザリガニ釣り、獲物を待つ時の気持ちに違いがありますか？　貴方はごっこごっこと蔑《さげす》んでいますが、そもそもこの世はごっこの上に成り立っているのですよ。原価二十円の紙切れに一万円の価値を与えている貨幣制度、これがごっこでなくてどうします」

岩井を睨《にら》み据《す》え、咳き込むほど早口で捲《まく》し立てる。

「岩井さん、お願いします。どうかこの人に付き合ってやってください」

聡美夫人が割って入った。

「こうして館で推理劇を行なうことがこの人の夢だったのです。もう二度とこんなことには巻き込みませんから、どうかお願いします」

潤《うる》んだ目で訴えられると、岩井も折れるよりほかない。舌打ちをくれて封筒を取り上

げ、封をびりびりと破る。

「中の紙の頭に『犯人』と記してあるものが一つだけあります。それを引いた方が犯人役です。だめですよ、手なんか挙げては。この先、決して他人に気づかれないようシナリオを遂行《すいこう》してください」

冬木はもう穏やかさを取り戻している。小田切も封を切った。中の紙を少しだけ広げ、頭の部分を窺う。

「『被害者』と書いてある紙も一つだけあります。それを引いた方は申告してください」

平塚が手を挙げた。

「おめでとうございます。被害者が一番楽な役です」

「あ、そう」

「『犯人』とも『被害者』とも書かれていなかった三人が事件の推理を行ないます。もっとも、シナリオを書いた私は真相を知っているので、推理するふりだけになりますが。それと、犯人も表面上は無実を装《よそお》って推理に参加します。犯人役の方は、自分の犯行が暴《あば》かれないよう、他の人を間違った道に誘導してくださって結構です。被害者役の方は犯人の顔を見てしまうことになるので、それを明かさないよう注意してください」

「聡美さんは参加しないの？」

水城が尋ねた。

「申し遅れました。参加しますが、家内は脚が悪いので、動かなくて済む役をあらかじめ割り当てておきました。ご理解ください」

冬木は新たに封筒を一通取り出し、傍《かたわ》らの聡美夫人に手渡した。

「他にご質問は？　なければ推理劇の幕を開けましょう。題して『三星館殺人事件』」

そして惨劇が起きる

三星館の大広間。

冬木統一郎、聡美夫妻、岩井信、平塚孝和、水城比呂志、小田切丈史の六人は、スコッチを飲みながら、中央の大テーブルでカードゲームに興じていた。外国の探偵小説のようにコントラクトブリッジと洒落《しやれ》込みたいところだが、残念ながら六人ともにその嗜《たしな》みがなく、セブンブリッジでお茶を濁《にご》していた。

午後十時、欠伸《あくび》をしながら平塚が席を立った。

「朝が早かったからそろそろ休むとするよ。お先に」

小田切も後を追うようにテーブルを離れる。

「俺も、ちょっと失礼」

平塚と小田切は「W」の扉から大広間を出た。〈ウィリアム館〉の廊下を玄関の方に歩いていく。

「話を聞かされた時にはくだらないと思ったんだけど、実際始めてみると、ちょっとわくわくするものがあるね」

平塚が薄く笑った。

「お前はこれから自分のベッドルームに行くのか？」

小田切は尋ねた。

「そう」

「で、寝込みを襲われるわけだ」

「それは……、教えていいのかなあ」

「まあいいさ。うまく殺されてこいよ」

「案外、お前が殺しに来るんじゃないの？」

「そうかもな。じゃあ、俺はこっちだから」

小田切はニヤリと笑い、浴室の方に折れた。小用を足し、手を洗った後、ズボンのポケットから封筒を取り出してシナリオを確認する。シナリオと呼ぶにはあまりに簡単なメモである。

十時に「被害者」とともに大広間を出て、〈ウィリアム館〉の浴室で小用を足す。

十時五分、大広間に戻る。

十時二十五分、誰かが小用に立つので、その者と一緒に〈ウィリアム館〉の浴室に行き、自分も用を足す。相手はビリヤードを誘ってくるが、断わり、一人で大広間に戻る(十時三十分)。
※会話はアドリブで。

シナリオ通り、小田切は十時五分に大広間に戻った。

十時十五分、冬木が席を立った。

「二、三、仕事を片づけてまいります。お客様がいらしてるのに無粋《ぶすい》なことをして申し訳ございません。すぐに戻りますので、そのままおくつろぎを」

と「M」のドアから出ていく。

十時二十分、岩井が席を立った。

「酔いを醒《さ》ましてくる——という台詞《セリフ》を吐いて〈エドワード館〉に行けと書いてあったから、そうする」

と仏頂面《ぶっちょうづら》で「E」のドアから出ていく。

十時二十五分、水城がトイレに立った。

「俺もまた行きたくなった。飲み過ぎかな」

小田切も大広間を出て〈ウィリアム館〉の浴室に向かう。用を足し終え、水城が言った。

「トランプも飽きたし、撞球室で一勝負しないか？」

「お前、ビリヤードなんて洒落たことができるのか？」

小田切は笑う。

「できないさ。シナリオに書いてあったから誘っただけ」

「俺は大広間に戻る。シナリオにそう書いてあるからな」

「で、こっそり平塚を殺しに行くと」

「解ってるじゃないか。じゃあな」

小田切は大広間の方に足を向けた。水城は撞球室の方に歩いていく。

十時三十分、小田切は大広間に戻った。テーブルでは聡美夫人が一人、クロンダイクをやっていた。冬木と岩井はまだ戻ってきていない。小田切は少し迷った後、思い切って彼女に話しかけた。

「息子さん、亡くなられたそうですね。お悔やみも差しあげず、申し訳ありませんでした」

「そんな、謝られないでください。何も知らせなかったのはわたくしたちなのですから」

聡美夫人は笑顔で手を振った。だが、どこか表情に力がない。

「繁田君の体の具合はどうなんですか？　あ、すみません、つい昔のように呼んでしまって」

小田切は頭を掻いた。

「繁田君でいいですよ。おかげさまで、わたくしの方は落ち着いています。車椅子にも慣れましたし」

「しかし、こんな山の中に越してきたのでは通院が大変でしょう」

「今はもう隔月の定期検診だけですし、主人がついていてくれますし。ところで小田切さん、わたくし、病名について申しあげましたかしら」

「婦人科系統のご病気だとは」

「癌《がん》でしたの」

「え？」

「いちおう手術は成功したのですけど、もしも三年以内に再発したら、その時は余命が半年から一年だと、そんな宣告を受けちゃって」

「それは……」

「でも、三年経ったけど、再発してないから大丈夫」

夫人はくすりと笑った。

小田切は何と応じてよいかわからなかった。この非現実的な館の中で現実的な病気の告白。実に奇妙な感覚だった。これも芝居なのだろうか。

「お待たせしました。思いがけず手間取ってしまいました。申し訳ありません」

口籠《ごも》る小田切に助け船を出すように冬木が戻ってきた。十時三十五分のことである。

十時四十分、岩井が戻ってきた。

「本当に酔いが醒めた」

首を竦《すく》め、自分の両肩を抱いて、ぶるっと震えた。

十時四十五分、水城が飛び込んできた。

「おい、みんな来てくれ。平塚が死んでる」

「芝居にしろ、実名入りのそういう台詞を聞くのはあまり気持ち良くないな」

岩井が顔を顰めた。

水城の先導により、全員が大広間を出て、〈ウィリアム館〉の廊下を進んでいった。車椅子の聡美夫人を玄関ホールに残し、残りの四人は階段を昇る。

事件現場は〈ウィリアム館〉の二階、階段から見て廊下左側の列の手前から二番目の部屋である。つまり、その昔ゴードン・フィッシュボーンが怪異に遭遇した部屋でもある。

平塚はベッドの手前に俯《うつぶ》せで倒れていた。冬木はその横にしゃがみ込み、手首や首筋に指を当てる。徹底した演技ぶりだ。

「よせよ、くすぐったい」

平塚が身悶《みもだ》えした。

「死体は動いちゃならん」

水城が忍び笑った。

「さて、どうしましょうか」

手をはたき合わせ、冬木が一同の顔を窺った。

「これが現実なら、何はともあれ警察を呼ぶわけだが、そうしたのでは推理劇にはならないわけで」

「警察は呼べませんよ。折からの嵐で電話線が切れてしまいましたから。車で呼びに行くのも無理です。途中、崖崩《がけくず》れが発生しています」

「ほう、嵐ね」

窓ガラスに顔を押しつけ、岩井が呟いた。外は満天の星だ。

「台風一過の晴天です」

「劇なんだから現実の天候はどうでもいいだろう。設定としては、当然、この館は携帯電話の使えないエリアにあると」

小田切が言う。

「そうです」

「仕方ない。警察を呼べないのなら、警察に代わって犯人を探すしかないな」

「では皆さん、現場の状況をよく観察してください」

死体の頭のそばに真鍮《しんちゅう》製のペーパーウエイトが落ちている。小田切はそれを指さして、

「これが凶器ということでいいのかい？」

「はい。それで後頭部を殴打《おうだ》されていました」

死体の周囲に落ちている物は凶器だけである。死体が何かを握っていたり、ダイイングメッセージを残しているということもない。

他に目につく点はというと、机の上の灰皿に煙草の吸い殻が二本残されていることくらいだ。二本とも根元まできっちり喫《す》われている。

部屋が荒らされた様子はない。クローゼットの中に収められた平塚の荷物もそのままだ。

窓は嵌め殺しで、破れも罅《ひび》もない。

冬木が手を叩いた。

「現場検証はそのくらいで。毛髪がどうのとか、指紋がどうのとか、そういう一目見ただけでは解らないようなネタは仕込んでいませんからご安心を」

「そろそろ起きていい？」

平塚が苦しそうに首を持ち上げた。冬木はそれを無視して、

「通常は警察が到着するまで現場を保存しなければなりません。ですが先程申しましたよ

うに、この館は現在外の世界から完全に孤立《こりつ》しています。警察の到着がいつになるかわからない。それまで死体をこのままにしておくというのは、死者に対する礼儀としていかがなものかと思います。そこで、死体はベッドに移してはと思うのですが、いかがでしょう」

この提案に異を唱える者はなく、小田切、岩井、水城の三人で平塚の体を持ち上げ、ベッドに運んだ。その間冬木は、ハンカチを巻いた手でペーパーウエイトを拾いあげ、机の上に置いた。

平塚はベッドの中央に仰向けで寝かせ、両手を胸の前で組み合わせ、頭から毛布を掛け、ベッドカバーも掛ける。

「おお、神よ。哀れなこの者に永遠の安らぎを」

水城が胸の前で十字を切る。

「そういうことはやめろって。なあ、ベッドに移してくれたのはありがたいが、いつまでこうしていなければならないの?」

死者が情けなさそうな声を出す。

「後で呼びに来ますから、それまではここで死体を演じていてください」

冬木が言った。

「そうそう。暇だからといって、館の中をうろつくなよ。死体が消えたなんてことになったら、話がややこしくなる」

小田切はベッドカバーを軽く叩いた。

「誰だよ、死体が一番楽だとか言ったのは。一番辛《つら》いじゃないか」

不平を垂れる死体を残し、四人はベッドルームを出た。

推理合戦の夜

「現場検証は終了しました。次は第一発見者に対する聴取ですね」

玄関ホールで聡美夫人と合流し、大広間に戻ってきたところで冬木が言った。ところが肝腎《かんじん》の第一発見者が見当たらない。小田切がドアを開けて〈ウィリアム館〉の廊下を窺うと、どたどたと重そうな音を立ててこちらに近づきつつある水城の姿があった。

「トイレか？」

「いや、玄関のドアを調べてた」

「玄関のドア？」

「戸締まりだよ。探偵の基本じゃないか」

水城はフランクフルトのような人差し指を振って、

「今見たところ、〈ウィリアム館〉の玄関のドアに鍵は掛かっていなかった。門も。すなわちこの館は外部からの侵入が可能な状況にあるわけだ」

と冬木に顔を向ける。

「おや、鍵も閂も掛かっていませんでしたか」

「うん、掛かってなかった。しかしこれはゲームだ。この館とは無関係の人間、たとえば流しの強盗による犯行、というケースは除外して考えていいんだね？」

「はい。この屋敷は嵐によって陸の孤島と化しています。泥棒も通り魔もやってこられません」

「ついでにもう一つ質問。執事が犯人ということもないね？」

「現在当館には三人の使用人、執事、料理人、メイドがおりますが、彼らは無関係です。直接手を下していないのはもちろん、真犯人に何ら協力していません。〈ウィリアム館〉地下の使用人部屋から一歩も出ていません」

「諒解《りようかい》。じゃあゲームを続けよう」

いつになく水城が頼もしく見える。彼の格好がそう思わせるのかもしれない。ドルリー・レーンを真似《まね》たという出《い》で立ちは、S駅の前では大道芸人のように見えたものだが、西洋館の中での推理劇にはぴたりと嵌《はま》っている。

「まずは水城さん、死体発見時の状況を教えてください。立ち話もなんですから、あちらで」

冬木が一同を部屋の中央に促す。そして彼は壁のボタンを押し、程なくして現われた黒服の執事に、

「〈ウィリアム館〉の玄関の戸締まりをしておきなさい」

と命じてから、ドアを閉め、皆の待つテーブルにやってきた。

水城が説明を始める。

「用足しして小田切と別れた後、撞球室に行った。それが十時三十分。しかし一人で玉撞《つ》きしてもつまらないし、そもそも俺はビリヤードなどできないわけで、長椅子に座って壁に掛かっている絵をぼんやりと眺めていた。それに飽きると二階に行った。図書室の探偵小説コレクションを拝見しようと思ってね。すると平塚の部屋のドアが少し開いていた。もしまだ起きているようであれば彼も誘おうと思って中を覗いてみた。あとはご存じのとおりさ。平塚はベッドの横でああやって倒れていた。で、慌《あわ》ててここに知らせに走った。それが十時四十五分」

「平塚さんがここを出ていったのは十時でした。それ以降、生きている平塚さんを見かけた方は？」

冬木が尋ねる。

「十時一分頃にはまだ生きていたよ。そこの廊下で別れた」

小田切はいちおう申告した。

「他には？　いないようでしたら、十時以降の行動を一人ずつ語っていただきましょうか。まず私から。十時十五分から三十五分まで〈マシュー館〉の図書室で仕事を片づけていました。それ以外は大広間にいました」

以下、全員がアリバイの主張を行ない、その結果を水城が手帳に書き留めた。

「完全なアリバイを持っている者は一人もいないのか」

小田切は手帳の表を目で追う。十時から十時四十五分の間で、誰もが一度は一人きりになっている。

「ですが、岩井さんと私は犯人から除外できます」

冬木が宣誓するように手を挙げた。

「どうして？」

「岩井さんは〈エドワード館〉にいました。私は〈マシュー館〉。この二つの棟から、現場である〈ウィリアム館〉に行くためには大広間を通らねばなりません。しかし大広間には常に誰かがいました。どなたか、岩井さんか私が〈ウィリアム館〉に行くのを目撃された方はいますか？」

反応はない。

「したがって岩井さんと私の二人は無実――」

「ちょっと待った。大広間を経由しなくても〈ウィリアム館〉に行く方法はある。外を回

10:00	5	10	15	20	25	30	35	40	45
冬木統一郎				< マシュー館図書室			>		
冬木聡美									
岩井信		大広間			< エドワード館応接室			>	
水城比呂志						<ウィリアム館浴室、撞球室			死体発見>
小田切丈史	<W館浴室>					<W館浴室>			
平塚孝和	<ウィリアム館二階へ								>

ればいい。〈エドワード館〉あるいは〈マシュー館〉の玄関を出て〈ウィリアム館〉の玄関から入る。さっき水城は、〈ウィリアム館〉の玄関は開いていたと言った」

「そう。鍵も閂も掛かっていなかった」

水城が頷く。

「平塚殺害後は逆のルートで帰り、何食わぬ顔をして大広間に現われればいい。したがって冬木と岩井の二人も除外できない」

「いいえ、除外できます。何故なら、〈ウィリアム館〉の玄関は出入り自由でも、〈エドワード館〉と〈マシュー館〉のそこには鍵が掛かっていましたから」

「え？　そうなのか？」

「ええ。〈ウィリアム館〉の玄関は日常的な出入りに使うので、起きている時間帯は鍵を開けてありますが、〈エドワード館〉と〈マシュー館〉の玄関は常に封鎖してあります。三兄弟が住んでいた時とは違い、一世帯で使っているのですから、玄関は三つも必要ありません。なんならご覧にいれましょうか？」

冬木は余裕の表情でパイプを銜《くわ》える。

「お前に関しては鍵なんて意味ないだろう」

そう言ったのは岩井である。

「今〈マシュー館〉を調べて鍵が掛かっていたとして、それは今現在鍵が掛かっているという事実を示しているにすぎない。冬木はここの主だ。鍵を自由に使える立場にある。平塚殺害後、外を回って〈マシュー館〉に戻り、鍵を掛けることも可能ということだ。一方、今〈エドワード館〉を調べて鍵が掛かっていたとしたら、それは俺の無実を証明することになる。何故なら俺は鍵を自由に扱える立場にないから」

彼も少しはゲームに参加する気があるらしい。

「鍵は執事が管理しています」

「口では何とでも言える」

「そう言われては言葉の返しようがありませんが、しかしそういう嘘が許されたのではゲームになりません。『冬木統一郎は鍵を使っていない』というのが、このゲームの基本ルールです。それから先程申しましたように、執事以下の使用人もこのゲームには参加していません。したがって、彼らが主人である私を助けるために〈ウィリアム館〉の玄関から外を回って〈マシュー館〉の玄関の鍵を外から解錠した、というようなこともないと考えてください」

「よかろう。しかし〈マシュー館〉の玄関に鍵が掛かっているというのは冬木の自己申告にすぎない」

「いいでしょう。その目で〈マシュー館〉の戸締まりを確かめてください。窓が開くのではという疑いもあるでしょうし」

冬木はパイプを持ったまま席を立ち、「M」のドアを開けた。一同、遅れて後に続く。

玄関の鍵は間違いなく掛かっていた。窓についても、一階、二階ともに、すべて嵌め殺しであることが確かめられた。

「隠し通路なんていういんちきはないだろうな？　たとえば地下から地上のどこかに出られるとか」

水城が確認した。

「もちろんです。そのようなものを使ったのではゲームとして白けてしまいます。ということで、私冬木統一郎は犯人たりえないということでよろしいですね？」

腰に手を当て、胸を張り、冬木は一同を見渡す。その自信がかえって怪しく思える小田切であったが、現段階においては追及の材料がない。

「俺の無実も確定させてくれ」

岩井が言った。

「では〈エドワード館〉の戸締まりも確かめましょう」

一同、大広間に戻り、その足で「E」のドアに入っていく。こちらの玄関の扉にも鍵が掛かっていた。一階、二階の部屋の窓はいずれも嵌め殺し、換気口から出入りすることも不可能だった。一同、ぞろぞろと大広間に戻る。

「さてこれで犯人は、水城さんと小田切さんに絞られました」

テーブルに着き、冬木が話をまとめる。

「水城さんが犯人だとしたら、十時二十五分過ぎに用足しを終えて小田切さんと別れたあと、撞球室には行かずにまっすぐ平塚さんの部屋を訪ね、殺害。小田切さんが犯人の場合は、十時に平塚さんと一緒にここを出た後、平塚さんと一緒に二階のベッドルームに行き、凶行に及んだ。したがって次の作業は、二人のどちらが犯人であるかの絞り込みです」

「第一発見者を疑えというのが探偵小説の鉄則」

岩井がぼそっと呟いた。

「そういうのは証拠とは違うと思うけど」

水城が苦笑する。

「小田切が一人でいた時間はわずか五分。対して水城が一人だったのは二十分間」

「それも論理的な証拠ではなく、情緒的な印象」

「心理的に考えて水城さんが犯人である可能性は低いと思われます」

そう弁護を始めたのは聡美夫人である。

「犯人が第一発見者を装うのは、嫌疑を免《まぬが》れるための苦肉の策といえましょう。殺害を実行した、現場を離れる前に人がやってきてしまった、このままでは犯人であることが一目瞭然である、そこで第一発見者を装うことにする。けれど今回水城さんが犯人だとすると、殺害を行なったのは十時二十五分以降であり、その時間帯は他の誰も現場に近づいていません。したがって、あえて第一発見者を装う必要もないのですね。殺したら、そのまま放置して、何食わぬ顔で大広間に戻ってくればいい。死体は発見されないことが一番なのです。死体が出てこなければ殺人事件としての捜査も行なわれません。永久に発見されないというのは無理だとしても、発見が遅れれば、それだけ死体現象が進行し、人の記憶も薄れ、真相の究明に支障をきたすようになるのです。死体の存在を秘すことで犯人にとって有利が生じる。それをどうして、犯人である者が率先して死体の存在を明かすという愚を犯さなければならないのでしょう。

万引きに置き換えて考えてみてください。デパートの売り場に陳列してあるアクセサリーをポケットに入れたとします。そこに店員が近づいてきて、ポケットの中を見せるよう言われたら、タグの部分を掌で隠しつつアクセサリーを取り出し、これは家から持ってきたものであるとのごまかしを行なうでしょう。けれど自分から店員を呼び止め、これは私物ですとアピールする人はいませんよね。殺人犯が第一発見者を装う場合も、心理状態は同じです」

「さすが、ミス・マープル」

水城がさっと立ち上がり、深々と頭を下げた。小田切も思わず拍手を送った。

「まあ、わたくし、そんなに歳ではなくってよ」

聡美夫人が頬を膨《ふく》らませて拳を振り上げる。

「すると残るは――」

岩井が横に顔を向けた。視線がいっせいに小田切に集まる。だが小田切は焦《あせ》らなかった。頭の中にはすでに、白らの潔白の証明が筋道を立てて描かれている。こほんと咳払いをし、小田切は口を開く。

「平塚の部屋に灰皿があったのを憶えているかな？」

「御影石《みかげいし》の灰皿ですね。机の上にありました」

冬木が頷く。

「あの中に吸い殻が入っていたのを見たかな？」

「入っていました。二本」

「そう、二本。つまり平塚は、殺される前に煙草を二本喫っている。それも、根元まで。さて、煙草を一本喫うのにどれだけの時間が必要だろうか。フィルター近くまで喫うとすると、五分はかかるだろうね。一方、平塚が大広間を出たのが十時。二階の部屋に着いたのはその一、二分後だろうが、計算が面倒なので十時として考えよう。十時に部屋に着いたとき、即煙草に火を点け、二本目も立て続けに喫ったとして、喫い終わるのは十時十分。したがって平塚が殺されたのは十時十分以降となる。ところが俺は十時五分には大広間に戻ってきていたから、平塚と一緒に二階に行って殺害したという考えは成立しない」

「吸い殻は二つとも十時より前に残されたのかもしれないじゃないか」

水城が文句をつけた。

「いいや、それはない。何となれば、この館に到着した我々はすぐに館内の見学を行ない、引き続き晩餐会に出席、そのまま推理劇に突入した。途中、平塚が自分のベッドルームでくつろぐ時間はなかった。だからあの吸い殻は、二つとも十時以降に喫われたものと断定できる」

今度は異議の声はない。

「私と岩井さんは物理的に犯人たりえず、水城さんは心理的に無実、小田切さんは時間の壁に守られている。さて困りました、犯人がいなくなってしまいましたね」

冬木が溜め息をつき、パイプの吸い口に歯を立てる。

「自殺ということは――ないよな。後頭部を殴《なぐ》られていたのだから」

小田切がぶつぶつ言って口を閉ざすと、室内はしばし静寂に包まれた。

突如として、水城が声を立てて笑い出した。

「なんて単純な目眩《めくら》ましだ。冬木、岩井、小田切、水城の四人は嫌疑の対象から外せる。これはいい。だから容疑者がいなくなってしまった？　違うだろう。今ここに何人いる。四人？　違う。五人だ。水城、小田切、岩井、冬木――」

水城は冬木に目をやり、その視線を徐々に右に移していき、そして止めた。聡美夫人がまあと声をあげ、紅潮した頬に手を当てた。

「聡美さんも一人きりになった時間帯がありますね。十時二十五分から三十分にかけて。小田切が二度目の用足しから戻ってくるまでの間です」

「家内はご覧のとおり脚が不自由で、ですから役決めに参加させなかったじゃないですか」

冬木が困惑気味に言った。水城はちっちと指を振る。

「それは言葉のトリックだ。役決めの抽選には参加しなかったけれど、聡美さんにも封筒が渡された。つまり聡美さんもこの劇の参加者である。彼女が受け取ったシナリオの冒頭に『犯人』と記されていなかったと、どうして言えよう。君は、動かなくて済む役をあらかじめ割り当てておいたとは説明したけれど、その役が犯人でないとは、たしか言わなかったはずだ。聡美さんがオブザーバーであるというのは我々の思い込みにすぎないのだよ」

「ですが家内は階段を昇ることができません。なのに実は犯人だったというのではアンフェアです。先程隠し通路はないと申しましたが、それは隠しエレベーターもないということでもあるのですよ」

「脚が不自由であるということこそ、我々の思い込みなのだよ」

「え？」

「いや、現実に脚は不自由なのでしょう。しかし歩けないわけではない。つまり車椅子はフェイク」

「おい、何てことを――」

小田切は慌てて止めに入るが、水城は頰に笑みさえ浮かべて続ける。

「冬木君、君は探偵小説への愛が高じて館を建てたほどだ。のみならず、その館を舞台とした推理劇もプロデュースするという猟奇ぶりだ。それほどの人間なら、車椅子の人物が実は歩行可能だったという意外性を仕込んでも不思議でないと思うのだが、いかがかな？　いやいや、僕は当てずっぽうに言っているのではないのだよ。伏線をきちんと読み解いたうえで、聡美さんは歩けるのではないかと看破《かんぱ》したのだ。皆、不思議に思わないのか？　この館には昇降機がないんだぞ。ということは、聡美さんが本当に歩けないのだとしたら、彼女は二階に行きたくても行けないことになる。おかしくないか？　ここは自宅だぞ。なのに日常的に二階に行けない。そんな馬鹿な話があるか。誰かにおぶってもらえば階段を昇り降りできるが、いちいち冬木君や使用人の手を煩《わずら》わすのか？　普通はエレベーターなり階段昇降機を設置するだろう。なのに実際にはそういう設備がない。不思議であり、不自然でもある。これこそ聡美さんが歩行可能である証拠であり、プロデューサー冬木統一郎によって張られた巧妙な伏線であったのだ」

冬木は顔を伏せ、力なくかぶりを振る。

聡美夫人が車椅子を後ろに引いた。膝掛《ひざか》けを外す。上半身を屈《かが》める。

「ご覧ください」

イブニングドレスの裾《すそ》をたくし上げ、その下にあったのは、肌色の――FRP製の義足だった。両脚ともに。

「いや、それは、その……」

水城がうろたえる。

「馬鹿が」

岩井が呟いた。

「いいんですよ」

聡美夫人はドレスの裾を戻しながら手を振った。

「まさか家内に疑いがかかろうとは……。まったく想定外のことで、対処のシナリオを考えていませんでした」

冬木が大きく息をついた。

「すまなかった」

水城はテーブルに額を押しつける。

「こういうゲームを企画したお前にも責任がある」

岩井が厳しい調子で冬木を睨《にら》みつけた。

「おっしゃるとおりです」

冬木は頭《こうべ》を垂れる。

「いいんですよ、ただのゲームなんですから」

聡美夫人は手を振り続ける。笑顔であることがかえって痛々しい。

「なあ、平塚は放っておいていいの？」

小田切は空気を変えようと図《はか》った。

「おお、そうでした」

冬木は頭を掻きながら席を立つと、ドアのところまで行き、壁のボタンを押した。

「結局、ここにいる誰も平塚さんを殺せなかったというところに立ち返るわけですね」

聡美夫人が落ち着いた調子で言った。ハプニングはなかったことにし、ゲームの世界に戻れということか。

「動機の面から犯人像を追う？」

彼女の意を汲《く》み取り、小田切は劇を進行させた。

「こういうゲームに動機もくそもないだろう。犯人は抽籤《ちゆうせん》で選んだのだし」

岩井も芝居に戻った。

ドアがノックされ、黒服の執事が現われた。

「平塚さんをお呼びして。それから、今日はもう休んでよろしい」

執事が姿を消し、冬木がテーブルに戻ってくる。

その後しばらくして平塚が大広間に入ってきた。

「申し訳ありません。推理に熱中して、平塚さんのことをすっかり忘れていました」

聡美夫人が新しい水割りを差し出す。

「どういたしまして。朝まで放っておかれると覚悟していたよ」

平塚は不貞腐《ふてくさ》れた様子で席に着く。

「寝てたのか？」

小田切は尋ねた。

「正直、半分寝かかっていた。けれど途中からそれどころではなくなった。頭がフル回転でオーバーヒートしそうだ」

と平塚はグラスを額に当てる。

「菊花賞の予想か？」

「馬鹿者。事件の真相究明に決まってるじゃないか。いやー、久々に頭を使ったね」

「は？　お前、犯人の顔を見てないの？」

「見たよ」

「だったら何も考える必要ないじゃないか」

すると平塚はつと眉を寄せ、一同を見渡して、

「もしかして、ここの素人探偵さんたちはまだ真相に到達していない?」

「ああ、まだだ」

「なるほど。では迂闊《うかつ》にものは言えないな」

「貴方は真相を見抜いたのですね?」

冬木が笑顔で尋ねた。おそらく、と平塚は水割りで唇を湿《しめ》らせ、

「でも、今ここで言ってはまずいよな?」

「そうですね」

「ああ、でも、皆知らないとなると、言ってしまいたいぃ」

平塚は子供のように体をくねらせた。

「だめですよ、まだ推理の端緒も摑めていないのですから。それとも皆さん、もうギブアップしますか?」

「教えてくれ」

岩井があっさり匙《さじ》を投げた。

「この程度で諦《あきら》めてはドルリー・レーンに申し訳が立たない」

水城は颯爽《さっそう》とストローハットを被《かぶ》り直す。が、すぐに声を小さくして、

「とりあえずヒント、というのはどうかな?」

「おお、いくらでも出してやる」

平塚は妙に興奮している。

「どんなヒントを出しますか？」

冬木が身を乗り出した。

「そうだな。犯人の名前を明かそうか」

「ほう。そこまでサービスしますか。まあ、それもいいでしょう」

「待てよ。僕はまだギブアップしてないぞ」

水城が慌てて止めた。

「犯人の名前だけだよ」

「だから、それを言っちゃあ、ゲーム終了じゃないか。ヒントに留《とど》めておいてくれよ」

「いやいや、これは君たちが考えている以上に奥の深い事件なのだよ。犯人を明かしたところで、真相の大部分はまだ闇《やみ》の中なんだな。このゲームは、誰が犯人かということは、実はさほど重要ではない。重要なのは、いかにして殺害に及んだのかということなのだ」

「フーダニットでなく、ハウダニットだと？」

「そのとおり。犯人は――」

「平塚さん、ちょっと待ってください」

冬木が立ち上がった。

ゆっくりと首を回し、一人一人に噛んで含めるように冬木は言う。

「ヒントを聞くのは任意としましょう。あくまでも独力で真相を究明したいと思う方は聞かないでください」

参加者への忠告

犯人はお前だ！

退席したり耳を塞《ふさ》いだりする者はなかった。

冬木が腰を降ろす。代わって平塚が立ち上がる。

「犯人は——」

平塚は思わせぶりに人差し指を宙に彷徨《さまよ》わせ、そしてある一点で止めた。その指先は館の主を指し示している。

「冬木が？」

水城が確認した。

「そうだ。この目で見た。そして殺された」

平塚が言い、

「ええ、私が平塚さんを殺しました」

冬木自身も認め、しかし、と続ける。

「先程検証したように、常識的には私を犯人とすることはできません。私は〈マシュー館〉の図書室にいました。〈ウィリアム館〉にいた平塚さんを殺すためにはこの大広間を通らなければならず、ところが大広間には常に誰かがいたにもかかわらず、誰も私が通過する姿を目撃していません。といって〈マシュー館〉の玄関は施錠されていたので、そこから外に出て〈ウィリアム館〉に行ったということも考えられません。さあ、この不可能状況をどう打ち破ります？」

片肘《ひじ》を突き、パイプを持ち、一人一人に視線を送る。

「鍵は執事が管理していると言ったが、その鍵以外の鍵が存在するということはないね？」

小田切は念のため確認した。

「そのようないんちきはしていません」

「『そのような』いんちきはしていないけれど、別種のいんちきはしている。合鍵を使うなどというセコいいんちきではなく、もっとダイナミックなぺてんだ」

平塚が顔を綻《ほころ》ばせた。小田切は水城と顔を見合わせた。

「平塚さん、あまり言い過ぎると、答が解ってしまいます」

「そうだな。ああ、本当は全部言ってしまいたいのだが。鎧武者の亡霊の謎《なぞ》も、デイビッド少年が驚愕した理由も」

平塚はまた子供のように身悶《みもだ》えする。

「昔のエピソードも?」

水城が眉を寄せた。

「ああ、何もかも見えた。一つの謎が解ったら、セーターの毛糸がほどけるように、するすると、跡形もなく。冬木が最初に言ったように、過去の二つの怪異が今夜の惨劇と密接に関係していたんだ」

小田切は考える。犯人は冬木、大広間を空けたのは十時十五分から三十五分にかけての二十分間、〈マシュー館〉の玄関には鍵が掛かっていた、なのに冬木が〈ウィリアム館〉で平塚を殺害、時間のトリックか、空間移動のトリックか――。

岩井は腕組みをして煙草を吹かしている。水城は顎に手を当て、左に右に首を傾げる。聡美夫人は膝掛けの上に両手を揃え、じっと天井を見つめる。平塚はにやけた表情で水割りをちびちびやる。大広間はすっかり沈黙してしまった。

「根《こん》を詰めて考え続けると、往々にして本質が見えにくくなってしまいます。ここはひとまず頭を解放してあげましょう。アインシュタインでも解答不能のように思えた高校の物理の問題が、ラジオの深夜放送に耳を傾けるうちに突然解けてしまったという経験をお持ちではないですか？　テレビのチャンネルを切り替えるうちに思いもよらぬ電波が入ってこないともかぎらないのです。もしそうしても天の声が聞こえなかったら、明朝目覚めた後、窓の外、地面をご覧ください。最後のヒントを見つけることができるでしょう」

冬木がそう締め括《くく》り、推理劇は幕間《まくあい》に入った。

それから六人は、昔話を肴《さかな》に酒を酌《く》み交わし、午前一時を回って宴はお開きとなった。

〈ウィリアム館〉二階のベッドルームに戻った小田切は、今宵の出来事を反芻《はんすう》した。ベッドに腹這いになって手帳を広げ、水城を真似て殺人劇のタイムテーブルを作成した。鎧武者の亡霊、亡霊探しにやってきた少年、二つのエピソードを思い出し、あらすじを箇条《かじょう》書きにした。しかし何の閃《ひらめ》きも訪れず、ペンを動かすうちに眠りに落ちてしまった。

鎧武者、ふたたび天に消ゆ

翌朝、小田切は七時に目覚めた。ベッドを降りると早速、冬木の言葉を思い出し、窓際に歩んで外を窺った。

正面にヒバの木立が見える。木と木の間隔は密で、葉も生い茂り、緑のスクリーンのような感じである。視線を落としていくと、芝生に覆《おお》われた地面が見える。特に目を惹《ひ》くものはない。窓ガラスに顔を押しつけ、視線をさらに手前に持っていく。芝生が切れ、花壇が現われた。煉瓦《れんが》に囲まれた長細いスペースに、赤や白の小さな花が咲き乱れている。

どうということもないがと思いながら、小田切は顔を左右に動かした。すると、花壇の左手の方に異変を感じた。丹精された花々を踏みにじるように、何か大きなものが横たわっている。人間のような形をしていて、しかし鈍い銀色をたたえたそれは、小田切の目には甲冑のように見えた。動く様子はまったくない。強弓に斃《たお》れた最前線の兵士のように、ただ花壇の中に埋もれている。

小田切は身繕《みづくろ》いをして部屋を出た。

大広間にはすでに冬木夫妻がいて、中央のテーブルでコーヒーを飲んでいた。

「最後のヒントとはあの甲冑のことなのか?」

小田切は朝の挨拶も抜きに尋ねた。そうです、と冬木。

「どういうヒントになっているのか、まるで解らない。その昔出たという鎧武者の亡霊と関係あるのか?」

「そうせっつかないで。全員揃ってから説明します。まずは腹ごしらえをしましょう」

三々五々人が集まってくる。みな、窓の外に甲冑を見ていて、それについて冬木に質問を投げかけた。冬木は思わせぶりに微笑むだけで答えない。

朝食は、オレンジジュース、ミルクのかかったシリアル、カリカリのベーコンと焼いたトマトを添えたフライド・エッグ、トーストとマーマレード、そしてミルクティーと、折り目正しいイングリッシュ・ブレックファストであった。

食事が終わると、冬木は執事を呼び、館の鍵を持ってくるよう命じた。やがて運ばれてきたのは、直径二十センチはあろうかという大きな鍵束である。いい具合に古びて艶の出た真鍮の輪に、鉄製の無骨な鍵が何本もぶらさがっている。

「さて、皆様は館の庭に甲冑が放置されていたとおっしゃいました。主としては聞き捨てならない話です。大切な骨董《こっとう》品は室内に戻さなければなりません。そして、かような悪戯《いたずら》をした不届き者を探し出さなければなりません。私一人では手に余る仕事なので、皆様もどうか手伝ってください」

冬木は鍵束を持って立ち上がり、ドアに向かった。

この時小田切は軽い違和感のようなものを覚えた。だがその正体が摑めないうちに、冬木は「W」のドアを開けて廊下に出て行ってしまった。仲の客たちもぞろぞろと後に続く。

玄関扉には閂《かんぬき》が掛かっている。冬木はまずそれを外し、次に鍵束の中の一本を鍵穴に差し込んで解錠した。

暑からず寒からず、外は十月の穏やかな陽気である。山の空気は清々《すがすが》しく、空は透き通るように青く、野鳥の囀《さえず》りも聞こえる。

一行は建物の壁に沿って右手に折れた。煉瓦《れんが》に囲まれた花壇がある。白と紫と紅色のサルビアが今を盛りと咲き誇っている。その一角を蹂躪《じゅうりん》する鋼鉄の甲冑——。

「消えた!?」

水城が頓狂《とんきょう》な声をあげた。

甲冑が見当たらなかった。左を見ても右を見ても、サルビアの花は整然と植わっている。甲冑が見当たらないばかりか、花が乱された様子も感じられない。花壇の外に飛び出ているということもない。広大な芝生の上に横たわってもいない。木立の中にも存在しない。小田切は実際に木立に分け入り、幹の向こう側に隠れていないかと調べたが、そのようなこともなかった。

「甲冑はどこに消えたのでしょう。かつてこの館に棲《す》みついていたという騎士ロバートの亡霊が二十一世紀に蘇《よみがえ》ったのでしょうか。というのが最後のヒントです」

冬木がパイプ片手に一同を見渡す。平塚も答が解っているらしく、一緒になってニヤニヤ煙草を吹かしている。

「朝食の間に執事に片づけさせたということはないね?」

愚問を承知で小田切は確認した。

「無論ありません。玄関には今の今まで鍵が掛かっていました。疑うのなら、使用人を糺《ただ》しても結構ですよ」

「鏡?」

水城が呟いた。小田切はハッとして、前後、左右、上下と、注意深く顔を動かした。ベッドルームから見えた甲冑は鏡に映った虚像だったのか？　鏡を使うことにより、花壇とは離れたところに置いてある甲冑を、花壇にあるように見せかけることができる。鏡を複数組み合わせれば、甲冑の実物が屋上に置いてあったとしても、その虚像をベッドルームの窓から見せることは可能だ。ただ、甲冑ほどの大きさのものを見せるには、手鏡では用をなさない。しかし小田切が見たところ、そのような巨大な鏡は目視できる範囲に存在しない。

水城が小走りに玄関の方に向かった。彼の意図を察し、小田切も後に続いた。もう一度ベッドルームから花壇を覗いてみようというのだ。本当に鏡のトリックが使われているのなら、今も鎧武者の姿が見えるはずである。

水城は巨体を揺すりながら玄関ホールの主階段を駆け昇り、左の列の真ん中の部屋に入った。小田切も同じ部屋に入り、窓際に寄っていった。

甲冑は――見えなかった。花壇にも、地面の他の部分にも、見当たらない。冬木や平塚がこちらを見上げて手を振っているだけである。

「鏡じゃないのか……」

水城は大きく溜め息をつきながら振り向いた。そして、あっと声をあげた。

「どうした？」

小田切は尋ねるが、水城は目を見開いたまま固まっている。

「どうした?」

もう一度尋ねると、水城は唇を震わせて、

「消えた……」

「ああ、消えたよ。甲冑はどこに消えたんだ」

「違う。消えた……」

「だから甲冑が消え――」

「消えた……。すると……、まさか……、いやしかし……」

水城は意味不明の言葉を切れ切れに繰り返す。

「何か解ったのか?　何が解った?」

小田切は水城の肩に手を掛けて前後に揺さぶる。

「自分の部屋に行ってみろ」

水城は絞り出すような声で言った。

「どうして?」

「行けばわかる」

水城は怒ったように言い、肩に載った小田切の腕を振り払った。呆気にとられながらも
小田切は廊下に出、左隣の部屋に入った。まっすぐ窓まで歩み、外を覗く。甲冑は見当た

らない。

小田切は首を傾げながら窓に背を向けた。

と、違和感を覚えた。

が、具体的に何がそぐわないのか、瞬時には感じ取れなかった。

小田切は体を窓の方に戻し、もう一度外を覗いた。花壇に甲冑はない。冬木と平塚と岩井が立っている。顔を室内側に向ける。変な気分がする。しかしその正体は掴めない。外を見、顔を戻し、また外を見て、と繰り返すうちに、違和感がだんだん薄くなっていく。

突然、隣の部屋で吠《ほ》えるような声が轟《とどろ》いた。

「解った！　すべてが一つところに収まった！」

館主より挑戦状

大広間のテーブルに着き、冬木が言う。

「最後のヒントはいかがだったでしょうか。いささかサービスが過ぎたでしょうか。昨日も惜しげもなくヒントを出しましたものね。

さあ、そろそろ時間切れです。いよいよ名探偵が壇上に上がる時がまいりました。昨晩の段階で平塚さんが真相に気づかれたようですが、他に解った方はいらっしゃいますか？」

魔術は破れたり

「君の悪事もこれまでだ」

水城が冬木を指さした。

「やっとゴールに到達かい。格好は一丁前のくせに」

平塚が揶揄《やゆ》した。

「名探偵というものは、その宿命として、土壇場にならないと真相を看破できないものなのだ」

「他の方はどうです？　解りませんか？　では、平塚さんと水城さん、どちらが壇上に立ちますか？」

冬木が尋ねる。

「当然、この僕でしょう」

水城が籐《とう》のステッキの柄でストローハットの鍔《つば》をちょいと持ち上げてみせた。

「ま、ここはドルリー・レーンに敬意を表しますか」

平塚は大人らしく譲り、水城比呂志による謎解きがここに始まった。

「さて皆さん」

名探偵は立ち上がり、ゆっくりと一同を見渡した。

「およそ探偵という人種は思わせぶりであることが多く、関係者一同を集めて謎解きを始めたはいいけれど、細々とした話を積み立てていくばかりで、驚愕のトリックを暴くのは最後の最後になってからと相場が決まっています。ショートケーキの苺《いちご》を最後まで取っておく子供のようなものですね。しかし僕はひどくせっかちで、ラーメンのチャーシューを真っ先に片づけてしまうタイプです。だから今回も、いきなり核心部分に触れることにします」

「すでに思わせぶりだが」

岩井のからかいを笑いで受け流し、水城はテーブルを離れる。彼に誘導されるように、他の面々も席を立った。

水城はドアの前で一同に向き直った。「M」の陶板の付いたドアである。

「犯人は自分の都合《つごう》によって嘘をつく。今回の犯人は冬木統一郎である。したがって我々は冬木の言うことを鵜呑《うの》みにしてはいけない。たとえば彼はこういう嘘をついた。事件が発生したその頃、自分は〈マシュー館〉の図書室にいたと」

水城は左右のドアの取っ手を握りしめ、向こう側に勢いよく押した。

あっ、という声が波紋のように広がった。

扉の向こうには〈マシュー館〉の廊下が――なかったのだ。壁も天井もない。見えるのは緑の芝生であり、青い空と白い雲である。ドアの向こうはいきなり屋外になっていた。

小田切は呆然と立ち尽くし、しかしやがて我を取り戻すと、大広間の別のドアに走った。「W」の陶板の付いたドアである。

「W」のドアを開ける。向こうには廊下が続いていた。壁も天井もある。

小田切は続いてもう一つのドアに走り、「E」のドアを開けた。向こうには廊下が続いていた。壁も天井もある。

「三星館に〈マシュー館〉など存在しないのだよ。冬木が、さもあるようにふるまっただけで」

水城が言った。冬木はパイプ片手ににこにこしている。

「しかし……、俺たちは何度か〈マシュー館〉の中を歩いた……」

小田切は混乱したまま「M」のドアの方に戻っていく。

「冬木にしてやられたのさ。あるトリックにより、他の棟を〈マシュー館〉と思い込まされた」

「どんなトリック？」

「うん、その説明はもう少し待ってくれ」

「しかし……、どういうトリックが使われたにせよ、〈マシュー館〉そのものが存在しないとなると、昔話との辻褄《つじつま》が合わなくなるじゃないか。この館はそもそも三世帯住宅として建てられたのだろう？　ウィリアムとエドワード、二世帯の居館だけあって、どうしてマシューの家がない。彼はこの『M』のドアの外でテント生活をしていたとでもいうのか？」

「あの時代には〈マシュー館〉は存在していたんだよ。スリースター・ハウスの名のとおり、ベンツのマークのような放射構造をしていた。では何故現在は〈マシュー館〉が存在しないのかということになるのだが、その理由は後で話す」

「肝腎の説明はすべて後回し。やはり思わせぶりじゃないか」

岩井が鼻を鳴らした。

「いや、ここは順を追って話したほうが解りやすいんだ。まずは第一の伝説を解き明かそう。鎧武者の亡霊について。

すでにその疑いが出ていたように、鎧武者の亡霊は、厄介者の叔父を追い出すために三兄弟が作り出したものだった。たとえば最初の時には、マシューが甲冑の中に入ってゴードンの部屋で暴れてみせた。ではそのマシュー演じるところの鎧武者はいかにして消えたのか？　ゴードンの部屋は〈ウィリアム館〉の二階だったよね。鎧武者の登場に驚いた彼は、ベッドルームを脱出し、大広間に助けを求めにやってきた」

そう喋《しゃべ》りながら水城は大広間の中を移動する。皆も後に続く。

「ゴードンは向こうからやってきて、このドアから大広間に入った」

水城は「W」のドアの前で足を止め、〈ウィリアム館〉の廊下と大広間の床を交互に指さした。

「その時のドアの状態はこうだった」

と水城はドアの陶板を掌で押さえ、そしてその手を除《の》けた。

小田切は小さく声をあげた。陶板が「M」になっていた。つい何秒か前に「W」であるのを見た記憶がある。

「ちなみに、こうすることもできる」

水城はもう一度陶板を掌で押さえた。手を除けると、陶板が「E」に変わっていた。いや、厳密には、変わったのではなく、そう見えただけだ。

「要するに陶板が回転するのだね。元々は固定されていたのだろうが、ゴードン叔父を追い出すにあたり、三兄弟はこのような細工を施したわけだ」

「W」となっている陶板を時計回りに九十度動かせば「E」となり、さらに九十度動かせば「M」となる。そういう文字に見えるのだ。陶板の文字がゴシック体であれば、「W」を横にして「E」と読ませるのは難しいかもしれない。けれどこの陶板の文字は蔓草《つるくさ》によって象《かたど》られた装飾的な字体であり、そもそも抽象的なデザインであるので、「W」と「E」と「M」の使い回しが可能なのだ。

「他の二つのドアのこの部分も同じように回転するようになっている。ゴードン叔父が入ってきた時、〈ウィリアム館〉に続くこのドアの陶板は『M』となっており、それに対応して他のドアの陶板も動かされていた。〈エドワード館〉のドアが『W』で、〈マシュー館〉のドアが『E』だ。このずれがどういう事態を招くことになるのか？

ゴードンは大広間でウィリアムとエドワードを相手にベッドルームでの出来事を語った後、二人を伴《ともな》って鎧武者の確認に向かうが、この時彼らが行ったのは、ゴードンのベッドルームではない。ゴードンのベッドルームは〈ウィリアム館〉、だから『W』のドアを開けて廊下に出る、けれどその陶板は本来は『E』であるわけで、実際には彼らは〈エドワード館〉に出ていったとなる。鎧武者が出たのは〈ウィリアム館〉、探しにいったのは〈エドワード館〉、見つからなくて当然だ。見かけ上ゴードンのベッドルームとなる〈エドワード館〉の部屋には、真っ先にエドワードが入り、さっきまで人が寝ていたようにベッドを乱したので、ゴードンは不審を覚えなかった。

〈ウィリアム館〉に見せかけた〈エドワード館〉を調べた後三人は、見かけ上〈マシュー館〉実は本物の〈ウィリアム館〉も調べるが、そこでも鎧武者とは遭遇できない。何となれば、〈ウィリアム館〉で鎧武者に扮していたマシューは、ゴードンがベッドルームから逃げ出した直後に変装を解き、とっくに大広間に現われているからね。全館の探索が済むと、陶板は元に戻す。

それから毎日、三兄弟は同じことを繰り返した。五日目の出来事はそれまでとは若干《じゃっかん》異《こと》なっているが、ベースとしたトリックは同じ。鎧武者を閉じ込めた部屋は〈ウィリアム館〉だが、その後武器を調達するという名目でウィリアムはゴードンを大広間に誘導し、武器を携《たずさ》え勇んで出撃する時には『W』のドアから〈エドワード館〉に行ったわけだから、鎧武者がいなくて当然だ。〈エドワード館〉二階の左の列の手前から二番目の部屋、つまり〈ウィリアム館〉におけるゴードンのベッドルームと同じ位置にある部屋の前には、あらかじめバリケードを築いておき、中のベッドには剣を突き立てておいた」

そのような騙《だま》しが利《き》いた背景の第一は、三兄弟が父の遺言を遵守《じゅんしゅ》したことにある。三人は、均等な力関係の象徴として、三つの棟を同じ設計で建てていた。

第二に、ゴードンは客人であった。しかしゴードンは三つの棟を同じに造ったとはいえ、住む人が違えば中身に微妙な差が出てくる。しかしゴードンはこの館に常時住んでいたわけではないので、咄嗟《とっさ》には三つの棟の違いに気づかなかった。同様に、使用人の違いにも気づかなかった。たとえば見かけ上の〈ウィリアム館〉で出会う使用人は〈エドワード館〉で働く者なのだが、どの使用人がどの館で雇われているのかを充分把握《はあく》していなかったため、館と使用人の組み合わせが矛盾《むじゅん》していることに気づかなかった。貴族にとって使用人は、まして他家の使用人など無個性な存在である、という時代背景も後押ししたのだろう。

しかし、と水城は続ける。

「陶板のトリックだけでは昨日の事件を解くことはできない。そこで必要になるのが、デイビッド少年のエピソードだ。少年は、開かずの扉の向こうに何を見たのか？　その扉が『Ｍ』であったことを考えると、答はもうお解りかと思うが」

「屋外を見たのか……」

　小田切は呟いた。

「そう、さっき君たちが驚いたようにね。もしデイビッド少年の訪問が前日の日中であったなら、彼は館に到着した時点で〈マシュー館〉がないことに気づき、ああして驚くこともなかったのだろうが。館全体を外から見れば、〈マシュー館〉部分が欠損しているのは一目瞭然だ。ところが彼は宿泊したいがために日が暮れての到着としてしまったので、館の形を外から観察することができなかった。

　では何故、三兄弟の時代には存在していた〈マシュー館〉が後年になってなくなってしまったのか。その謎を解く鍵は、鎧武者の亡霊事件の後に起きた悲しい出来事にある。三兄弟の三男マシューが死んだ。家族ともども惨殺されてしまった。その悲しみを乗り越えるため、ウィリアムとエドワードは、マシューという弟は最初からこの世に存在しなかったのだと思い込もうとした。その一つの手段として、マシューの思い出の品をことごとく処分した。マシューの思い出が詰まった〈マシュー館〉も解体してしまった」

　ああと小田切は溜め息をついた。

「したがって、その後人手に渡ったスリースター・ハウスには〈マシュー館〉部分が存在していない。デイビッド少年が訪ねた際に『M』の扉が鎖で封印されていたのは防犯上の理由からだろう。外と直結しているドアだからね」

冬木はパイプをくゆらせながら穏やかに微笑んでいる。水城の説明に誤りはないということなのだろう。

「で、話は現代に飛ぶ。冬木統一郎という極東の猟奇者が、遠くイングランドの地に建っていたスリースター・ハウスを購入、日本への移築を図った。移築であるから、イングランドに建っていた時と状態は同じである。大広間のドアの陶板が回転するのも、〈マシュー館〉が存在しないのも。そして移築されたこの館のお披露目の晩、殺人事件が発生する。招待客の一人、平塚孝和が〈ウィリアム館〉の二階で殺されたのだ。それも、館内にいた誰も平塚を殺せないという不可能犯罪でもあった。しかし館の二つの特徴が明らかとなった今、もはや謎は謎でないよね」

水城は聴衆を試《ため》すように言葉を切った。小田切は考える。

冬木は「M」のドアから大広間を出ていったが、ドアの向こうは〈マシュー館〉ではない。戸外である。冬木は建物の外を回って鍵の掛かっていない〈ウィリアム館〉の玄関から中に入り、二階のベッドルームで平塚を殺害、往路と逆のルートで「M」のドアから大広間に戻った。

「死体発見後のふるまいが、これまたトリッキーかつアクロバティックだ。冬木は、自分が犯人たりえないことをアピールするために〈マシュー館〉の戸締まりを皆に確認させるのだが、しかし〈マシュー館〉なる建物など現実には存在しないわけで、したがって他の棟を〈マシュー館〉と思い込ませる必要がある。そのために、まず、大広間に執事を呼ぶ。執事は〈ウィリアム館〉の地下からやってくるので、『W』のドアから現われることになるが、冬木は彼に〈ウィリアム館〉の玄関の戸締まりを命じた後、陶板を右に九十度回して『E』にしてしまう。そしてしばらく中央のテーブルで討議を行なった後、〈マシュー館〉を調べることになるのだが、この時冬木は真っ先に〈エドワード館〉に通じるドアまで行き、『E』であった陶板を右に九十度回して『M』にしてしまう。したがって、その後皆が確認したのは〈エドワード館〉の戸締まりなのだね。

続いて岩井の潔白を証明するために〈エドワード館〉の戸締まりを調べることになる。いったん大広間に戻った冬木は、一同を『E』の扉の方に向かわせておきながら、自分は今入ってきたドアの陶板を『M』から『E』に正しておく。皆が向かった『E』の扉は、先程執事を呼んだ際に冬木が操作してそうなったのだから、正しくは『W』。したがって、調べたのは〈エドワード館〉ではなく〈ウィリアム館〉。

ここで注目してほしいのが、その少し前に冬木が取った行動だ。そもそも〈ウィリアム館〉の玄関には鍵も閂も掛かっていなかったのだ。だからそのままでは〈ウィリアム館〉を〈エドワード館〉と誤認させることができない。そこで彼は執事を呼んで戸締まりをさせたのだ。ね、実にアクロバティックだろう。偽〈エドワード館〉を調べ終えたら大広間に戻り、『E』の陶板を『W』に正す。これで元通りだ」

大広間は広く、照明も暗いので、かなり近くまで寄らないと、ドアの陶板の文字は判読できない。また、大広間には調度品や美術品の類がほとんどなく、丸天井はアラベスク模様であるので、方向を把握しにくい。そういった条件もトリック成立に一役買ったのだろうと小田切は思った。

「ところで今までの話で、一つ疑問に思わなかったかな？　そう、〈ウィリアム館〉を〈エドワード館〉と思わせるとはいうけれど、両者には決定的な違いがある。〈ウィリアム館〉の二階の部屋には死体があるのだ。それを目にしたら、建物誤認のトリックが見破られてしまう。

いやいや、冬木は抜かりなかったね。死体の検分を行なった際、彼はどう行動した？　死者に対する礼儀だとか宣《のたま》って、床に転がっていた死体をベッドに寝かせ、上から毛布とベッドカバーを掛けた。死体を隠してしまったんだ。それだけじゃないぞ。〈エドワード館〉の部屋として見せることになれば、ペーパーウエイトが床に落ちていたのでは不審がられるので、机の上に戻した。無人であるはずの部屋の灰皿に吸い殻があってもおかしいので、回収した。この二つの行動は一連の流れの中で行なわれている。憶えているかな、冬木はハンカチを巻いた手でペーパーウエイトを扱っただろう。あれは、証拠品に指紋を付けないための配慮と見せかけて、ペーパーウエイトを机上に置いた冬木は、横の灰皿の上にハンカチを広げて吸い殻を収めたのだよ。手品師のような鮮やかさだね。さらに細かな配慮として、死体があるこの部屋を〈エドワード館〉の部屋として見せる際にはパイプを携行していた。部屋には平塚が喫った煙草の臭いが残っている。パイプ煙草の強い香りでそれを感じさせまいとしたのだ」

「お見事です。すべて見抜かれてしまいましたね」

冬木ががくりと頭を垂れた。

「平塚さんを殺した動機は――、出生にまつわる秘密を暴露すると脅されたからです。彼が大広間を出ていく前に、腹を割って話し合おうと耳打ちされ、〈ウィリアム館〉の部屋を訪ねたのですが、話がまったく噛み合わず、ついカッとなって……。最初から殺そうと思って行ったのではありません。堂々と大広間から直接〈ウィリアム館〉に行かなかったのは、後ろ暗いところがある人間の性《さが》とでも申しましょうか……」

そう神妙な調子でシナリオを補足した冬木は、顔を上げ、悪戯《いたずら》っ子のように小さく舌を出した。

「続きはお茶を飲みながらにいたしませんか？」

聡美夫人の提案はすんなり受け入れられ、一同はテーブルに移動した。

大団円?

「とまあ偉そうに探偵ぶらせてもらったわけだけど、今朝のヒントがなければ何も解らなかったわけで」

水城は頭を掻いてティーカップを口に運んだ。

「トリックを気づかせた直接のきっかけは何です?」

冬木が尋ねた。

「ベッドルームの様子。あのヒント問題の答はもはや説明するまでもないね? 甲冑は〈ウィリアム館〉の横の花壇にあり、我々はそれを〈ウィリアム館〉の二階から目撃した。ところが冬木君は例の陶板の詐術《さじゅつ》により、我々を〈エドワード館〉横の花壇に誘導した。

僕は最初そうと解らず、鏡が使われているのではないかと、二階の窓からの映像を再確認するためにベッドルームに行った。すると部屋の様子がおかしい。荷物がないんだよ。朝起きて着替え、スーツケースは開いたままベッドの上に放っておいたはずなのに、それが見当たらない。狐《きつね》につままれた気持ちで室内を見渡すと、机の上に置いておいたはずの帽子、椅子の背に引っかけておいたステッキも消えているじゃないか」

自分が感じた違和感も同じものだったのだと、小田切はようやく理解した。あの時入ったのは、〈ウィリアム館〉にあてがわれていた自分の部屋ではなく、〈エドワード館〉の空き部屋だったのだ。

違和感といえば、小田切は朝食後の大広間でも妙な気分にさせられたが、その正体も今理解がいった。執事が鍵束を持って入ってきたドアと、冬木が出ていこうとしたドアが違ったのだ。前者は〈ウィリアム館〉に通じるドアで、後者は〈エドワード館〉に通じるドアだった。ただ、冬木によって後者の陶板も「W」とされてしまったので、誤った道に誘導されていると気づかなかった。

「俺は死んでいる間に気づいたよ」

平塚が言った。

「死体としてベッドに寝ていたら、部屋にぞろぞろ人がやってきた。お役ご免を告げに来たのかと思ったら、どうもそうではない。あらためて死体の検分をするのかと思ったら、俺のいるベッドには寄ってこない。では何をしに来たのだろうかと耳を澄ましたところ、実に妙な気分にさせられた。あの部屋は〈ウィリアム館〉であるのに〈エドワード館〉の一室として調べているようではないか。それで俺は、何故そのような齟齬《そご》が生じているのだろうと考え、過去のエピソードと照らし合わせ、建物に隠されたトリックを見破るに至った。あんなに頭を使ったのは大学以来だよ」

「地下を調べればよかったのか」

岩井が小さく舌打ちをした。地下？　と小田切は訊き返す。

「冬木の奴が、ゲームのルールとして隠し通路の類はないと断言したから、地下は調べなかっただろう。窓はないのだし。しかしきちんと調べておけば〈ウィリアム館〉を〈エドワード館〉に見せかけているのだと解ったはずだ。迂闊だった」

小田切はまだ解らない。

「そこが本当の〈エドワード館〉であるなら、地下は無人だ。一方、〈ウィリアム館〉の地下には、執事とシェフとメイドが住み込んでいる」

「そうか。〈エドワード館〉であるはずの地下に使用人がいたら変だもんな」

「厨房の状態からも〈エドワード館〉であることに疑いを持たれたでしょうね。最近使われた痕跡があるのだから。夕食の調理が行なわれたのは〈ウィリアム館〉の厨房です」

冬木が補足した。ああなるほどと、小田切は感心して頷くばかりである。

「一つ解らないことがあるのだが」

水城が冬木に向き直った。何でしょう、と冬木。

「役決めのからくりだよ。今回の推理劇の犯人役は、この館の住人にしか務《つと》まらないと思うんだ。シナリオを一読しただけでは、陶板をどちらの方向に回せばいいのか、現在どの棟にいることになっているのか、混乱してうまく演じられないと思う。事前に練習が必要だ。しかしゲストにはその時間を与えられない。さらに大きな問題点として、執事を呼んで〈ウィリアム館〉の玄関に鍵を掛けさせるということが挙げられる。ゲストが執事に命令するわけにはいかないよ。といって、その部分はシナリオ上非常に重要なので、省《はぶ》くわけにはいかない。

したがって犯人役はこの館の仕人である必要がある。具体的には冬木君か聡美さんのいずれか。ただし聡美さんは例のトリックを使っても二階の現場には行けないから、犯人役に適した者は実質的には冬木君一人となる。ところが、だ。配役は抽籤で決めたのだよね。聡美さんを除く五人で抽籤を行なった。冬木君が犯人役を引き当てる確率は五分の一しかない。外れる率のほうが遥かに高いわけだ。だから僕は思った。冬木君はおそらく、絶対に自分が犯人役を引き当てるよう、抽籤に何らかの細工を施したに違いないと。しかし、だ。冬木君が最初にカードを引いたのなら、裏に印を付けていたというインチキが考えられるのだけど、彼はゲストに先に引かせ、自分は残り物のカードを取ったんだよね。これではいんちきのしようがない。けれどいんちきがないことには犯人役を射止められないし、自分が犯人を演じないことには劇そのものが成立しない。

とまあそういう具合に疑いは抱いているのだが、本筋の謎解きに手一杯で、こっちのほうは答を出せていないんだ。いったいどういう仕掛けがあったんだ？」

「なに、簡単なぺてんだよ」

そう言ったのは平塚である。

「抽籤に使ったカードは、10、J、Q、K、Aの五枚。どのカードを引いても犯人役に当たるよう、封筒を五セット用意しておけばいい」

「は?」

「あるセットは10の封筒に犯人役のシナリオが入っており、別のセットではJの封筒が犯人役——というふうに五パターン作っておき、セットごとに別々のポケットに入れておく。10の封筒が当たりのセットは上着の左ポケット、Jが当たりは上着の右、Qは内ポケット——といった具合に。で、抽籤の結果10のカードを引いたら、上着の左ポケットから封筒のセットを取り出し、皆に分配する。Qを引いたら内ポケットに手を突っ込む。さも、このポケットにしか封筒は入っていませんよといった態度で。結果、何のカードを引いても犯人役は自分のもの」

「ご明察」

冬木は朗《ほが》らかに言い、タキシードの左のポケットに手を突っ込んだ。封筒の束を取り出し、テーブルの上に投げ置く。続いて右のポケットから、さらにズボンの左右のポケットからも封筒の束を取り出してみせる。

「やられた」

水城は薄い頭髪を掻きむしる。

「今思えば、役決めもそうだが、推理劇の幕が上がる前から、劇に向けての細かな仕込みが行なわれていたんだよな」

　平塚が遠くを見るような目をして顎を撫でさすった。彼はそれ以上言わなかったが、小田切はおおよそ察することができた。

　まず、S駅までの列車を指定することでゲストの館到着を夕方とさせた。日が暮れてからの到着なので、ゲストは館の外観をはっきり捉《とら》えることができない。つまり〈マシュー館〉部分がないことを見られずに済む。館のメインエントランスである〈ウィリアム館〉の横には、〈マシュー館〉部分を隠すように屛風のような木立があるとはいえ、真っ昼間の到着だと、その向こうに建物があるかないかは解ってしまうだろう。

　館内の案内に際しても、冬木は〈マシュー館〉があるようにふるまった。最初に本物の〈ウィリアム館〉を案内した後、大広間の各ドアの前に立って説明しながら陶板を操作して、〈エドワード館〉を〈マシュー館〉として、〈ウィリアム館〉を〈エドワード館〉として、それぞれ案内した。この時すでに〈ウィリアム館〉二階のベッドルームにはゲスト各人の荷物が運び込まれていたが、それらはクローゼットの中に収められていたので、〈エドワード館〉として紹介されても不審を覚えるゲストはいなかった。荷物をクローゼットに収めたのは執事とメイドであるが、彼らはゲストを騙す意図を持ってそうしたのではないので、使用人は無関係であるという冬木の言葉に偽《いつわ》りはない。

「ゲームは、招待状を送った時点から始まっていましたのよ」

聡美夫人が笑った。

「招待状を?」

平塚が眉を顰めた。

「どなたか、招待状を持っていませんか?」

冬木が尋ねると、水城が上着のポケットから封筒を取り出し、中身をテーブルに広げた。冬木はその一部を声を出して読み上げる。

「『年初より取り組んでおりました私邸の建設が一段落を迎えました。つきましては、完成に先立ち、十月九日と十日の両日、格別探偵小説を愛されております皆様に邸内をご披露申しあげ』――どこかおかしなものを感じませんでした? 『建設が一段落を迎え』とか『完成に先立ち』とか、まるで家が未完成であるような印象ではないですか。いや実際、この館は完全にできあがってはいないのです。〈マシュー館〉部分が未着工なのですから」

招待状には未完成とあり、しかし実際に来てみると完成しているように見える。その食い違いを考えてみなさいという謎かけであったのか。

「それから、たしか小田切さんにだったと記憶していますが、ゲストのベッドルームが二十あると電話で言いましたよね?」

「ああ、そうだったね」

「昨日館内を案内され、おかしく思いませんでした？　ゲストのベッドルームは一つの棟に十あり、棟は三つ見せられたので、ベッドルームの総計は三十。しかし事前に私が漏らした数は二十。十はどこに消えたのか？」

「ああ、それね。数が食い違っていることには気づいたよ。でも俺は、あれはきっと冬木が謙遜して部屋数を過少申告したのだと解釈した」

やられたというふうに、小田切は顔の片方を歪《ゆが》めた。

「つまり、平塚孝和殺人事件という推理劇があり、それを架空の伝説二つが包み込み、さらにそれを現実的な騙《だま》しでくるむという、二重三重の芝居になっていた。ずいぶん手の込んだことをしてくれたものだ」

平塚が溜め息をつく。

「建てたのは館なのですよ。建て売り住宅ではないのですよ。ただお披露目するだけではもったいないというものです。ご堪能《たんのう》いただけましたか？」

冬木は胸を張り、満面の笑みを一同に投げかけた。

「しかしあの推理劇はいただけないな。警察が捜査したら、〈マシュー館〉など存在しないことがまるわかりじゃないか」

岩井はどうしても一言言わなければ気が済まないらしい。

「別にいいじゃない、ゲームなんだから」

水城が苦笑する。

「あのトリックを使う意味がまるでないんだよ。トリックを思いついたから使ってみましたといった感じで」

「そうさ、ゲームなんだもん。おもしろい館を作った、それを利用した手品を考えた、人に見せて驚かせてやろう——ただそれだけさ。なあ、冬木君？」

「しかしな、この移動トリックを成立させるためには、殺害実行以前に、ゲストに建物の構造を誤認させておく必要があり、そうして仕込みを行なっていたからには計画的犯行ということになるのだけれど、しかし前もって計画していたのであれば警察の介入も想定したはずで、警察に調べられたらトリックは一発で見破られてしまうとちょっと考えれば解ることで、したがってこのような犯行を行なう道理が——」

「現実に即して考えたら白けるって。それともお前、毎週テレビの前で、どうしてチャンバラ沙汰《ざた》になる前に印籠《いんろう》を出さないのだといきりたってるの？」

岩井がむうと口籠もり、大広間は朗らかな笑いに包まれた。

笑いが収まると、冬木がこほんと咳払いして立ち上がった。

「さて皆様、私の我《わ》が儘《まま》に長々とお付き合いくださり、ありがとうございます。このあとグランドフィナーレを行ない、宴の幕を引きたいと思います」

「グランドフィナーレ？」

ゲストたちは顔を見合わせる。

「今用意をしてまいりますので、少々お待ちください」

冬木と聡美夫人は連れ立って「W」のドアから出ていく。

カーテンコールは聞こえない

しばらくして「W」のドアが開いた。現われたのは冬木夫妻ではなく黒服の執事である。

「旦那様が、これを」

と執事はテーブルの上に封筒を置いて部屋を出ていく。封筒の表には、この場にいる四人の名前が連名で記されていた。

「とことん勿体《もったい》をつけるやつだな」

岩井が封筒に手を伸ばし、乱暴に封を引きちぎった。中には四つに畳んだ便箋《びんせん》が入っていた。

二日に亘《わた》ってくだらない遊びの相手をしてくれ、どうもありがとう。心から感謝している。不快に思うこともあっただろうが、どうか許してもらいたい。

さて、推理劇こそ解決をみたものの、君たちはまだ釈然としていないことと思う。それをここに補足しておこう。

まず、この館を建てるのにそれほど金はかかっていないと言ったが、それは事実だ。この土地は親から受け継いだものだ。もっとも、このあたりの山林だったら、買ってもたかが知れている。

設計は建築を学んでいる学生にやらせた。ほんの小遣い程度の金で喜んで引き受けてくれた。

絵や彫刻は美大生にやらせた。こちらも志《こころざし》しか渡さなかったが、実習の場を与えてくれたと、逆に感謝された。とりわけ壁画は、こういう機会でもないと描くことができないという。

建築は本物の職人に頼んだが、長引く不況が都合良く作用し、格安の賃金で請け負ってくれた。建築資材は二級品三級品である。大理石は模造品、壁は石膏ボード、絨毯は合繊。後で注意して見るがいい。要するにこの館は出来のいい書き割りなのだ。

調度品は、書棚を飾る時代がかった洋書も含めて、すべてレンタルである。しかも一週間だけの契約。リムジンもレンタカー。

使用人は、昨日と今日、二日限りの契約である。料理人は本物だが、執事とメイドは下北沢辺りで芝居を行なっている劇団員である。

そろそろ気づいたかと思う。

そう、私がこの館に住んでいるというのは嘘である。別荘としても用をなしていない。住む気がないので、聡美のための昇降機も必要なかったわけだ。

では何故私はそんな館を建てたのか。

私は不治の病に冒《おか》されている。今日明日に死ぬようなことはないが、現代の医学では治療が不可能とされている、ある感染症に罹《かか》ってしまった。

聡美は今日明日の命である。癌が再発したのだ。実は一昨日まで病院のベッドの上にいた。

息子には先立たれた。両親も他界した。

そんな私にこれ以上生きる理由があるだろうか。

もはやこの世に未練はない。ただ、死ぬのなら、その前に夢を叶えたかった。探偵小説に出てくるような館を持ちたかった。そこで探偵ごっこをやってみたかった。妻の余命も短く、一人息子は失い、看《み》るべき親もなく、財産を使い切っても何の問題もないのだ。

使い切るといっても、私の財産などたかが知れており、おかげで張りぼて的な館になってしまったのは残念でならない。おまけに、こうして建築費用を節約してもなお資金が足らず、〈マシュー館〉部分を建てることができなかった。しかしその結果、今回の推理劇のシナリオが閃《ひらめ》いたのだから、よしとしよう。

私は狂っているのだろうか。

では尋ねる。

元高校球児が、病院のベッドで、鼻や口にチューブが突っ込まれている状態で、死ぬ前に甲子園のマウンドに立ちたいと呟いたら、そんな彼を君たちは狂っていると笑い飛ばすだろうか。家族は無理を承知で阪神甲子園球場とコンタクトを取ることだろう。

もしも君が油絵を嗜《たしな》んでいて、たとえそれが市のコンクールにすら通らないレベルだとしても、あとひと月の命であるとの宣告を受けたなら、明日にでも銀座の画廊を借り切って個展を開きたいと思わないだろうか。

私がやろうとしたこともまったく同じだ。この世を去る前に夢を叶えたい。探偵小説の世界の中で死んでいきたい。

昨晩の推理劇の犯人は私だった。

探偵小説においては、館の主が犯人であった場合、犯行発覚後、主は自殺するのが必《ひっ》定《じょう》である。

さあ、そろそろお別れだ。大人げない我が儘に付き合ってくれて本当にありがとう。最後に、我が儘ついでにもう一つお願いをしておこう。

探偵小説を偏愛し、探偵小説に殉《じゅん》じた馬鹿者がいたと、時々でいいから思い出してほしい。そして君たちも探偵小説を愛し続けてほしい。

冬木統一郎

「何のジョークだ、これは」

岩井がこめかみに青筋を立て、両手でテーブルを叩いた。

小田切は便箋の最後の一枚を読み終えると、「W」のドアに走り、壁のボタンを押した。狂ったように押し続けていると、例の執事が姿を現わした。

「冬木は？」

小田切は摑みかからんばかりに尋ねる。

「十二時までの契約なんですけど」

執事は無愛想に腕時計を指さした。正午を少し回っている。あらためて見ると、彼は上着を着ておらず、ワイシャツのボタンを二つ外し、ネクタイも緩め、ずいぶんだらしない格好だ。

「冬木は？　冬木はどこだ？」

「だから、私はもうお役ご免なんですって」

「答えろ！　さっき手紙を預かった時、奴はどこにいた⁉」

岩井が一喝《いっかつ》した。

「部屋ですけど」

「奴のベッドルームか?」

「そう――」

答えている途中で執事を押しのけ、小田切は〈ウィリアム館〉の廊下を走った。一階のベッドルームのドアをノックする。三つのベッドルームともに応答はなかった。小田切はノブに手を掛け、勝手に部屋を覗いた。どの部屋にも冬木の姿はなかった。聡美夫人も。

「おい、これ」

平塚の声がした。小田切はそちらに走った。天井に十二宮が描かれた部屋だった。その机の上に、便箋が一枚、ペーパーウエイトで留められている。


事後の処理については手配済みだ。君たちの手を煩わすことはない。ただ、警察の事情聴取だけは我慢してくれ。迷惑かと思うが、探偵小説好きにとってみれば、一度は受けてみたいものでもあろう。


「ふざけるな!」

岩井が便箋を破り捨てた。

平塚が廊下に走り出て、冬木と聡美夫人の名を交互に叫ぶ。

「時計塔……」

水城が呟いた。

「そうだ、時計塔だ」

小田切は廊下に飛び出した。冬木は今回、探偵小説のセオリーに則って行動している。館に時計塔があれば、そこで重大な何かが発生するのが探偵小説だ。しかし今回、時計塔ではまだ何も起きていない。案内もされていない。

「時計塔にはどこから上がる？」

岩井が執事役の男を摑まえて詰問《きつもん》する。男はやる気のない顔つきでかぶりを振った。

「外に階段があるんじゃないか？」

小田切は言うよりも早く玄関に向かった。

〈ウィリアム館〉の玄関のドアには閂も鍵も掛かっていなかった。ここのドアは昨晩戸締まりして、その後開けなかったはずだ。朝食後開けたのは〈エドワード館〉の玄関ドアである。やはり冬木はここから外に出たのだ。

外に出て建物に沿って走っていくと、〈ウィリアム館〉の付け根辺りに車椅子が放置されていた。建物のその部分、大広間の外壁に鉄の梯子《はしご》が設えられている。小田切は迷わず梯子に手を掛けた。

「馬鹿だよ、馬鹿、この馬鹿が」

そう繰り返しながら岩井がついてくる。

遠くでサイレンの音が聞こえる。冬木のメモには事後処理の手配は済ませてあると書かれてあったが、彼が自分で警察を呼んだのか。それともこれもまた芝居の一部であり、フェイクのサイレンを鳴らしているのか。そうであってくれと小田切は祈る。

鉄梯子を昇りきると、狭い足場があり、その向こうに三角屋根の小屋がある。小田切は体当たりするようにドアを開けた。

時計塔の中は板張りで、奥では、人の背丈程もある歯車がギシギシと音を立てて回転していた。

その複雑に噛み合った歯車の前に、タキシード姿の男とイブニングドレス姿の女が折り重なるようにして倒れていた。男の手には、茶色のガラス製の、薬瓶《びん》のような物が握られている。

「冬木……」

小田切は声をかけるが、二人はぴくりとも動かない。

「おい！　ふざけるな！　ゲームはおしまいだ！」

岩井が二人のそばに跪《ひざまず》き、肩を摑んで激しく揺する。

「起きろよ」

平塚が喘《あえ》ぎながら声をかける。

「カーテンコールが済んでないじゃないか」

水城は今にも泣き出しそうだ。

冬木と聡美夫人は何の反応も示さない。固く目を閉じ、唇を結んでいる。といって強張《こわば》っているということではなく、二人の顔は不思議と安らぎに満ちていた。

サイレンが徐々に近づいてくる。

それでもまだ芝居が続いているのだと小田切は思おうとする。

夏の雪、冬のサンバ

1

かの短編探偵小説に親しんでいたわけではないのだが、キノシタの頭の中にはこのところ、例の一句が繰り返し繰り返し流れていた。

「あの泥棒が羨《うらや》ましい」

大正の昔、そう言葉を交わし合っていた松村武《まつむらたけし》とその相方と同じように、キノシタも六畳一間の貧弱な下宿で起居し、もうどうにもこうにも動きが取れぬほど窮乏《きゅうぼう》のどん底に沈み込んでいた。「あの泥棒」が隠匿したお宝を横取りできれば、どれだけ生活が楽になるだろう。

ただし松村たちとキノシタとでは羨望の質に決定的な差があった。何が決定的なのかというと、キノシタがうらやむ「あの泥棒」は顔見知りの人間であり、しかもお宝はそいつの部屋の中に存在しているると、暗号を解くまでもなくわかっているのである。そのお宝の正体が、一億円近い正真正銘の日本銀行券であるということも。

独自の調査を経てそいつが「あの泥棒」であると確信したキノシタは、警察に密告するような愚はおかさず、まずは紳士的な方法で奪い取ろうと考えた。しかし相手はめったに部屋を空けず、ゴミを出しにいく際にもドアに鍵をかけるという用心深さであった。

さてどうしたものかとキノシタは考え、しかし巧妙な方法を思いつかず、そうこうするうちに二月十九日を迎えた。

異常に寒い朝だった。掛け布団にくるまったまま窓まで這っていって外を覗いてみると、白いものがあとからあとから降り落ちていた。だがキノシタが寒かったのは雪のせいだけではなかった。風邪をひいたらしく、なんとなく熱っぽかった。全身がだるく、喉は焼き鏝《ごて》を当てられたようだ。

金はなく、肉は落ち、ろくに暖もとれず、看病してくれる恋人もおらず、キノシタは我が身がなさけなく、悔しく、怒りさえおぼえ、もうどうにも我慢がならなくなって、降りしきる牡丹雪の中、なけなしの金をポケットに部屋を出た。そして西新宿のミリタリーショップでサバイバルナイフを購入すると、対決の場となる「あの泥棒」の部屋に急いだのである。

第一柏木荘は、築数十年は経とうかという木造モルタルのアパートである。この時代がかった姿はなにも第一柏木荘にかぎったことではなく、そのあたりには、風呂なし共同便所のアパートが、二十一世紀を迎えようかという今なお数多く残っていた。といってその界隈が場末だったわけではない。住所でいうなら新宿区北新宿、手を伸ばせば届きそうなところに西新宿の超高層ビル群がそびえ立っている、大都会のエアポケットのような一角だった。この日は低気圧の影響で摩天楼の上層には雲がかかり、路地裏とのコントラストがいつも以上に神秘的であったが、キノシタはそんな光景には目もくれず、ポケットのナイフを握りしめて第一柏木荘の門をくぐった。

一号室の前に立つと、中からテレビの音が漏れ聞こえてきた。キノシタは静かにドアを叩いた。一度目は無視されたが、二度目のノックにぶっきらぼうな反応があった。

「誰?」

「荷物です」

キノシタが適当なことをいうと、ドアが細目に開き、面長の男が顔を覗かせた。

「ニイハオ、今日は冷えるね」

キノシタは笑顔で挨拶をした。

「荷物?」

相手は怪訝《けげん》な顔をした。

「ドラゴンの故郷でも雪は降るの?」

第一柏木荘一号室の男の本名をキノシタは知らない。中国人で、どことなくブルース・リーを思わせる面立ちをしていることから、みな彼のことをドラゴンと呼んでいる。

「荷物?」

「東京の雪はたいしたことないね。先月、短期のアルバイトで北海道に行ったんだけど、そりゃもうすごかった。腰まで積もっていて、十メートル歩くのにも必死の思いだったよ」

「荷物って、どれです？」

その質問は無視して、キノシタは洟《はな》をすすりながらいう。

「とはいえ、今日の東京は寒いよね。中で暖まらせてよ」

「荷物は嘘なのですね。いたずらですか。ひどいですね」

ドラゴンが顔を引っ込める。キノシタはドアが閉まるより早く、隙間に爪先をこじ入れた。

「一緒に食べようよ」

とコンビニの袋を差し出す。

「おなかは減ってません。足、どけてください」

「冷たいなあ。お客さんが来てるの？」

「いいえ」

「じゃあ、見せたくないものがあるんだ」

キノシタは軽く鎌をかけてみた。しかしドラゴンは表情を変えることなく、

「忙しいのです。用事がないのなら、これでさようなら」

「そういってられるのも今のうちだけだよ」

ドラゴンはきょとんとした。

「それで、北海道の話なんだけどさ、砂川というところに行ったの。札幌の北東にある町で、昔は炭鉱で栄えたらしいんだけど、今じゃひっそりと雪の中に――」

「私は忙しいのです」

「その砂川の旅館に、ドラゴン、あなたの似顔絵が張ってあったから驚きさ」

「は?」

「人相書きというらしいね。要するに、この人の顔を見かけたら警察に連絡してください、というわけだ」

ドラゴンの喉仏が大きく上下した。キノシタはこの男が「あの泥棒」であると二百パーセントの確信を持った。

「立ち話がいい?」

キノシタが廊下の奥を窺うような素振りを見せると、爪先にかかっていたドアの抵抗がなくなった。キノシタは土足のまま一号室にあがりこんだ。

その部屋は日本ふうに表現するなら六畳間だったが、床は畳ではなく板張りだった。ドラゴンはそこに毛脚のすり切れたカーペットを敷き、電気ストーブで暖をとっていた。ほかの調度品はというと、ゆがんだ鉄パイプのベッド、圧縮した木屑でできたテーブル、ワンドアの冷蔵庫、プラスチック製の衣装ケース、カラーボックスとその上の十四型テレビであり、表面的にはキノシタと同程度の貧乏生活に見えた。

「北海道で聞いた話によるとね――」

電気ストーブで足をあぶりながら、キノシタは話しはじめた。

一九九八年の春から秋にかけて、農協のＡＴＭが荒らされるという事件が北海道各地で続発した。手口は実に初歩的で、シャッターも端末もバールでぶち壊すというものだった。事前に警報装置の解除もしていない。しかし広い北海道のこと、警備会社の車が到着した時にはもう、犯人も現金も闇の彼方に消え去っていたのだ。ただ、都市部で行なわれた二、三の犯行は目撃されていて、顔つきや言葉から、中国系外国人によるものと判断された。瘦身長軀《そうしんちょうく》の若者と小太りの中年の二人組だ。二人の似顔絵が北海道全域に配られて数ヵ月後の昨年末、片割れと思われる男が石狩市で発見された。中年の方だ。逮捕されたのではなく、石狩川の河口に死体としてあがったのである。死体の着衣からは身元を示すものは発見されず、名前も住まいもいまだにわかっていない。奪った現金の行方も不明。しかしおおよその話の流れは素人にも判断がつく。仲間割れがあったのだ。若い方の中国人が相棒を殺した。当然、盗んだ現金は独り占めである。

そんなことをキノシタは、平易な日本語でドラゴンに語って聞かせた。ドラゴンは終始無言だったがその動揺は明らかで、この寒さのなか額に汗を浮かべ、なのに頬は血管が透けるほど白くなっていた。

「犯人は中国人。私も中国人。だから私が犯人?」

ドラゴンがぎこちなく笑った。

「ドラゴンは去年、ここをよく留守にしていたよね。旅行鞄を持って出入りするのを見たこともある」

「遠くの建築現場で働いていたのです」

「昼は金槌、夜はバール。手が疲れて大変だったね」

「ひどいことといいますね」

「あのね、僕は警察が作った犯人の似顔絵を見たの。顔の形も目の感じもあなたとそっくりだった」

「絵でしょう。ただの絵」

「似顔絵の下には犯人の特徴も記されていたよ。左手の小指が欠けているってね。あなたのそれはたしか、鑿《のみ》でやっちゃったんだよね」

とキノシタはドラゴンの左手を指さし、次に彼の右腕に軽くふれて、

「あと、ここにドラゴンのタトゥーがあったそうなんだ」

今はセーターに隠されているが、ドラゴンの二の腕には竜の入れ墨が施されている。彼がドラゴンと呼ばれる理由はここにもあるのだ。

ドラゴンがビクリと腕を引いた。キノシタもハッとして、ダウンジャケットのポケットに忍ばせてあるナイフを握りしめた。ブルース・リーのような鉄拳が飛んでくるのではと思ったのだ。だがその心配はなく、ドラゴンは背中を丸めたまま小声でいった。

「もしも、もしも私が犯人だとしたら、あなたは私を警察に連れていくのですか？　もしもの話ですよ」

「そっちの出方しだいだな」

「出方？」

「まんまと独り占めした金を僕にも分けてちょうだいよ」

「もう残っていないのではないでしょうか。私が犯人なら、パーッと使ってしまいますよ。もしもの話ですけど」

「北海道の事件の被害総額は一億円近かったというじゃないの。だとしたら、遊びに使ったとしても、まだ相当残っているんじゃないかな」

「でも私は犯人と違います。そんなにたくさんのお金は持っていません。お金があったら、もっといい家に住みます」

　ドラゴンは溜め息をつき、小刻みに首を振った。

「急に贅沢な生活をはじめたら怪しまれる。だからぼろアパートに住み続けているのさ。一年、二年と我慢して、事件のほとぼりが冷めたら金を使いはじめるわけだ。中国人は昔からしっかり者が多いからね」

「でも私は犯人と違います。そんなにたくさんのお金も持っていません」

ドラゴンはやおら立ちあがり、押入の襖《ふすま》を開け放った。

「金がないくせに、どうして毎日部屋でごろごろしていられる。仕事はどうした？　強奪した金があるから働く気がなくなったわけだな」

「仕事をやめたのは親方と喧嘩したからです。今は次の親方を探しているところです。金はないといっても少しの蓄えはあるので、どうにか食べていけています。中国人はしっかり者ですから」

ドラゴンは押入の上段に足をかけ、天袋の襖を開け放った。そんな大金は隠していないぞと訴えているらしい。

「前回ここにおじゃましたのは正月だったっけ」

押入の中を一瞥し、キノシタはいう。

「故郷に帰る金もなく、僕は一人で年を越した。あんまり寂しいものだから、コンビニから帰ってきたあと、一緒に飲まないかとこの部屋にやってきた。その時のことは憶えているよね？」

「私は犯人と違います。お金なんてどこにもありませんから」

ドラゴンは衣装ケースの引き出しを開けた。

「あなたは僕を部屋に入れるのをしぶったよね。それは大金が見つかるのを恐れたからだ。あの時の僕はまだ北海道に行く前で、あなたが泥棒だなんてこれっぽっちも思っていなかったのだけれど」

「私は犯人と違います。お金なんてどこにもありません」

ドラゴンは薄汚れたベッドカバーをめくってみせた。

「しかし僕があんまり哀れな顔をしていたからだろう、あなたは僕を部屋に入れてくれ、酒はつきあえないがお茶は出す、ここで食べていきなさいといってくれた」

「私は犯人と違います。違いますって」

ドラゴンはマットレスをのけはじめた。

「僕はその言葉に甘えてテーブルに着き、豪華なディナーをはじめた。メニューを再現しよう」

キノシタはコンビニの袋を開け、握り飯とゆで卵をテーブルの上に置いた。

「そのとき何が起きたか憶えているかい？　憶えていないだろうね。答は、何も起きなかった。だから僕も、あの日のことはすっかり忘れていた」

キノシタはゆで卵を取りあげ、手の中でくるくるもてあそんだのち、テーブルの上に戻した。

「私は犯人と違います。違いますって」

ドラゴンはそればかり繰り返す。

「ところが北海道から帰ってきたあと、あの食事の席で何も起きなかったよなあと思い出したんだ。そして、どうして何も起きなかったのだろうかと思ううちに、僕は思わずあっと声をあげた。そうだよ、表で何も起きないから裏で何かが起きていて、それでバランスが取れているんだよ」

キノシタはニヤリと笑い、テーブルの端を軽く叩いてみせた。

2

一九九九年二月十九日の朝、ダビデは陽気な音楽で目覚めた。弾むような乾いた太鼓と、シックスティーンビートを裏で刻む鉦《かね》と、時折アクセントで入るホイッスル。一聴してそれとわかるサンバのリズムだ。

だが、情熱の国のリズムとは裏腹に、ダビデはひどく寒かった。どうしてだろうとダビデは思い、彼はやがて自分が床に横たわっていることに気づいた。下半身は炬燵《こたつ》の中にあったが、上半身には毛布もかかっていない。

そしてダビデは体が痛かった。背中が痛く、頭が痛い。前者の原因は板張りの床の上で寝てしまったからで、後者の原因は分解がうまくいかなかったアルコールだ。まったくひどい二日酔いだった。ゴリアテに頭蓋骨を鷲掴《わしづか》みされたご先祖様もこんな苦痛を味わったのだろうかと、ダビデは捨て鉢に思った。

「ごめんなさい。起こしてしまいましたか。息子と話すうちに聴きたくなってしまって」

寝転がったままダビデがうめいていると、肌の黒い男が顔を覗き込んできた。

「ああ、おはよう……」

ダビデは目をこすりながら、そろそろと上半身を起こした。頭の向きが横から縦に変わっても、痛みがやわらぐことはなかった。

「水を飲みますか？」

ラジカセの音を絞り、ペレは流しに向かった。

彼の本名をダビデは知らない。アフリカ系のブラジル人で、愛嬌のある目をしているので、みな彼のことをサッカーの神様の名前で呼ぶ。

「雪が降っていますよ」

ペレがコップを差し出してきた。

「ああ、そうなの」

ダビデに感慨はなかった。

「苦しいですか？」

「うん」

「まだ寝ていていいですよ」

「何時?」

ダビデは目をこすった。テレビの画面にニュース番組が映っていた。左肩に10:01と見えた。

「十時です」

ペレが目覚まし時計を差し出してきたので、ダビデはそれを見てはじめて知ったふりをして、

「いけない、もう十時なのか。仕事の準備をしなきゃ」

と伸びあがった。頭の芯に激痛が走り、バンザイをした状態で動けなくなった。

「まだ寝ていたほうがいいですよ。雪だし、お客さんも集まらないでしょう」

ペレが心配そうにいう。

「そうか。雪か。じゃあ今日は休みにしよう」

ダビデはのろのろと体を倒し、胸まで炬燵にもぐった。いかがわしいアクセサリーの路上販売がダビデの仕事である。

「具合が良くなるまで寝ていてください。戸締まりは気にしなくていいです」

「戸締まり?」

「私はこれから仕事に行きます。でも、盗まれるようなものは何もないから、戸締まりは

気にしないで出ていってください」

「仕事って、もう十時だぞ」

「今日は遅番です」

「そうか、出かけるのか。だったら帰るよ。二時間かかるわけでもないし」

ダビデの部屋は同じアパートの二階にある。しかし体を起こしかけたダビデはまた激痛に襲われ、

「やっぱり寝る」

と横になった。

「冷蔵庫の中にオレンジジュースとヨーグルトがあります」

ペレはジャンパーに袖を通す。

「息子がどうのといっていたが、また電話したのか？」

ふと気になり、ダビデは尋ねた。ジッパーをあげかけたペレの手が止まった。

「日本は雪だと伝えたくなって……。すみません」

「いや、気持ちを無理に抑えつけなくてもいい。ただ、朝に晩に電話したいのなら仕事もしろと」

「はい。だから今日はがんばって行くのです。私も二日酔いがかなりつらいんですよ」

ペレは白い歯をこぼした。そしてダビデの横にかがみ込み、分厚い手で握手を求めてき

た。


「ゆうべはごちそうさまでした」

「悪かったね、無理やり誘って。おまけに今日も迷惑かけてる」

ダビデはこめかみに掌を当てながら、もう一方の手を差し出した。

「全然悪くないです。おかげで少し元気が出ました。だからこうして仕事に行く気になったのです」

「ホント？　だったら嬉しいな」

「またエリちゃんの店に連れていってくださいね」

縮れた髪を恥ずかしそうに掻きながら、ペレは部屋を出ていった。


前夜ダビデはペレを歌舞伎町に連れ出し、焼鳥屋からショットバー、そして三軒目のスナックで出くわした顔見知りのヤクザのおごりでキャバクラまではしごした。

ペレは五人の家族をブラジルのサルバドールに残し、単身日本に出稼ぎに来ていた。来日以来彼は弱電メーカーの工場で働き続け、現在は班長の地位にある。外国人労働者にしては異例の抜擢で、彼はそれほど仕事熱心だったわけだ。

ところが今年に入ってペレの様子がおかしくなった。それまでは北島三郎全集をエンドレスで聴いていたのに、ある日を境にサンバばかり流すようになった。ほうじ茶をやめてカフェジーニョというとびきり濃いコーヒーを飲むようになった。同胞がやっているブラジル雑貨店に足繁く通い、向こうのテレビ番組を録画したビデオテープをこっそり持ち帰るようになった。そして朝に晩に国際電話をかける。

ホームシックである。なんでも、一番下の息子が地元のカーニバルへの出場が決まり、その知らせを聞いたのをきっかけに里心がついたらしい。

ただ故郷を恋しがっているだけなら、ダビデも放っておいた。自分も年に何度かはブルックリンを思い出し、溜め息をつくことがある。ところがペレの症状は日々進行し、電話とビデオとサンバのＣＤに散財した結果、一月の仕送りができなくなり、おまけに今月に入ってからは工場も休みがちになってしまった。だからダビデはなんとか彼を力づけてやろうと飲みに誘ったのである。ダビデはもともと他人のことは我関せずというタイプで、ペレとそれほど親しかったわけでもないのだが、ヤクザとのつきあいを通じて義理人情という不思議な感情を持つようになってしまった。

一晩飲んだところでどれほどの効果があるかわからないが、しかし若い女の子に囲まれたペレは楽しそうだったし、故郷を思うような遠い目も見せなかった。誘ってよかったとダビデは思ったものだ。

だがそのあとがいけなかった。五次会と称してペレの部屋になだれ込み、ピンガをストレートでぐいぐいやった結果、このざまである。ピンガというのはサトウキビで作った火《か》酒《しゅ》で、ペレもずいぶんいい気分になっていたので、ダビデが空けるそばからグラスを満たしてきた。

ところで、ペレがそうであるように、ダビデというのも通称である。親からもらった名前はメイア・メンデル・ゴールドスティーン。偉大な王の名を冠されていることからわかるように、ダビデことゴールドスティーンはユダヤ人である。彼はしかし宗教に関しては敬虔とはいいがたく、どうせならアインシュタインという渾名《あだな》にしてほしかったと思っている。

ダビデが日本に住むようになって十年になる。それ以前は祖父の移民先であるニューヨークのブルックリンで暮らしていたのだが、アフリカ系住民とのたび重なるいざこざが嫌になり、家族を捨てて旅に出た。日本は最終目的地ではなかった。しかし気づいたら日本食と日本人女性の虜《とりこ》になっていて、そのまま居着くこと十年である。

ダビデが第一柏木荘に流れ着いたのは二年前である。それまで彼は、日本人の彼女の部屋に転がり込んだり、また別の彼女と一緒に暮らしたり、ユダヤの同胞に厄介になったりしていた。

第一柏木荘はダビデがこれまで暮らした住宅の中で最も貧相だった。ブルックリン時代にも低所得者が集まる築百年を超えたアパートに住んでいたが、第一柏木荘ほどひどくはなかった。

なにしろ狭い。三、四メートル四方のベッドルームが一つしかない。キッチンは流し台をふくめて一メートル四方だ。トイレは共同で、シャワーもバスもない。

そして、地盤沈下のせいなのか、シロアリのしわざなのか、建物自体がかしいでいる。見た目にはわからないのだが、中に入ると平衡感覚に微妙な狂いが生じ、慣れないうちはなんとなく歩きにくい。キッチンの床にビールの空き缶を無造作に置いてしまうと、はるばる窓際まで転がっていってしまう。

しかしそれほどのアパートだから家賃はめっぽう安く、新宿の駅にも繁華街にも歩いていけるので、ダビデはこの塒《ねぐら》をそう悪く思っていない。それにこの国にはガイジンを気安く受け入れてくれる賃貸住宅はあまりない。

第一柏木荘の一階、二階にはそれぞれ四部屋あり、各階の入口は別になっている。ペレの部屋は四号室で、一階の一番奥。隣の三号室はインドネシア人のバロン、二号室は日本人のショーグン、入口に近い一号室は中国人のドラゴン。二階は、五号室がアルゼンチン人のゲバラ、六号室がユダヤ人のダビデ、七号室がペルー人のインティ、八号室がイラン人のアリババ。いずれも愛称で、一番の古株である五号室のゲバラが、他国民の名前は憶えにくいと、なかば強制的に名づけた。ゲバラとはアルゼンチン出身の革命家チェ・ゲバラのことで、インティはペルー・インカ文明で崇拝されていた太陽神だ。

アリババと名づけられた髭面の男は、あの話はイランの民話ではなくフランス人が捏造したものだと文句をいったらしいが、五号室のゲバラは本家ゲバラのような厳しさではねつけたという。本家アリババが何人《なにじん》だったかはともかく、八号室には同胞のイラン人が入れ替わり立ち替わり、それこそ四十人の盗賊のように居候していくので、アリババという呼び名は悪くはない。

そう、第一柏木荘の住人は一人を除いて外国人なのだった。今の時代、日本人はこのような伝統的な集合住宅を好まないらしい。ダビデの元彼女たちもみな、鉄筋のマンションに住んでいた。

ダビデがこのアパートを気に入っている理由はもう一つあって、それは土足が許されていることだった。外国人に畳を土足で汚されることに閉口した家主が、部屋の床を板張りに変え、土足を許可したのである。鉄筋のマンションでもこうはいかない。現在の住人で靴を脱いで暮らしているのは、日本人とペレの二人だけだ。ペレは演歌を聴くし、炬燵も使っているし、ホームシックにさえかからなければ、現代の日本人以上に日本的だったのである。

尿意をもよおし、ダビデは目覚めた。頭痛はまだあったが、下腹部の刺激のほうが強く、四つん這いで炬燵から抜け出した。腕立て伏せの要領で体を起こしかけると、ちょうど目の前に写真があった。

洗濯籠を抱えたTシャツ一枚の中年女性、裸足で駆け回る女の子、ピースサインを送りながらサッカーボールをリフティングする男の子——横置きしたカラーボックスの上に、大小さまざまな家族写真が飾られている。

写真立てに囲まれるように真っ黒なサッカーボールが置かれている。使い古されてそうなったのではなく、白い部分がサインで埋めつくされているのだ。ペレが日本に旅立つに際し、地元クラブチームの選手が寄せ書きしてくれたということだった。

カラーボックスの端には電話機があり、その背後にパネル写真が置かれている。立派な髭の男性を中心に、五人の家族がカメラ目線で笑っている。親戚の結婚式の際に撮ったのか、みな盛装し、体の脇にぴたりとつけた両腕がなんとなくぎこちない。

パネルの上部には小さな液晶時計がはめ込まれていた。表示が11：51から52に変わる。二時間眠ってもまだこんなにつらいのかと、ダビデは今日一日が丸潰れになることを覚悟した。

ようやく立ちあがったダビデは上着を引っかけて部屋を出た。一歩踏み出すたびに頭が痛んだ。わずか数歩の距離にある共同便所が、まるで一キロ先の山小屋のように感じられた。

ようやく便所の前までたどりついた時、一号室のドアが開いて日本人の青年が出てきた。

「やあ」

ダビデは苦しみに耐えながら愛想良く手を挙げた。相手は挨拶を返さなかった。そればかりか、大股に近づいてくると、まるでダビデの存在を無視するかのように便所のドアを開け、先に入ってしまった。

「ショーグン、それはないだろう」

ダビデはドアに手をかけたが、すでに鍵がかかっていた。

「寒いですね」

遠くから声がかかり、ダビデはそちらを向いた。アパート入口の土間で中国人の若者がアノラックを脱いでいた。

「やあ、ドラゴン。雪だってね」

「結局、ペレのところに泊まったのですね」

「ああ、頭ガンガン」

「ゆうべはずいぶん楽しそうでしたね」

「そっちまで聞こえた?」

「ええ」

「うるさかった?」

「ちょっとね」

ドラゴンは親指と人さし指を寄せた。

「それは悪かった。今度は一緒に――」

飲もうといい終わらないうちに便所のドアが開いた。ショーグンはダビデを突き飛ばすようにして廊下に出てくると、大股で二号室に戻っていく。

「ショーグン、ゆうべは悪かった」

怒っているのだと気づき、ダビデは詫びを入れた。ショーグンは振り向きもせず、部屋の中に姿を消した。

「今度は誘ってくださいね」

ドラゴンは一号室の鍵を開けて中に入っていった。

用足しを終えたダビデは一階の玄関に足を向けた。二階の自室に戻ろうと思った。頭痛はひどく、歩くのもつらかったが、自分のベッドが恋しかった。

しかしダビデは四号室に引き返した。妙な義理人情が頭をもたげ、やはり留守番しておかなければならないと思った。

戸締まりは気にせず帰っていいとペレはいった。彼の部屋で目につくものはというと、十四型のテレビ、モノラルのビデオデッキ、CDラジカセ、コンガ、ブラジル国旗――泥棒が喜びそうなものは何もない。鍵をかけずに出ていっても不具合は生じないように思える。そもそも戸締まりを気にしたくても、このアパートの部屋のドアを外から施錠するには鍵が必要で、それはペレが持っていってしまっている。

けれど、開けたまま出ていって、あとで、あれがなくなったこれがなくなったといわれてはたまらない。いや、それもあるが、空き巣狙いが入った場合、そいつは結局何も盗まなかったとしても、物色するために部屋を荒らす。ホームシックから立ち直ろうとしている今は、帰宅したペレが、めちゃめちゃになった家族の写真を目にして何と思うだろう。ホームシックから立ち直ろうとしている今は、彼の心に無用な刺激を与えてはならないのだ。

ダビデは四号室に戻ると、土足のまま炬燵にもぐり込み、そのまま眠りに落ちた。


ダビデが三度目の眠りを破られたのは暴力的な声が侵入してきたからだ。

「ショーグン！　ショーグン！」

男の声がそう連呼し、近くでドアが激しくノックされている。

「ショーグン！　ショーグン！」

ノックに加え、ノブがガチャガチャ回される音もする。ダビデはうめきながら寝返りを打った。

一瞬静かになったのは次の嵐の前ぶれだった。

「ペレ！　ペレ！」

ごく近いドアが連打された。

「ペレは仕事だよ……」

ダビデは炬燵布団を頭からかぶった。

「ペレ！　ペレ！」

「留守だ！」

たまらず、ダビデは怒鳴り返した。

ドアが開いた。ダビデが寝ている位置からは見えなかったが、誰なのかは声でわかっていた。

「バロン、うるせーぞ」

三号室のインドネシア人だ。赤ら顔で目がぎょろりとしていることから、バリ島の民俗芸能に出てくる聖獣の名で呼ばれている。

「ダビデ？」

「ああ」

「ゆうべ飲んで泊まったのか」

「ああ。だから病気なの。静かにしてくれ」

「しょうがないやつ——、じゃなくて、ちょっと来てくれ」

「二日酔いだっていってるだろう」

「いいから、早く」

バロンが中まで入ってきて、ダビデの腕を掴んだ。

「いてて……。殺す気か……」

ダビデは引きずられながらこめかみに手を当てた。

「殺されたのはドラゴンだ。早く！　早く！」

3

ドラゴンは一号室の奥で倒れていた。窓際で白目を剝き、ぴくりとも動かず天井を睨みつけていた。

「呼ぶのは俺でなく救急車だろう」

そう責めたものの、もはや手遅れだとダビデは感じた。呼吸はなく、脈も感じられない。それに流血が尋常でない。ドラゴンが着たセーターは、胸も、腹も、袖も、赤くずぶずぶに湿っている。もとはいったい何色だったのだろう。グレーのカーペットには、彼の横にだけ巨大な染みができている。臭いもなまなましく、あまりの濃厚さにむせ返るほどだった。

「めんどうなことになると思って……」

ドラゴンから顔をそむけ、バロンがつぶやいた。

「めんどう?」

「だってこれ、事故?」

「どうしてこれが事故なんだよ」

セーターはずたずたに裂け、首筋や顔面にも切り傷がある。そして傷を作ったと思われる刃物の類は近くに見あたらない。

「そうだよ。一目見て殺されたのだと思ったよ」

「じゃあ救急車でなく警察を――」

「呼んだら捕まっちゃう、俺が」

「おまえがやったのか?」

ダビデは息を呑み、一歩退いた。

「バカいうなよ。俺は殺しちゃいない。でも警察を呼んだら俺……、とにかくまずいんだよ」

ダビデはピンときた。バロンは不法入国者なのだ。パスポートは持っているとしても、それは偽造したものに違いない。

「そうだよな。何もしていなくても、外国人であるという理由だけで身分を調べられるだろうな。日本人ならそんなことはないのに」

かくいうダビデも不法滞在者である。そればかりか暴力団とのつきあいもある。新宿の路上でアクセサリーを売るにはショバ代が必要で、それを組に納めるうちに若い幹部と懇意になり、最近ではトバシ携帯の取引を手伝うようになっていた。今も自室の段ボール箱の中には訳ありの端末が詰まっている。したがって、できることなら警察とはかかわりたくない。

「だからさ、どうしたらいいかわからなくて……。ダビデがいてよかったよ」

バロンがダビデの腕にすがりつく。

「そういわれてもなあ……。いま警察を呼ばないとしても、このまま放っておいたらいずれ誰かに発見され、警察がやってくるぞ。その前にこのアパートを引き払うか？　しかし逃げたら余計に怪しまれる」

ダビデはとりあえず部屋の入口まで退却した。

「死体をどっかに隠すというのは？」

「おまえ、車を運転できるのか？　俺は日本の運転免許を持ってないぞ」

「ダビデの知り合いに頼めないかな。ヤクザはこういうこと得意なんだろ」

「おまえな、そんなこと頼んだら一生つきまとわれる」

「じゃあどうすりゃいいんだよっ」

バロンがダビデの腕を振りたてる。

「どうするって、おまえが持ち込んだトラブルだろう。なんだって死体を見つけちゃったんだよ」

ダビデは頭を掻きむしって、

「よし、まずは状況を整理して、それから考えよう。死体を発見したのはいつだ？」

「いつって、さっきだよ。見つけてすぐに助けを呼んだ」

「いま何時？」

バロンが上着の袖をたくしあげ、腕時計をダビデに向けた。

「十二時半？　まだそんなものなのか」

ドラゴンは十一時五十二分すぎにはまだ生きていた。用足しに立った際、ダビデがその目で確認している。そして現在の時刻が十二時半。バロンが死体を発見してから十分ほど経過しているとして、するとドラゴンが殺されたのは十一時五十何分から十二時二十分にかけてとなる。

テーブルの中央に握り飯とゆで卵が置いてある。床にコンビニの袋が落ちている。コンビニで昼食を仕入れ、さて食べようとしたところを襲われたように見える。

ダビデは違和感を覚えた。

帰宅してきたドラゴンは手ぶらだったような気がする。なのにコンビニの袋があり、商品もある。

いや、違和感はそれではないような気がした。部屋の空気がおかしいとダビデは思った。妙に落ち着かないのだ。血の臭いが漂っているからだろうか。

「どうしたの?」

部屋全体を眺めわたしていると、バロンが怪訝な顔をした。

「何でもない。それで、おまえの部屋まで争うような音が聞こえてきたのか?」

ダビデは尋ねながら、違和感を呼び込むきっかけとなったテーブルに目を戻した。

「何も聞いてないよ。俺、朝から出かけてて、さっき帰ってきたばかりだもの」

「じゃあどうしてこの部屋を覗いた?」

「金を借りようと思って。日雇いのあてがはずれたんだよ、こんな天気だから」

「ドアに鍵はかかっていなかったんだな?」

話が重要になってきたので、ダビデは違和感を追うのをやめた。

「うん。ノックしても返事がないから勝手に開けた。そしたら……」

とバロンは死体に目をやり、すぐに顔をそむけた。

「で、隣の部屋のショーグンを呼び、彼はいないようだったから俺のところに——。ショーグンはいなかったのか?」

「うん。返事はなかったし、ドアに鍵がかかってた」

十二時前に用足しを終えてすぐ外出したということか。

「この部屋で余計なことはしてないだろうな?」

「え？」

ごくあたりまえの質問に、なぜかバロンはビクリと身を引いた。

「あちこちさわってたら、警察がやってきた際めんどうなことになるかもしれないぞ」

「警察は呼ばないって約束だろう」

「約束はしてない。それに、今すぐ呼ばなくても死体はそのうち発見されるんだって」

「さわったのは……、ドラゴンの体だけだよ。様子を確かめたから。最初は、様子がおかしいとは思ったけど、死んでるとは思わなかったんだよ。だって、うつぶせになっていて顔が見えなかったし、背中はそんなに汚れていなかったし。カーペットの汚れも、ちょうど体の下になっていて目立たなかった」

「死体を動かしたのか？」

現在のドラゴンは仰向け状態である。

「うん。呼びかけても叩いても返事がなくて、よく見たらいっぱい血を流しているようで、いったいどうなっているのかと、向こう側にごろんとひっくりかえした。いけなかった？」

「いや。でも、死体は元の状態に戻しておいたほうがいいだろうな。ほかにさわったものは？」

「ないない。何もしてない」

バロンは狼狽した様子で体全体を左右に振った。

その拍子にズボンの裾から何かが出てきた。

「なんだ、こりゃ」

ダビデはかがみこんで紙のようなものに手を伸ばした。そしてそれが血で汚れた一万円札だとわかった瞬間、猛烈な勢いで突き飛ばされた。

「ごめんごめん、ポケットが破れていて」

バロンはますます狼狽して一万円札を拾いあげた。するとまた別の一万円札がズボンの裾から落ちてきた。一枚二枚ではない。ジャックポットになったスロットマシーンのように、あとからあとから湧き出てくるではないか。ダビデは呆然とし、バロンは血相を変えて一万円札を掻き集める。

「まさか……、それ、ドラゴンの金か？」

ダビデはバロンに詰め寄った。

「そこに落ちていたんだよ。拾っただけだよ」

「おまえ、ドラゴンを殺して金を――」

「違う！　絶対に違う！　落ちていたのを拾っただけだって！」

「落ちていただと？　そんな大金がこの部屋に？」

ざっと見たところ、ゆうに三百万円はあった。

「ホントだって。死体の横に散らばっていた」

ドラゴンの意識がないのをいいことに、それを掻き集めて自分のズボンの中に詰め込んだらしい。

「なるほど、だから警察を呼びたくないのか」

要するに火事場泥棒である。

「そういうわけじゃないけど……」

もともと赤い顔をなお真っ赤に染め、バロンはうなだれた。

偽りはないようにダビデには思えた。ドラゴンはあれほど出血しているのだ。バロンが刺したのだとしたら返り血を相当浴びているはずだった。それにバロンが犯人であるなら、死体の存在をダビデに告げることもなかっただろう。

しかし現場に一万円札が剝《む》き出しで落ちていたとは、ダビデはにわかには信じがたかった。この三百万からの紙幣はドラゴンのものなのだろうか。彼はいつから金持ちになったのだろう。何をして稼いだのかはさておいても、それだけの現金が室内にあったら、それも剝き出し状態で置かれていたなら、たとえ犯人の目的が物盗りでなくても、これさいわいと持ち逃げするのではないだろうか。それともこれは犯人の所持金で、ドラゴンと争ったさい落としてしまい、慣れない人殺しに動転して拾い忘れたのだろうか。

「とにかく金は元に戻せ。そんな血まみれの札を持っていたら警察に捕まるぞ」

ダビデが脅かすと、バロンは未練がましい表情で部屋の奥に歩んでいき、死体の足下あたりに紙幣を投げ置いた。ダビデは冗談半分に念を押した。

「全部戻せよ」

床の山にもう四、五枚追加された。

「なんて野郎だ。助けてやらねえぞ」

ダビデはあきれて廊下に出た。

一号室のすぐ横は一階部分の玄関になっている。ダビデは頭を冷やそうと戸外に顔を出した。突然の災難に二日酔いはどこかに飛んでいってしまったが、それと入れ替わりに別の頭痛の種が飛び込んできてしまった。

バロンを助けるにしても、その方法がわからない。いや、これはバロンを助ける助けないではない。警察の介入はダビデ自身にとっても死活問題であるのだ。

雪景色をぼんやり眺めながらダビデは、さてどうしたものかと考えた。

一号室を封鎖してはどうだろう。室内を物色して鍵を探し出し、ドアを外からロックしてしまうのだ。窓にも鍵をかけ、カーテンもきちんと引いておく。すると誰も室内を覗けない。寒い日々はまだまだ続くので死臭から発覚することもない。家賃滞納で大家が怒鳴り込んでくるまでにも相当な猶予があるだろうから、それまでに次の塒《ねぐら》を探してこのアパートから撤退する。

とっさにはその程度のことしか思いつかないし、そんなことはしたくないとダビデは思った。自分がドラゴンを殺したのではないのだ。なのにどうしてこそこそ逃げなければならないのか。

ダビデは溜め息をつき、狭い土間を行きつ戻りつした。

雪はもうやんでいて、わずかに陽光も射している。

門から建物までのアプローチにはうっすらと雪が積もっている。

それを靴の跡が汚している。

足跡は二筋ある。

ドラゴンを殺害した人物が往復した跡だろうと、ダビデはまず思った。

しかしよく見ると足跡の様子が妙だった。

二筋の足跡は、爪先がいずれもこちらを向いているのだ。つまり両方ともアパートにやってきた人物のものである。アプローチとは離れた場所にも目をやってみるが、敷地外に向かっている足跡は見あたらない。

犯人は後ろ向きに出ていったのだろうか。どうしてそんな不自然な歩き方をしなければならなかったのだろう。現場から逃げるのだから、前を向いて走りそうなものだが――。

と、ダビデは大変なことに気づいた。

「一枚も残っていない」

ジャンパーのポケットを叩きながらバロンが廊下に出てきた。

「外から帰ってきてすぐにドラゴンの部屋に行ったんだな？」

ダビデは勢い込んで、しかし声をひそめて尋ねた。

「そうだよ」

「雪は降っていたか？」

「俺が帰ってきた時？」

「そう」

「やんでた」

ダビデはうなった。

足跡は二筋で、爪先はいずれもこちらを向いている。今のバロンの発言から、うち一筋は帰宅してきた彼が残したものとわかった。ではもう一筋は？

犯人のものである。

十二時前に帰宅してきたドラゴンの足跡、とはならない。そう解釈すると、ドラゴンを殺したのはダビデかバロンのどちらかになってしまう。未知の侵入者の足跡がなくなってしまうからだ。ずっと一階にいたダビデが殺したのか、あるいはバロンが帰宅したその足で殺したのか。

しかしダビデは自分の無実を知っているし、バロンに対する印象もシロである。したがって問題の足跡は犯人のものでないとならないのだ。

ドラゴンの帰宅時にはまだ雪が降っていて、彼の足跡が消えたのちやってきた侵入者の足跡が残った。

帰宅してきたドラゴンが土間でアノラックを脱いでいたことも、その時はまだ雪が降っていたと語っているのではないか。部屋に入る前に服に積もった雪を払う必要があった。ショーグンの行動からも、ドラゴンの帰宅時には雪が降っていたと推測できる。仮に、ドラゴンの帰宅時に雪がやんでいたとすると、ドラゴンの帰宅直後に外出したショーグンの足跡が残っていなければならない。しかし現実には外に向かっている足跡は見あたらない。降雪によって消されたのだ。

したがって、足跡は犯人のものだと断言できる。

ところがそう見なすと新たな問題が発生する。

外に向かっている足跡が一つも存在しないのだ。ショーグンの足跡ばかりか犯人のそれも。

ショーグンが出ていった時の足跡は雪に消されても、犯人のそれが雪に消されることはない。なぜなら、やってきた時の足跡はしっかり残っているからだ。出ていけば、その足跡もかならず残る。

なのに外に向かっている足跡は一つもない。

ダビデはバロンの耳元に口を近づけた。

「やつはまだ中にいる」

「やつ？」

ダビデはバロンの顔を外に向けさせて、

「足跡の一つはさっきおまえが帰ってきた時についたものだ。もう一つは犯人がやってきた時についた。足跡はこの二つきりしかない。ここから出ていった足跡が残っていないのはなぜだ？」

バロンがひいっと声をあげ、ダビデはあわてて彼の口を塞いだ。

「で、で、でも、誰もいなかったじゃない。ドラゴンが倒れていただけで」

「ドラゴンを殺して、逃げようとしたら人がやってきたので、室内のどこかに身を隠した」

「人がやってきたって、俺のこと？」

ダビデはうなずき、一号室に足を向けた。

「お、おい、何するんだ？」

うろたえながらバロンがついてくる。

「決まってるだろ。犯人を捕まえる。押入あたりがクサいな」

「ヤバいよ。向こうはナイフを持ってる。ドラゴンの二の舞になっちまうぞ」

「こっちは二人だ。どうにかなる」

「向こうだって二人かもしれない」

「一人だ。足跡が一つしかない」

「でも……、ナイフで刺されるかも……」

「刺されたら天国が待っている」

「バ、バカいうな。天国だろうが、まだ死にたくない」

「この世の天国だよ」

ダビデはバロンに向き直って、

「犯人をこの手で捕まえれば俺たちはヒーローだ。不法滞在の件には目をつむってもらえるだろうよ」

そして一号室の中に入っていった。

押入は入口側の壁に設けられている。二人は、スリー、ツー、と小さく声をかけあい、ゴーの合図で押入の襖を開け放った。

バロンが意味不明の言葉をわめき散らした。威嚇のつもりらしい。

やがてバロンは息切れを起こした。何も起きなかった。押入の中に人はいなかった。天袋の中もあらためた。ベッドの中も空っぽだった。

「窓から逃げたんじゃないの？」

ほっとした表情でバロンがいった。窓は入口の正面にあり、その前にドラゴンが倒れている。死体や血痕を踏まないよう注意しながら、ダビデは窓に接近した。鍵がかかっていた。スクリュー式のそれをねじ開けて外を覗いてみたが、足跡は認められなかった。

二人はさらに廊下に出て共同便所を覗いた。ここにも人の姿はなかった。便所の窓は開いていたが、窓には格子がはまっている。手詰まりとなった。アパートの一階と二階は入口が別になっているので、階上に逃げたとは考えられない。

「いったいどうなってるんだ。犯人はどこに消えた」

ダビデは呆然といった。二人の偉大な同胞、フレデリック・ダネイとマンフレッド・リーにエラリー・クイーンを招喚してもらいたい気分である。

「まあ、襲われなくてよかったよ」

目先の不安がなくなり、バロンはのんきなものだった。ダビデは逆に、状況がますます悪くなったと感じていた。

「何がいいもんか。ヒーローになるもくろみがはずれたんだぞ。それに、これで絶対に一〇番するわけにいかなくなった。犯人が外に出た様子がないことから警察は、俺たちがかくまっていると考え、それぞれの部屋の中を徹底的に調べる。お互いのヤバい部分がまるわかりだ」

「じゃあやっぱり、このまま知らんぷりするしかないか」

「だから、そうしてもいずれ死体は発見されるんだって。警察にパスポートを見せろといわれたらどうする」

バロンはしゅんとした。ダビデも口をつぐみ、沈黙が訪れた。

逃げ道は一つある。

あの足跡をショーグンが出ていった時のものと解釈するのだ。ショーグンが出ていったのは雪がやんでからで、しかも彼はわざわざ後ろ向きに歩いた。なぜなら彼がドラゴンを殺したからだ。侵入者がやってきたと思わせるために後ろ向きに出ていった。

しかし警察は、日本人の青年がそんな不自然な歩き方をしたと考えるよりも先に、自然な形で犯行ができる外国人を疑うだろう。疑われれば身辺を徹底的に洗われる。

やはり逃げ道はない。

バロンが手を打った。

「犯人は雪が降っている間にやってきたんじゃないの？　で、一号室の中で待ち伏せしていて、帰ってきたドラゴンを襲い、後ろ向きに出ていった。前を向いて出ていったら待ち伏せしていたことがバレるから」

「ドラゴンは鍵をかけて外出していた。帰宅した時、彼が自分で鍵を開けたのを見た。誰も待ち伏せはできない。同居人はいないし」

ダビデは却下する。

「泥棒なら鍵を開けられる。そう、留守中盗みに入ったんだけど、帰ってきてしまったから殺した」

「剝き出しの一万円札三百枚を持っていかない泥棒がどこにいる」

ふたたび沈黙が訪れる。電気ストーブが、虫の羽音のように、ジリジリと気味悪く鳴り響く。それにたまりかねたのか、バロンが話を蒸し返した。

「なあ、やっぱりヤクザに頼んでくれよ。あれだけあればどうにかしてくれるんじゃない？　ヤクザだったら血が付いていても何もいわないだろうし」

と死体の横の札束をちらっと見る。ダビデは首を左右に振った。

「ヤクザはだめだ。金の問題じゃない。やつらに借りを作りたくない」

「じゃあオマワリに握らせるってのは？」

「あのなあ、警察が金で動くか」

ダビデは言下に否定した。が、その直後、ある男の顔が脳裏に浮かんだ。

「おまえ、いくら出せる？」

ダビデは態度を変えて尋ねた。警察と癒着している民間人を知っている。彼を警察との間に立たせればうまくいくかもしれない。

「いくらって、あそこにあるだけ」

バロンは未練がましく血まみれの札束に目をやる。

「あの金のことは忘れろ。おまえが自力でいくら出せる？」

「うーん、五千円……、せいぜい一万円かなあ」

「一万かよ」

ダビデはあきれた。しかしすぐに妙案を思いついた。

「オーケイ、それでどうにかしてやる」

ダビデはバロンの肩を力強く叩いた。

「おい、一万円だぞ。俺にとっては大金だけど、たったの一万円だぞ」

「わかってる」

「一万ドルと勘違いしてないか？」

「心配するな。一万円ポッキリで追加は請求しないよ」

ダビデは親指を立て、怪訝な表情のバロンに背を向けると、上着のポケットに入っていたトバシ携帯を使って私立探偵に助けを求めた。

4

「私は現場に出向かない主義なんだけどね」

八神一彦《やがみかずひこ》は憮然とした表情で一号室の前にしゃがみ込み、ティッシュペーパーで革靴の汚れをぬぐった。

「俺はあんたに協力を求めたが、あんたに出てこいとはいってない」

ダビデはやり返す。

「あいにく調査員が全員出払っていた。おっと、一人だけ手があいていたか。しかし彼女を派遣するのはまずいだろう。感情が仕事に支障をきたす」

ダビデはかつて、この男の部下と関係を持っていた。かなり気まずい別れ方をしたので、ダビデとしても彼女が派遣されてほしくなかった。

八神は探偵事務所のボスである。探偵といっても、家出人や浮気を調べているわけではない。専門は刑事事件の調査だ。警察が見逃した情報を拾い集め、捜査本部に売りつけている。そんな不法がまかりとおるのも、八神が警察組織の大物と強いパイプを持っているからで、いわば警察の別働隊、いい換えれば警察の飼い犬だった。

「心づかいには感謝するよ。で、ボスがじきじき来てくれたということは、頼みを聞いてくれると判断していいんだな？」

「君には大久保の事件で――」

腰をあげようとして八神がよろめき、一号室のドアにぶつかった。

「おいおい、なんて屋敷だ、ここは。鉛直線に沿って建っていないじゃないか」

「慣れりゃあどうってことない」

「今に倒壊するぞ」

「そしたら彼女に、息子のことをよろしく頼んでおいてくれ。で、協力してくれるんだな？」

「君にはコロンビア人娼婦の一件で借りがある。あの時は事務所を開いたばかりで、ろくな礼ができなかった」

「助かるよ。正直いって、あんただけが頼りなんだ」

ダビデは八神に手を差し出した。しかし八神はそっぽを向いて、

「二つの条件がクリアできればね」

「条件？」

「君には借りがあるが、勤務時間中にボランティア活動をしては部下に示しがつかない」

「だから電話でもいっただろう。金は払う。ガルーダに誓ってこいつが百万払うそうだ」

ダビデはバロンの肩を叩いた。

「おい、俺は一万しか……」

バロンがうろたえた。

「心配するな。足りない分は俺がなんとかする」

ダビデはもう一度バロンの肩を叩いた。

「でも、足りない分って、九十九万……」

「いいから、大船に乗った気持ちでいろ」

「泥船の間違いじゃないのか?」

八神は鼻で笑う。

「信用しろ。さるところに蓄えがある。ことがうまく運んだら、百万はキャッシュで支払う」

ダビデは八神を睨みつける。

「よかろう。信用してやる」

八神は肩をすくめた。

「百万でいいんだな? それ以上は一円もふっかけないな?」

ダビデは確認した。

「信用しろ」

今度は八神が睨みつけてきた。

「これで契約成立だ。なんなら契約書を作るか？」

ダビデは手を差し出したが、またも拒否された。

「不法滞在者と契約を結んでもはじまらない」

「とにかく条件の一つはクリアだな。で、もう一つは？」

「君たち二人のいずれも加害者ではない、あるいは加害者と共犯関係にないこと。実は犯人であるのにそいつを調べるなとは、いくら私でも警察にはいえないね。そんなことしたら廃業だ」

「俺は無関係だ」

ダビデはいい、

「俺だって何もしてません！」

バロンも手をばたつかせてわめいた。

「それは自己申告だろう。第三者である私の目が君らの潔白を確認してはじめて、君たちは真に潔白となるのだよ。その確認が必要だから、わざわざこんな場所に出向いたんだ」

「じゃあとっとと確認してくれ」

「頼まれても三十分以上かけるつもりはないね」

八神はダビデにコートを押しつけ、白い手袋をはめて一号室のドアを開けた。まずはドラゴンのもとに歩み寄り、体をためつすがめつする。

「そこの金にはいっさい手をつけてないからな」

ダビデは先回りしていった。

「しかし死体は動かしたな。位置関係がおかしい」

八神は死体と床の血痕を交互に指さす。

「生死を確かめただけだよ」

「そうです。ただそれだけです。その拍子に金がばらけちゃったかもしれませんけど」

バロンが余計なことを口走った。

「もとはここにうつぶせで倒れていた」

八神がカーペットの巨大な染みを示した。死体は今、窓の下の壁に隣接している。床の血痕は体一つ分手前である。

「そうです。ただいま元に戻します」

バロンが死体の方に寄っていく。八神はそれを手で制して、

「それにはおよばない。このままにしておいたほうが都合がいいかもしれない」

妙な物言いをしながら腰をあげた。今度は窓の施錠を確認し、外の地面を観察する。

ダビデはバロンの腕を強く引き、彼の耳元でささやいた。

「へこへこするな。俺たちはあいつを金で雇ったんだぞ。対等の関係だ」

「でも踏み倒すんだろう。機嫌をとっとかなきゃ」

「金は払うよ。踏み倒したら警察に引き渡される。あいつはそういう男だ」

「でも百万円なんて……」

「だから俺にまかせろって。いいか、やつの前で二度と金の話は口にするな。うまくいく話もいかなくなる」

ダビデは釘《くぎ》を差し、八神が近づいてきたので自分も口を閉ざした。

八神は押入を覗き、ベッドをあらため、テーブルやカラーボックスをさわってまわる。先刻ダビデがやったことの焼き直しだ。ただ、一つだけ違ったのが、天袋の奥に腕を差し伸ばし、上方を叩いたことだ。すると天井の一部が向こう側にはずれ、四角い穴がぽっかりと空いた。八神はポケットからＭＡＧの小型ライトを取り出し、天袋の中に上半身を突っ込んだ。

「忍者が出入りするのか？」

バロンは日本家屋の特徴を知らないようだ。ダビデも確認を怠っていた。穴は五十センチ四方。小柄な人間なら通過できる。そして各部屋に同じ穴がある。天井裏は出入りが自由な共有スペースなのだ。

次に八神は歩きはじめた。台所から死体まで歩き、台所に戻ってきて、また死体まで歩いていく。横の壁から向かいの壁まで歩き、回れ右をして戻っていく。考えを整理しようとしているのか、歩きながら指を折り、時折立ち止まっては足下を見つめる。

そんな檻の中の動物のような動きを繰り返している最中、八神の携帯電話が鳴った。

「悪い知らせだ」

短い通話を終えると、八神は難しい顔をして部屋を出ていく。

「どうした？」

ダビデはあとを追った。八神は答えず、土間から外に出る。

「緊急の仕事が入ったのか？」

「事件の直前に被害者を見かけたと君はいったね？」

八神が足を止めた。

「ああ」

「そのとき被害者は外から帰ってきたのだね？」

「ああ」

「それは何時のことだ？」

「十二時」

「間違いないな？」

「ああ。正確には十一時五十何分だが」

「時計を読み違えた可能性はないいな？」

「ないよ」

「自分の正しさが首を絞める結果となっても後悔しないな？」

八神が振り返る。

「何をいいたいんだよ。数字は世界共通だ。一時間が六十分であることも。誰が読み違える」

ダビデはいらついた。八神は視線をバロンに移す。

「君が帰ってきたのは何時？」

「十二時十五分か二十分か、そのくらいです」

「間違いないね？」

「嘘はついていないです」

「やはり事態は最悪だ」

八神は肩をすくめた。

「きちんと説明しろ」

ダビデは八神に詰め寄った。わけがわからないが、妙に不安な気持ちが押し寄せてきた。八神は雪の上を指さした。

「足跡が三種類ある。いずれも外からこちらに向かってきている。一つは、先ほどやってきた私がつけたものだ。もう一つはそっちの彼が帰宅してきた時のもの。では残る一つは？」

「犯人のだ。決まってる」

ダビデは即答した。しかし八神はいった。

「被害者のものだ」

「ドラゴンの？　バカな。そしたら犯人は外からやってこなかったとなってしまう」

「仕方ない。状況がそう語っている」

「ふざけるな。俺はやっちゃいない。バロンもだ。そして二号室の人間は不在。犯人は外部からやってきて、そのとき足跡を残したんだよ。あんた、俺たちを陥れようとしてんのか？」

ダビデは八神に摑みかかった。

「どう思おうと勝手だが、雪は被害者の帰宅以前にやんでいる。これは地球規模の事実だ」

「はあ？」

「今の電話は君の元彼女からだ。出がけに私が、民間の気象サービス会社に問い合わせるようういっておいた。そこでは都内の局所的な天気情報を提供しており、新宿西部地区で雪がやんだのは十一時三十三分ということだった。観測地点はＮＳビルだが、ここは一キロしか離れていない。したがって、被害者が帰宅してきた十二時前にはこのアパート上空からも雪雲は去っていたと断言できる。被害者の足跡は残ってしかるべきなのだよ」

「ふーん、便利な会社があるもんだ」

バロンが感心した様子でうなずいた。

「バカ野郎。このままだと俺たちが犯人にされちまうんだぞ」

愕然とし、ダビデは腕の力を抜いた。あの足跡がドラゴンのものであると決定づけられてしまうと、苦しまぎれの逃げ道――ショーグンが犯人で、殺害後後ろ向きに出ていった――も閉ざされてしまう。

「真相はどうあれ、状況は内部犯であることを明示している。それを覆せないかぎり、君ら二人が犯人の最有力候補だ。私が口をきいたところで警察は、君らを徹底的に調べる」

「いやだいやだいやだ！　俺は何もしてない！　信じてください！　悪いことは何もしていません！」

バロンが八神の腕にむしゃぶりついた。

「この足跡が本当にドラゴンのものなのか、彼の靴とつきあわせてみてくれ」

ダビデは往生際悪くいった。八神は首を左右に振った。

「そうしたいのはやまやまだが、もはや私一人の手にはおえない。もともと水っぽい雪質だったのに加えて、気温の上昇が早すぎた」

雪はシャーベット状になっていて、足跡の形はすっかり崩れている。どちらが爪先なのかも判然としない。

「今すぐ警察を呼んで型を取らせればどうにかなるかもしれないが、さてどうする?」

「だめーっ！　いま警察が来たら俺が犯人にされちゃう。でも俺は何もしてないぞ！　信じてください！」

バロンがわめき散らし、菓子をねだる子供のように足を踏み鳴らした。

「ちょい待て。ショーグンの足跡は?」

ダビデはある矛盾に気づいた。

「雪がやんだのが十一時三十何分だとしたら、ショーグンの足跡が残っていないとおかしいじゃないか」

「おかしい?　おかしいのは君の方だよ。ショーグンとやらがいつ出かけたというのだ」

八神はあきれ顔で応じた。

「十二時過ぎだ。雪がやんだとされる時刻よりあとのことだ。だから彼の足跡は当然残る。なのに残っていない」

「君は私の質問の意図がわかっていないようだね。ショーグンが外出したと、いったい誰が確認したのだ」

「確認?　部屋にいないじゃないか」

「中を覗いたのか?」

「は?」

「ショーグンの足跡がないことはすなわち、ショーグンが外出していないことを示しているのではないのかね。私なら素直にそう解釈するよ」

「外出していない？」

ダビデがきょとんとしたその時、背後でカタリと音がした。

「上様のお出ましだ」

八神がくくっと忍び笑った。

「さっきからいったい何の騒ぎだ！」

廊下に現われたのは、まさに二号室の住人、ショーグンその人だった。

5

「出かけたんじゃなかったのか？」

ダビデは驚き、その日本人を見つめた。

「誰が？」

ショーグンは目元にかかった髪をうっとうしそうに掻きあげた。

「部屋にいたのか？」

「そうだよ」

「朝から。午前中に一度出たけど、それは便所。あなたとすれ違ったあの時。あとはずっと机の前」

「いつから?」

「じゃあどうして呼んでも返事しなかった」

バロンが憤慨した。

「めんどくさかった」

「なんてやつだ。あんなに叩いたんだぞ。大切な用事だと思えよ」

「そんなにでかくは聞こえなかったけど」

ショーグンが拳を開くと、円筒形のスポンジのようなものが二つあった。

「この大事な時に耳栓なんてしてるなよ」

「あなたたちにいわれたかないね。きのうはきのうで、夜中から宴会をはじめたバカどもがいる。試験勉強どころじゃなかった。試験は今晩だぞ。仕方ないからバイトは休むことにした。耳栓をして集中しようとしてどこが悪い」

ショーグンは昼間働くかたわら、大学の夜間部に通っている。

「ゆうべは悪かった。試験勉強しているとは知らなかった。一言注意してくれれば静かにしたんだけど……。ともかくすまなかった」

ダビデは形式的に頭を下げた。

「僕の経験上、あなたたちはこんなに流暢な、いまどきの高校生よりわかりやすい日本語をしゃべれるというのに、文句をいわれた時だけ都合よく、日本語がわからないふりをする。ふざけるなといいたいね。それで？　これはいったい何の騒ぎ？」

「ドラゴンが殺された」

「え⁉」

「部屋で殺された。バロンがあんたを呼んだのはそれを知らせるためだった」

「殺されたって、そんな……。だって、僕、午前中に会いましたよ。元気でしたよ。あなたも廊下で見たでしょう？」

ショーグンが目をきょときょとさせた。

「病死じゃないんだから、元気だったことは関係ないだろ。嘘だと思うなら隣を覗いてみろ」

「二つ三つ、質問を」

それまで傍観していた八神が前に出てきた。

「一号室に誰かが入る、あるいは出ていくのを目撃していませんか？」

「見ていません」

八神は名乗りもしなかったが、ショーグンは動転しているようで、警察官に対するように素直に答えた。

「アパートの玄関、あるいは周辺で不審な人物を見かけたということでもいいですが。不審とは、たとえば服が血で汚れていた」

「見てませんよ、そんなの。さっきいったじゃないですか、部屋を出たのは便所に行った一度きりだって。その時ドラゴンさんはまだ生きていたし、連れがいたということもありませんでした」

「殺害現場はお隣です。被害者が帰宅したあと、壁越しにお隣の会話を聞いていませんか？　どんな単語でも結構です。それが犯人像を絞り込むキーワードとなるかもしれません」

「ずっと耳栓をしてたから……。わさわさした感じは伝わってきたけど、それはテレビの音だと思ってました」

「声の質も？」

「わかりません」

「ありがとうございました」

八神は軽く頭を下げてショーグンに背中を向けた。

「おい、もうやめちゃうのかよ」

ダビデは八神の肩を摑んだ。

「何も見ていない、聞いていないのだから、これ以上尋ねても仕方ない」

「もっと重要な質問があるだろう。それともわざと突っ込まず、泳がそうって作戦か？」

「泳がす？　なんです。僕が犯人みたいじゃないですか」

ショーグンがむくれた。ダビデは八神を押しのけ、ショーグンの前に立った。

「ドラゴンを殺したのは、俺か、バロンか、そうでなければあんただ」

「は？」

「犯人が外部からやってきた形跡がないんだよ。細かい話は省くが、ここの一階部分は密室状態になっていた。つまり一階にいた人間しか一号室に入れなかった。では誰がドラゴンを殺したのか。俺は違う」

「俺もだ！」

バロンがわめく。

「ペレも違うぞ。彼は十時にアパートを出ている。ドラゴンが帰宅する以前だ。すると残るは、ショーグン、あんたしかいない」

「じょ、冗談じゃない！」

「俺も信じたくない。だが、日本でもこう教わるんだろう？　四引く三は一」

「僕はずっと部屋にいた！」

「ドラゴンを殺したあとはね。血まみれになった服を着替え、顔を洗う必要があったから、俺たちの前に最初から姿を現わすわけにいかなかった」

「ずっと机の前にいた！」

「現場を見てひっかかったことがあってね、何百万もの金が手つかずで残っていたんだよ。しかしあんたを犯人とすれば、その謎にも説明がつく。ドラゴンを刺し、さて金を持ち去るかという時にバロンがやってきてしまったのだ。だから金はほっぽり出して押入にでも隠れた。やがてバロンは出ていった。しかしほかの部屋の人間を呼んでいる。いま出ていけば目撃されるし、押入に居続けたら人が集まってきてしまう。あんたはそこで、忍者のように天井裏を使って自分の部屋に戻ったのだ。その前に金を搔き集めようとしたけれど、なぜか一枚残らず消えていたので、体一つで逃げることになった。残念だったな、あの金はバロンのズボンの中だったんだよ」

「それは内緒の約束だろう」

バロンがあわてた。

「刑事さん！　こいつがいってることはでたらめです！」

ショーグンが八神に泣きついた。八神はポケットに手を突っ込み、ダビデにMAGライトを差し出してきた。

「私の目には、天井裏の埃や蜘蛛の巣は乱れていないように映ったがね」

ダビデはうっと言葉を飲み込んだ。我が身の安全を確保したいがための勇み足だった。

「まあいい。だがショーグン、あんたも警察に目をつけられるぞ。それだけは忘れるな」

「これは任意の事情聴取なんでしょう？」

ショーグンは強がるダビデを無視して八神に尋ねる。

「そうです」

「僕はもういいでしょうか？　そろそろ学校に行く準備をしたいので」

「どうぞ」

「何か思い出したらまたの機会にお話ししますが、期待はしないでください。ともかくいま僕がいえるのは、誰も見ていない、何も聞いていない、そして僕は朝からずっと自分の部屋で勉強をしていた、ということです。午前中に一度便所に立っただけなんですから」

信じてくださいと言い残し、ショーグンは二号室に引っ込んだ。

「ちょっと待った」

八神が声の調子を変え、閉じたばかりのドアを勢いよく開けた。

「さっきからどうも気になっていたのだが、あなた、便所に行ったのは午前中といいましたね？」

「そうです。その一回だけ」

ショーグンが顔だけ覗かせる。

「その時、外から帰ってきた被害者を目撃し、この男とも出くわした」

と八神はダビデを顎で示す。

「そうです」

「その時刻は十二時だったとこの男はいっている。十二時が午前中？　正確には十一時五十何分らしいが、一般にそのあたりの時刻を午前中とは表現しない。昼という」

するとショーグンは首をかしげて、

「十二時？　十一時ごろですよ」

「十二時だったろう」

ダビデは眉を寄せた。

「いや、十一時です。一服しようとテレビをつけたら料理番組をやっていた」

ショーグンは、夕食バンザイ、と腕を突きあげた。

「俺だって時計で確認した。十二時だった」

「十一時」

「十二時！　ああわかったぞ。あんたが見た料理番組は3分クッキングだ。あれは十一時五十何分からだ」

「違います。プロ野球選手と結婚した元女子アナが出ていました」

「十二時だ、十二時。俺とあんたが廊下で出会ったのは一度だけだぞ。なのにあんたが十一時といって譲らなかったら、二度会ったことになってしまう。そんなバカな話があるかよ」

今にも殴らんばかりに、ダビデがショーグンに食ってかかる。

そこに八神の快活な声が響いた。

「そう、そんなバカな話はない。したがって、どちらかが間違ったことをいっている。よしよし、これでようやく理想的な結末をデッサンできるぞ」

6

「十一時と十二時、どちらが正しいのか？　私はほとんど見抜いたが、念のため確認するとしよう」

八神は携帯電話を耳に当てて戸外に出ていく。

「あんた、なんで嘘をつく」

「そっちこそ」

ダビデとショーグンは口々に相手を罵る。その不毛なやりとりの中、ダビデは突然閃いた。

「あんたが十一時だと嘘をつくのは、そう主張することで自分自身が得するからだ。雪がやんだのが十一時半、ドラゴンが帰宅したのが十二時、だからあの足跡はドラゴンのものだと考えられた。ところがドラゴンの帰宅を十一時と早めることで、あの足跡を彼のものではなくしてしまえる。十一時にはまだ雪が降っていた、ドラゴンの足跡は雪に消された、とね。そして、ドラゴンの足跡が消えたあと、誰かがやってきたと思わせられる。つまり、外部犯の可能性を出そうって魂胆だ」

「何のことかさっぱりわからない」

「外部犯の可能性を出すことで、自分にかかった疑いをそらすことができる。つまり、やっぱりあんたがドラゴンを殺したんだ」

「あなたは僕に何の恨みがあるのです。いいかげんにしないと訴えますよ。あ、刑事さん、この男をどうにかしてください！」

戻ってきた八神にショーグンが泣きついた。

「うん、こういう男を野放しにしておいたらいけない。訴える際には手続きを代行してあげましょう」

八神は笑った。

「おい、じゃあ嘘をついてるのは俺だというのか？」

ダビデは色めきたった。

「君も嘘はついていない。ただ、勘違いしている」

「勘違い？　俺が？」

「十二時というのは君の思い込みだ。被害者の帰宅時間は、実際には十一時だったのだよ」

「十二時だ。時計で確認した」

「その時計に問題があった」

「狂っていたというのか？」

「そう」

「時計が一時間狂うのに何十年かかると思ってるんだ。いまどきの時計はみなクォーツだぞ。一時間狂う前に電池切れだ」

「狂っていたという表現は正しくないな。一時間進んでいた。いや、これも正しくない。一時間進んでいるように見えた」

「同じことだろ」

「違うね」

「どう違う――、あ！　違うのはあんただ。思い出した。時計は狂っていなかった。絶対に」

ダビデは手を打って、

「テレビの時刻表示と一致していた」

最初に目覚めた時のことだ。

「君はあくまで、被害者の帰宅は十二時だったといい張るのだね」

「いい張るもなにも、それが真実だ」

「よかろう。しかし君だって、外部犯の可能性がないと困るのだろう？　君の主張が正しかったら、外部犯の可能性はゼロだよ。勘違いを認めたほうが得策ではないのかい？」

たしかにそうだが、ダビデにも意地がある。損得だけで主張は曲げられないし、時計とテレビをつきあわせたという事実もある。

「確かめればいいじゃない」

バロンがじれて四号室に向かった。八神とショーグンがそれに続く。ダビデは妙な胸騒ぎがして、一人その場にとどまった。

「合ってるよ、合ってる」

そうバロンの声が届いてきたので、ダビデは四号室にすっ飛んでいった。

バロンは目覚まし時計をダビデに向けた。自分の腕時計もずいと突き出す。いずれの針も二時四十四分を指していた。

「ほら、正しいのは俺だ」

ダビデは勝ち誇り、八神の背中を叩いた。八神は振り返り、一枚のパネルを突きつけてきた。

「便所から帰ったあと見たのはこっちなんだろう？」

電話機の横に置いてあった家族写真のパネル時計である。

ダビデは眉を寄せた。

液晶は三時四十四分を表示していた。

「どうしてだ。どうして一時間も狂っている。クォーツだぞ」

「この部屋の主が操作したからだよ」

「ペレが？　わざと一時間進めたというのか？　何のために？」

「そろそろピンときてもよさそうなものだがね」

八神は挑発的に言葉を止めた。

質問を重ねるのも悔しく、ダビデは考えた。

意図的に時刻を変えたからには、そうすることで操作した本人に何らかの利点があるはずだ。操作した本人とはペレ。一時間進めると、ペレは何を得するのだろう。

ダビデはそして、ギョッとするような考えにいたった。

自分はペレに利用されたのではないか？

ペレは今朝、時計を一時間進めてから仕事に出かけた。いや、仕事に行くふりをして近くで待機し、ドラゴンの帰りを待った。ドラゴンが帰ってくると、少し遅れて一号室を訪ねた。それは十一時半以前のことなので、二人の足跡は残らない。ペレはそして、一号室内でドラゴンを殺した。ペレはこのところ無駄づかいがかさみ、仕送りに困っていた。ドラゴンがまとまった金を持っていると知り、それを奪い取ろうとしたのだ。ところが殺したあと金を探すのに苦労し、現場を離れる前にバロンがやってきてしまった。そこで押入に隠れてバロンをやりすごし、隙を見て脱出した。門まで後ろ向きに歩いたのは予定の行動で、ドラゴンだけが帰宅し、自分は戻ってきていないと思わせるためだ。そのためには、一時間進んだ時計を実時間だと思い込み、そう証言してくれる第三者が必要だった。だからペレはダビデに、この部屋で寝ていろと強く勧めたのだ。

しかし、とダビデは思う。

時計を狂わせ、それを見た第三者の証言で捜査を誤った方向に持っていく、というのは計画的な犯行である。しかしドラゴンの外出や天気は予測不能である。ドラゴンの帰宅時間は事前に彼と話すことでかなり絞り込めるかもしれないが、雪が降りやむ時刻は読みきれない。天気予報などあてにならない。また、第三者が眠りこけていたら時刻の誤認は発生しない。目覚めても時計を見るとはかぎらない。計画的な犯行に不確定要素を盛り込むのは危険だし、行動として不自然である。それに、時刻の誤認をさせたいのに、どうして目覚まし時計の方の針は進めなかったのだ。手落ちである。

ダビデが混乱していると、八神がいった。

「この部屋の主はブラジル人だ」

「ああ」

「出身は東部だろう?」

「ああ」

「リオデジャネイロ？」

「いや、サルバドール」

「バイーア州だから東部だね」

謎かけのつもりなのか、八神はそこで言葉を置いた。ダビデが首をかしげていると、つまらなそうな顔をして口を開いた。

「彼は極度のホームシックにかかっていたのだろう？」

「ああ」

「サルバドールの家族と頻繁に話していた」

八神は電話機に手を置く。

「ああ、今朝もね」

「そして、これが横にあった」

八神はいま一度パネル時計をダビデに向けて、

「何時だ？」

「三時五十三分」

「午前？　午後？」

「午後に決まって――」

「誰が、いつ決めた？」

と八神がつついた先には「AM」とあった。

「午前!?　じゃあなんだ、一時間でなく、十三時間も進んでるのか？」

ダビデはますます混乱した。

「十三時間進んでいるのではない。十一時間遅れているのだ」

「同じことだろ」

「それを同じとしか考えられないから、君はこの期におよんでも真実が見えないのだ」

八神が眉をひそめた。

「ブラジル時間だ」

ショーグンが指を鳴らした。

「まさにそのとおり。ブラジルの東部時間だ。通常は日本の十二時間遅れだが、現在向こうはデイライト・セイビング・タイム、すなわち夏時間の期間にあり、一時間早まって十一時間遅れ。南半球だから今がまさに夏なのだね。先ほどブラジル大使館に問い合わせたところ、今期の夏時間は、昨年の十月十一日から今年の二月二十一日、つまり明後日までだそうだ」

「ペレのやつ、故郷が恋しくてたまらなくなり、ブラジル時間を眺めながら、今ごろ息子はどうしているだろうかと溜め息をついていたのか。パネルの写真も家族が集合したものだし」

　ダビデも溜め息をついた。

「それもあるだろうし、実用の意味もあると思われる。ブラジルに電話する際、向こうの時刻がすぐにわかったほうが都合がいい。一方、目覚まし時計は日本時間に合わせておかなければ日常生活に不都合を生じる」

　時間の感覚がおかしく感じられたのは二つの時間帯を行き来していたからなのだとダビデは思った。

　最初に目覚めたのは十時。二度目に目覚めたのは十一時。しかしこのとき見た時計は十二時を示しており、だから二時間も経過したのかと不思議に思った。

　逆に、三度目に目覚めた際には、もっと長く寝た気がしたのにと思った。そのとき見た時計は日本時間に合わせたバロンのもので、十二時半を示していた。前回見た時計が十二時を示していたので、わずか三十分しか経っていないのかと思ったのだ。しかし実際には十一時から一時間半ほど眠っていたのである。

「米粒みたいな字だからいけないんだよ」

　負け惜しみでなく、「AM／PM」の表示は顔を近づけなければ判別できなかった。それにダビデがこのパネル時計を見たのは寝起きであり、酒が残ってもいた。

「時計は正確である、日本時間を示している、という思い込みも作用したと思うがね」

八神は余計な補足をして、

「ということで、君が被害者を目撃した十二時はブラジル時間であり、日本時間にしたら十一時。雪がやんだのが十一時半なので被害者の足跡は消えてしまう。したがって問題の足跡は被害者のものではない。加害者は外からやってきたのだ。安心しなさい、君たちは無実だ。これで第二の条件がクリアされたね。よし、君の依頼を受けてあげよう。ようやくふりだしに到達だ」

7

疑いが晴れ、ほっとした表情でショーグンが去っていくと、ダビデは八神に尋ねた。

「スタートに戻ったはいいとして、じゃあ外からやってきた犯人はどうやって外に消えたんだ?」

「その質問に答える義務はない」

八神はぷいと顔をそむけた。

「なんだと?」

「そもそも私は何のために呼ばれたのだ? この事件を解決に導くためではない。君とそっちの彼の痛い腹を探らないでくれと捜査関係者に取り入るためだ」

「とかいいながら、あんたのことだ、謎はあらかた解けてるんだろう？　で、その答を警察に売りつける。一つの事件で二つの儲けを得ようって魂胆だ。だったらリービスで教えてくれよ。このおいしい儲け口のきっかけを作ってやったのはどこのどなた様だ？」

「ずいぶんしゃれた口をきくようになったじゃないか。そういう言い回しは組の連中に教わったのか？　よかろう、現場で説明してやる」

八神はパネル時計を電話の横に戻し、体を入口の方に反転させた。その拍子に彼はよろめき、腰が砕け、横置きしたカラーボックスの上に手を突いた。写真立てがいくつか崩れ、サッカーボールが床に落ちた。

「気をつけろ。ペレの心の支えなんだぞ」

ダビデは写真立てを元に戻し、窓際まで転がっていったボールを拾いあげた。

「私が悪いのではない。こんな傾いた建物で生活しているほうがどうかしている」

「まだ慣れないのかよ。毎晩接待酒ばかり飲んでるから足腰がヤワなんだよ」

ダビデは笑い、なおふらついている八神は放っておいて廊下に出た。

八神はバロンの肩を借りて一号室にやってきた。そして椅子に座るなりわけのわからない話をはじめた。

「和歌山に傾いたラーメン屋があってね。傾いたといっても経営状態が悪いという意味ではないよ。文字どおり建物が傾いている。このアパートのようにね。だからラーメンの丼をカウンターに置くと、なみなみ注いであるスープがこぼれてしまう。といってスープを少なめに盛ったら商品の価値が下がる。そこで店主は考えた。丼の高台《こうだい》の片側に木切れを敷き、丼を水平に保とう。丼を水平にしたところで、カウンターや椅子は傾いたままだから、食べにくいことこのうえないと思うのだが、そんな妙な店構えが話題となって繁盛しているそうだ。世間の価値観というのは、時として実に変だね」

「変なのはあんただ。与太話はもういい。犯人はどこからどうやって出ていった?」

ダビデはじれて先をうながした。

「君はどうも鈍いね」

「なんだと?」

「すでに本筋に入っているじゃないか。さっきの部屋のブラジル人も、室内のものを水平に保とうと努力していた。たとえばカラーボックス。傾斜している側の下部に古雑誌をかませていた。だからその上のサッカーボールは安定していたのだし、くさびのかませようがない床に落ちたら床の傾斜に沿って転がっていった。ところがこの部屋はどうだ。くさびをかませてある調度品は見あたらない。そしてこれを見ろ」

八神はテーブルの端に指を当てた。

「ウレタン樹脂塗装により、表面がつるつるしている。したがって摩擦が少ない。なのにどうして曲面だけで構成された物体が安定しているのだ」

テーブルの中央にゆで卵がある。たしかに、動かず、じっとしている。接地面の殻が割れているわけではない。

八神がテーブルを叩いた。ゆで卵は軽く跳ねただけでその場にとどまった。テーブルの脚はと見ると、何もかませていない。

八神はゆで卵をつまみあげ、低い位置から床に落とした。やはり落下地点にとどまった。床に敷かれたカーペットが転がりを妨げているわけではない。毛脚は見事にすり切れている。

「この部屋は傾いていないのか？　俺の部屋は傾いているぞ。すると傾いているのは二階だけなのか？　いや、ペレの部屋も傾いていたじゃないか」

ダビデは混乱し、部屋を見渡した。

「俺の部屋でも卵が転がる」

バロンがいった。

「一階、二階は関係ない。アパートの中のこの部屋だけ床が水平なのだよ」

八神の言葉を聞き、ダビデは先ほど来の違和感の正体がわかった。傾いた床に慣れてしまった自分にとって、水平なこの部屋は逆に居心地が悪いのだ。

「ドラゴンは家主に苦情をいって、床を工事させたのか？」

ダビデは尋ねる。

「とは考えにくい。一部屋直したらほかもやらないわけにいかなくなる。入居者が勝手に改装したと考えたほうがいいだろう。その入居者が、現在の入居者であるドラゴンなのか、あるいはそれ以前の入居者なのかは、今はまだどちらともいえない。ただ、自力で改装するのだから、大工の心得はある程度必要だな」

「ドラゴンは最近まで大工の見習いをしていた」

「では彼が行なった可能性は大いにありうる」

「しかしあんた、床の工事だぞ。バカでかい音がするぞ。けど俺はそんな音は聞いたおぼえがない。おまえは？」

バロンも首をかしげる。

「ほかの住人が不在の間を狙って行なったのだろう。それに、作業の大部分はアパートの外でできる。新しい床はなにも、本来的な床である必要はないのだよ。山台のようなものを外の作業場で分割して組み立て、少しずつ部屋に運び込み、元の床の上に隙間なく敷き詰めていけばいい。いうまでもなく山台には建物の傾きと同じ傾斜角がつけられているので、傾斜面を下に敷き詰めることで傾きが相殺され、上面は水平となる。そして最後に、山台と山台の間や壁との接触面をパテで埋めれば完成だ。

以上は想像の域を出ないので後日警察に調べてもらうとして、さて問題は、そうして新しい床を作ったことで室内環境に変化が現われたことだ。

変化の一つは、床が水平になり、住み心地が良くなった。けれど今日のところは住み心地などどうでもいい。重要なのは二つ目の変化だ。君たちの部屋は入口から奥に向かって傾斜しているね？」

ダビデとバロンが揃ってうなずく。

「ブラジル人の部屋もそうだった。ならば必然として、この部屋も以前は、入口から奥に向かって傾斜していた。そこに山台を敷き詰め、傾斜を消した。

さてその山台だが、部屋の入口あたりに置くものは、一枚の板を斜めにカットすれば事足りる。しかし元の床と水平線との高低差は部屋の奥に向かうにつれて大きくなるのだから、奥の方に置く山台は板一枚とはいかない。といって複数の板をまるまる張り合わせたのでは重さがかさむので、天板の下に脚をつけたものを使ったのではと想像される。簀《す》の子のような感じだね。すると元の床と新しい床との間にはスペースが生じるわけで、その空洞の容積は、部屋の奥に行けば行くほど大きくなり、窓際において最大となる」

「犯人はそのスペースに消えたのか？」

ダビデはハッとして八神をさえぎった。

「さてどうだろう。はたして人が入り込めるほど広いのか。では理論値を算出してみよう。このアパートの部屋は今は板張りになっているが、昔は畳が敷かれていたのだろう？見たところ六畳間だ。そして建物の古さから判断して、江戸間《ま》を採用していたと思われる。江戸間とは、一間《けん》を六尺とする設計基準だ。一尺は三十・三センチだから一間は約一・八メートルで、これが畳の縦の寸法に相当する。六畳間の一辺は、畳の縦寸二枚分か一・五枚分のいずれかになるのだが、先ほど歩測したところ、この部屋は縦に長かった。したがって入口から窓までの元の長さは畳二枚分の三・六メートル。建物の傾斜角を三度と仮定して計算すると、窓際においては、元の床と新しい床の間に約二十センチの高低差が生じていることになる。この計算は三角関数を使わなければできないので、ブラジル大使館に電話した際、大使館員に電卓を叩いてもらった」

「二十センチ……」

ダビデはバロンの腹と腰に手を当てて胴の厚さを目測した。

「窮屈だが、標準的な体型の者なら入り込めるだろう。腹も、少々出ていても、努力すれば二十センチ以内に引っ込められる。大人の足は爪先から踵まで二十センチ以上あるが、これもバレリーナのように足首をピンと伸ばすことでクリアできる。一番の問題は顔で、頭が大きかったり鼻が高かったりしたら二十センチは超え、といって厚みを減らすに減らせない。しかし現実に、犯人は床下のスペースに入り込んだのだから、そいつの頭はそう大きくなかったわけだ。そう、これは現実だ。なあ、そこの君！」

八神は窓の方に向かって声をかけた。

「入り込んだままなの？」

バロンが目をしばたたかせた。

「床下といっても、その下に本来の床があるのだから、屋外には出ていけない」

「じゃあどうしてそんな逃げ場のないところに入り込んだの？」

「そりゃ、ドラゴンを殺したところにおまえがやってきたからだよ。とりあえず隠れるしかないだろ」

ダビデはいった。八神はうなずき、

「とっさにその行動がとれたのだから、床下のスペースの存在を以前から知っていたのだね。床の一部がはずれることも。被害者は、収納スペースに使えると思い、そういう造りにしたのだろう。こんなにモノのない生活を送っていた被害者だが、床下にしまわなければならない特別なモノを持っていたのだね。それが何だかはなんとなく察しがつくが、いたずらな空想で故人を傷つけるのは忍びないので、この場で披露するのはよしておこう。ともかく理由はどうあれスペースは存在し、加害者もそこに存在しているのだ」

「でも、今もまだ入っているって……？」

「なに寝とぼけたような質問をしてる。鈍いやつだな」

似た台詞を八神にいわれた腹いせに、ダビデはバロンを見下した。

「無理して入り込んだから体が抜けなくなった」

「違うよ。おまえのせいだ」

「なんでだよ。俺のせいで隠れることになったけど、俺はすぐにここから出ていったんだよ。その時どうして出てこなかったの？　その時でなくてもいい。さっきだって俺たちはペレの部屋に集合してて、ここは空っぽだったんだし」

「出たくても出られなくなってしまったんだよ。おまえのせいで」

ダビデはドラゴンの死体を指さした。

「うつぶせで倒れていたドラゴンを仰向けにしたのはおまえじゃないか。窓の方に転がして。そこが、死体が移動した先が、床下スペースへの入口なんだ。板がはずれるようになっている。その板の上に死体が移動してきたらどうなる。脱出しようにも、蓋が重くて動かない。不自由な体勢で隠れているので力も出ない」

だから先ほど八神は、死体は元に戻すなといったのだ。元に戻したら重石がはずれ、犯人が逃げてしまう。つまり八神には、あの時点ですでに、床下にひそむ犯人の姿が見えていたのだ。ただ、あの時点ではまだ足跡の問題が未解決で、外部から侵入者があったとは考えられなかったので、ひとまず放置しておいたのだろう。たとえ本当に犯人が床下にひそんでいたとしても、死体でブロックしてあるので逃亡される心配はない。

「今回の最大の功労者は君だ。死体を動かさなかったら加害者は逃走していた。君のおかげで、警察は犯人探しに人員を割かずにすむ」

八神はバロンの肩を叩いて、

「さて、その目で加害者の存在を確かめてみるか？　それとも警察にまかせるか？」

「ナイフを持ってるし……」

バロンがまた弱気を出した。

「こっちはさっきより一人増えたんだぞ。それに相手は長時間閉じこめられていて弱っている」

ダビデは窓際に歩み、ドラゴンの体を手前に反転させた。カーペットをめくり、床に顔を近づけると、たしかに板の一部にわずかな隙間があった。ダビデはペン立てからハサミを取りあげ、刃先を板の隙間にこじ入れた。

「どこのどなたか知らないが、ご苦労さん。さぞ窮屈だったろう。いま楽にしてやるよ」

八神もカッターナイフを使って協力する。

はたして八神の読みは正しかった。床板がはずれ、その下に人が存在した。

ダビデとバロンは顔を見合わせた。

札束に取り囲まれ、ミイラのような格好で仰向けになったそのさまは、さながら棺の中のマハラジャであった。

しかし二人を驚かせたのは無数の一万円札ではなく、マハラジャの正体だった。

外部からの侵入者では、たしかにあった。けれど外部犯といいきるわけにもいかなかった。

「インティ!?」

二階の七号室に住むペルー人だったのだ。

8

「あの泥棒が羨《うらや》ましい」

そう八神がつぶやいたのは、週が明けた二月二十二日の午後、彼が主宰する探偵事務所近くの喫茶室でのことである。ダビデは直接事務所を訪ねるつもりだったのだが、ふと予感がして探りを入れたところ元彼女が出勤していたので、八神に出てきてもらうことにした。

「君は知らないだろうけど、そうはじまる有名な小説があってね、今回の事件はまさに『あの泥棒』をうらやんだすえに発生した。不幸だったのは、小説の中の『あの泥棒』がスクリーンの中のスターのような存在だったのに対し、アルベルト・キノシタにとってリー・ワンシェンはあまりに身近な存在だった。だから『あの泥棒』の隠し財産を奪ってやろうと真剣に考えてしまった」

インティこと日系ペルー人のアルベルト・キノシタは、出稼ぎ先の人相書きを見たことで、ドラゴンことリー・ワンシェンが連続ATM荒らしの犯人ではないかと疑うようになり、テーブル上のゆで卵が転がらなかったことで、床の傾きが補正されていると気づき、それは奪った金を隠すスペースを作るためだと推理した。そして三日前、現金強奪に踏み切った。

殺すつもりはなかったとインティは主張している。警察に密告されたくなかったら少しよこせと脅したのだという。ところがドラゴンがのらりくらりかわすもので、ナイフをちらつかせた。するとドラゴンがカンフーの構えをしたので、やられると思い、ナイフを突き出した。ひと刺ししたら制御がきかなくなり、気づいたらドラゴンの息はなかったという。

バロンがやってきたのは、床下から金を出しはじめた時だった。インティはあわててスペースにもぐり込み、先にカーペットを戻してから、カーペットの下でもぞもぞと床板をはめた。そうしてバロンをやり過ごすつもりだったのだが、死体を蓋の上に移動され、身動きがとれなくなってしまった。

「犯人を閉じこめたワヤン君もお手柄だったが、二号室の徳川君にも助けられた。彼の証言がなかったら、足跡の説明がつかなかった。平素はすぐに閃くのだが、ほら、なにしろ私は現場に出ない主義だろう。フィールドワークは部下まかせで、その報告書を読み解くのが私の仕事だ。一からデータを集めるなんて、久しくやっていないものでね。たまには現場に出ないといけないいな」

八神は言い訳めいたことを口にしてコーヒーカップに手を伸ばした。

「じゃ、約束の」

ダビデはズボンの後ろポケットに手を突っ込んだ。

「銀行振込のほうが助かるのだがね」

「わけありの金で、振込にはできないんだよ」

「銀行強盗でもしてきたか。紙幣の番号を当局に押さえられている」

ふふんと笑う八神の眼前に、ダビデは封筒を差し出した。八神が眉をひそめた。

「分割払いとは聞いてないぞ」

封筒の厚さはわずか数ミリである。

「一括だよ」

「値切ろうというのか？」

「約束どおり百万」

「嘘つけ。十万、二十万の厚さじゃないか。小切手か？　いや、君がチェックを切れるわけがない」

八神が封筒を奪い取り、中を覗く。そして声をあげた。

「なんだ、このおもちゃの金は！」

「おもちゃとは失礼な。正真正銘の銀行券だ。インドネシア銀行発行の」

ダビデは吹き出しそうになり、あわてて横を向いた。

封筒に入っていたのは二十枚の五万ルピア札だった。

「レートは？」

八神の手がふるえている。

「今日は百ルピアが一・三円だったかな」

「一万三千円！」

「イコール百万ルピア」

「組の連中に教わったいんちきか？」

「いんちき？　俺がいつ、円建てで払うといった。俺がいったのは、百万、ただそれだけだ」

八神は目を血走らせ、言葉を探すように唇を開いたり閉じたりしている。ダビデは先回りしていった。

「今回の依頼主はバロンだ。俺は仲介しただけ。つまりバロンが百万払うといったわけさ。そしたら、やつの母国の通貨で百万なのだなとピンとこなくっちゃ。それを見抜けず、よく探偵の看板をしょってるな。今回儲けそこねた九十八万七千円は授業料だと思うことだ。それに、これが一番重要なことだが、俺は親切にも、契約書を書こうかと申し出たんだぞ。それを拒否したのはあんただ」

八神はまだ言葉を探している。怒りに満ちた双眸《そうぼう》で正面を見据えている。ダビデも睨《にら》み返した。少しでも退《ひ》くと、つけ入る隙を与えることになる。さて相手はどう出るか。詐欺だと騒ぎたてるか、入管に電話するか。

ところが意外なことに、八神の表情は徐々に弛緩し、彼はやがてくっと楽しそうに笑ったのである。

「なるほど、これは世の理《ことわり》か。『あの泥棒』をうらやんではじまった事件は、こう終わるのが必然とみえる。ああ、今回は笑ってすませてやろう。ゴジョーダンということでね」

解説――〝フェア〟に騙《だま》される快感

ミステリ評論家　日下三蔵《くさかさんぞう》

本格ミステリは、読者を騙《だま》すための小説である、といっていい。ただし、嘘をついたのでは騙せて当り前で、面白くもなんともないので、ミステリ作家は、嘘をつかずに読者を騙す、という難題を要求されることになる。

そのために様々なテクニックが考案され、受け継がれ、改良され、現在でも多くの作家が新しい妙手を模索しているわけだが、第五十七回日本推理作家協会賞と第四回本格ミステリ大賞を受賞したベストセラー『葉桜の季節に君を想うということ』（文春文庫）を持ち出すまでもなく、歌野晶午《うたのしょうご》は読者を騙すためのテクニックとセンスにおいて、当代随《ずい》一《いち》の技量の持ち主といって過言ではあるまい。

本書は、そんな著者が「密室」をテーマに発表した中・短篇を集めた一冊で、作者のファンならずとも、ミステリ好きならたっぷりと楽しめることは間違いない。もっとも、厳重に施錠《せじょう》された部屋の中から犯人が消え失せる、というタイプの（狭義の）密室ミステリは少数派であり、雪に閉ざされた山荘や絶海の孤島を舞台にした作品も含まれているから、正確には「閉鎖空間」「密室状況」というシチュエーションが共通する作品群というべきだろう。

本書の成立過程はかなり複雑なので、まずは書誌的な情報を整理しておこう。

『生存者、一名』　二〇〇〇年十一月十日　祥伝社文庫
『館《やかた》という名の楽園で』　二〇〇二年六月二十日　祥伝社文庫

この二作は中篇を単体で刊行する祥伝社文庫の企画「400円文庫」のために書き下ろされたもの。『生存者、一名』は、恩田陸《おんだりく》『puzzle』、近藤史恵《こんどうふみえ》『この島でいちばん高いところ』、西澤保彦《にしざわやすひこ》『なつこ、孤島に囚《とら》われ。』とともに、「無人島」テーマによる競作に応じたものである。〇二年十月には、この四篇を合本にしたアンソロジー『絶海』がノン・ノベルから刊行されている。『絶海』のカバーそでに付された「著者のことば」は、以下のとおり。

無人島に閉じ込められたら、あなたはどう行動しますか？　その想像が一名の生存者を割り出す鍵《かぎ》となります。

つづく『館という名の楽園で』は「400円文庫」第三弾のラインナップ。「〝館〟ミス

テリー」というテーマで、柄刀一《つかとうはじめ》『殺意は幽霊館《やかた》から』と同時に刊行された。

『そして名探偵は生まれた』　二〇〇五年十月二十日　祥伝社

『葉桜』の歌野晶午が贈る三大密室トリック――」と銘打《めいう》って刊行されたこのハードカバーは、既発表の二作に、同じ分量の書下し中篇を表題作として加えたもの。

本書はその文庫版ということになるが、文庫化に当たってボーナス・トラックとして、密室ものの短篇「夏の雪、冬のサンバ」が追加収録されている。二階堂黎人《にかいどうれいと》の編による大部のアンソロジー『密室殺人大百科』（〇〇年七月／原書房→〇三年九月／講談社文庫）の下巻「時の結ぶ密室」に書き下ろされたもので、著者自身の作品集に収められるのは、今回が初めてとなる。

それでは各篇について、簡単に触れてみよう。

発表順がもっとも早い「夏の雪、冬のサンバ」は、密室テーマのアンソロジーのために書かれただけあって、正統派の密室短篇になっている。といっても単純な密室ものではなく、アリバイものの要素と組み合わせてあるところがミソといえる。外国人たちの住む安アパートという舞台設定が、抜き差しならない必然性をもっているのも素晴らしい。アリバイ部分で扱われているトリックのひとつは、後に別の長篇作品でもその原理が使用されているから、著者のお気に入りのアイデアなのだろう。

冒頭と末尾に江戸川乱歩《えどがわらんぽ》のデビュー作「二銭銅貨」を引用した趣向も楽しいが、真相が判ってから読み返してみると、作者がいかに「嘘をつかずに」読者を騙そうと心を砕《くだ》いて文章を選んでいるか、よく分るはずだ。なお、本編に登場する探偵・八神一彦《やがみかずひこ》は、実験的な構成の長篇『安達ヶ原の鬼密室』でも顔を見せている。

『生存者、一名』は、鹿児島の沖合いの無人島・屍島《かばねじま》が舞台の孤島ミステリである。宗教団体・真の道福音教会の信徒六名が、この島にクルーザーでやってきたのは、彼らが多数の死者を出した爆弾テロ事件の犯人だからだ。実行犯四人と幹部二人は、しばらくこの島で生活してほとぼりを冷ました後、海外へと逃亡する手筈《てはず》になっていた。だが、幹部のひとりが船とともに消え、残る五人も次々と何者かによって殺されていく。果たして犯人は——？

冒頭に引用された記事で、生存者一名、死者五名と明記されているから、島から無事に救助されるのがひとりだけであることは、読者には最初から分っている。普通の推理小説が「犯人当て」であるのに対して、パット・マガーは『探偵を捜せ！』で「探偵当て」、『被害者を探せ！』で「被害者当て」というアイデアを示した。その伝でいくと本篇は

「生き残り当て」という新機軸と呼べそうだ。

本篇の大部分は、爆弾テロ実行犯のひとり大竹三春《おおたけみはる》の手記で構成されており、自分の見聞きした身の回りの情報しか記すことの出来ない手記パートでは、結末は明らかにならない。作者はそこを補完するために、終盤にいくつかの報道記事を挿入して、読者に結末を提示しているのだが、最後まで読むと、この挿入の個所に作者が細心の工夫を施しているのが分るだろう。「手記の結末」と記事として伝えられた「事件の結末」との間に、いかなるドラマが展開されたのか、想像を逞《たくま》しくしてみるのも一興だろう。

『館という名の楽園で』には、探偵小説好きが嵩《こう》じて、「探偵小説に出てくるような館に住みたい」という夢を、とうとう実現させた男が登場する。

三星館《さんせいかん》と名付けられた西洋館の主・冬木統一郎《ふゆきとういちろう》は、大学時代の探偵小説研究会の仲間四人を、自らの館に招待した。屋敷の中を案内し、自ら創作したイギリスにおける三星館の「来歴」まで披露《ひろう》した冬木は、彼らに推理ゲームに参加してほしいと申し出る。探偵小説に出てくるような館では、探偵小説のような事件が起こらなくてはならない――。

かくして、犯人役、被害者役、探偵役に分かれてゲームが始まるのだが、謎を解く鍵はそれまでの描写の中に（冬木の創作によるイギリスの昔話の中にも）鏤《ちりば》められているので、読者は真相が明かされる前に、論理的に解答を提示できるはずである。とはいえ、これはかなりの難問で、細かい犯行の手順まで言い当てられる読者は少ないに違いない。
なお、ミステリの世界に、「館もの」――奇抜な形状の西洋館で事件が起こり、館の形状がトリックに関係する作品、とでもいうべきか――という概念が形成されたのは、綾辻《あやつじ》行人《ゆきと》がデビュー作『十角館の殺人』（八七年）以降の一連の「館」シリーズを発表してからだろう。

一九二〇年代以降の、いわゆる探偵小説黄金期には、郊外の屋敷に関係者が集まる中で事件が発生し、探偵が容疑者の中から犯人を指摘する、というスタイルの作品が数多く書かれている。アガサ・クリスティ『スタイルズ荘の怪事件』、カーター・ディクスン『白い僧院の殺人』など、「カントリーハウスもの」と呼ばれる作品群がそれで、おそらくゴシック・ロマンの系譜を受け継いでいるものと思われるが、「館もの」のイメージからは少しずれる。日本にも小栗虫太郎《おぐりむしたろう》『黒死館殺人事件』、鮎川哲也《あゆかわてつや》『りら荘事件』といった作例はあるが、本格ミステリ全体から見れば極めて少数派である。現在の館ものに近い作品といえば、江戸川乱歩がロジャー・スカーレットの作品を翻案《ほんあん》した『三角館の恐怖』ぐらいなものか。

ハードカバー版への書下し「そして名探偵は生まれた」は、本格ミステリ自体に対するパロディ的要素を持った作品である。なにしろ事件解決のご褒美《ほうび》で招待された山荘で殺人事件が起こったのに、名探偵の影浦《かげうら》は「依頼人がおらず、お金にならないから」という理由で捜査しようとしないのだ。やむを得ず助手の武邑《たけむら》が、単独で捜査を行なう羽目になるのだが……。

もちろんパロディだからといって、事件そのものがいい加減ということはまったくなく、通常の作品でも充分に使えそうな大掛かりな機械トリックをはじめとして、いくつかのトリックが惜しげもなく投入されているし、そのための伏線も抜かりなく張られているのである。

これらの中・短篇から見てとれる歌野作品の特徴としては、まず「フェアな描写」への徹底的なこだわりが挙げられる。

『館という名の楽園で』で推理ゲームが始まる前の冬木のセリフ——「何事にも手続きは必要です。特に探偵小説においては。これから事件が起きるとして、その前にすべてをお見せしておかないとフェアじゃないでしょう」

あるいは、すべての収録作が問題篇と解決篇に分かれている短篇集『放浪探偵と七つの殺人』の前書きの一節——「読者であるあなたも謎を解体する資格を有する。探偵信濃《しなの》が推理に用いる材料は、読者にもひとしく開示されているからだ。あなたは探偵信濃の言葉を待つまでもなく真相を看破《かんぱ》できるはずなのである」

これらは著者の推理小説作法を端的に表しているといっていい。フェアに手がかりを提示しないのならば、読者を騙したことにならないと考えているのだろう。

次いで「ドラマ部分の面白さ」を重視している点も見逃せない。前述の『放浪探偵』前書きには「推理部分に執着しなくても、一編の物語として楽しめるよう書いたつもりである」という言葉があるが、本書でも『生存者、一名』における極限状況のドラマに、それは顕著《けんちょ》である。この手に汗握《にぎ》るスリルは、読者に謎解き小説を読んでいるということを、忘れさせてしまうほどだ。

著者の代表作の一つ『葉桜の季節に君を想うということ』にしても、作品全体に仕掛けられたあの大トリックがなくても、素人《しろうと》探偵・成瀬将虎《なるせまさとら》が活躍する軽ハードボイルドとして充分に楽しめるストーリーがまずあって、それ自体がミスディレクションの役割を果たしていることを見逃してはならないだろう。

最後に重要なのは、「推理」部分にも「小説」部分にも充分に配慮した書き方をする一方で、根本的なアイデアの部分には制限がない、むしろ読者の予想や常識といった区分を嘲笑《あざわら》うかのような自由な発想を尊重している点である。「そんな馬鹿な」と指弾されることを恐れていない、といってもいい。

本書所収の作品に限らず、『葉桜』や『ジェシカが駆け抜けた七年間について』（角川文庫）、『女王様と私』（角川書店）、近年の快作『密室殺人ゲーム王手飛車取り』（講談社ノベルス）などは、いずれも「そんな馬鹿な」といいたくなるトリックやシークエンスが盛り込まれている。一般的には禁じ手とされる手法を、抜け抜けと使ったものまであるのだ。

だが、どんなに大胆な真相であっても、描写がフェアであれば読者は怒ることができない。ましてストーリーが面白いのであれば怒る筋合いではない、いや、むしろ歓迎すべきことなのだ。

抜群のデッサン力を駆使《くし》して誰にも予想のできない絵を描く作家——。歌野晶午のイメージを一言で表すと、こうなるだろうか。本書を読めば、そのテクニックの冴《さ》えを存分に堪能《たんのう》していただけるはずである。どうか最後までじっくりとお楽しみいただきたいと思う。

本書は平成十七年十月、小社より四六判で刊行された『そして名探偵は生まれた』に、『密室殺人大百科（下）』（平成十五年九月、講談社文庫より刊行）収録の「夏の雪、冬のサンバ」を加え、加筆・修正したものです

〈初出一覧〉

そして名探偵は生まれた　『そして名探偵は生まれた』祥伝社／平成十七年十月

生存者、一名　『生存者、一名』祥伝社文庫／平成十二年十一月（『絶海』祥伝社　ノンノベル収録／平成十四年十月）

館という名の楽園で　『館という名の楽園で』祥伝社文庫／平成十四年六月

夏の雪、冬のサンバ　『密室殺人大百科（下）時の結ぶ密室』原書房／平成十二年七月（『密室殺人大百科（下）』と改題　講談社文庫／平成十五年九月）

そして名探偵は生まれた

一〇〇字書評

切・り・取・り・線

購買動機（新聞、雑誌名を記入するか、あるいは○をつけてください）	
□（　　　　　　　　　　　　　）の広告を見て	
□（　　　　　　　　　　　　　）の書評を見て	
□ 知人のすすめで	□ タイトルに惹かれて
□ カバーが良かったから	□ 内容が面白そうだから
□ 好きな作家だから	□ 好きな分野の本だから

・最近、最も感銘を受けた作品名をお書き下さい

・あなたのお好きな作家名をお書き下さい

・その他、ご要望がありましたらお書き下さい

住所	〒				
氏名		職業		年齢	
Eメール	※携帯には配信できません	新刊情報等のメール配信を 希望する・しない			

この本の感想を、編集部までお寄せいただけたらありがたく存じます。今後の企画の参考にさせていただきます。Eメールでも結構です。

いただいた「一〇〇字書評」は、新聞・雑誌等に紹介させていただくことがあります。その場合はお礼として特製図書カードを差し上げます。

前ページの原稿用紙に書評をお書きの上、切り取り、左記までお送り下さい。宛先の住所は不要です。

なお、ご記入いただいたお名前、ご住所等は、書評紹介の事前了解、謝礼のお届けのためだけに利用し、そのほかの目的のために利用することはありません。

〒一〇一‐八七〇一
祥伝社文庫編集長　坂口芳和
電話　〇三（三二六五）二〇八〇

祥伝社ホームページの「ブックレビュー」からも、書き込めます。
http://www.shodensha.co.jp/bookreview/

祥伝社文庫

そして名探偵《めいたんてい》は生《う》まれた

平成21年2月20日　初版第1刷発行
平成27年3月10日　　　第12刷発行

著　者　歌野晶午《うたのしょうご》

発行者　竹内和芳

発行所　祥伝社《しょうでんしゃ》
東京都千代田区神田神保町3-3
〒101-8701
電話　03（3265）2081（販売部）
電話　03（3265）2080（編集部）
電話　03（3265）3622（業務部）
http://www.shodensha.co.jp/

印刷所　萩原印刷
製本所　ナショナル製本

Printed in Japan ©2009, Shōgo Utano　ISBN978-4-396-33476-5 C0193